KB114049

魔道公子

마도공자

전기수 新무협 판타지 소설

FANTASTIC ORIENTAL HEROES

마도공자 2

전기수 新무협 판타지 소설

초판 1쇄 찍은 날 § 2011년 1월 20일
초판 1쇄 펴낸 날 § 2011년 1월 27일

지은이 § 전기수
펴낸이 § 서경석

편집책임 § 박우진
편집 § 주소영

펴낸곳 § 도서출판 청어람
등록번호 § 제1081-1-89호
등록일자 § 1999. 5. 31
어람번호 § 제2-2038호

주소 § 경기도 부천시 원미구 심곡2동 163-2 서경B/D 3F (우) 420-822
전화 § 032-656-4452팩스 § 032-656-4453
http://www.chungeoram.com
E-mail § chungeoram@chungeoram.com

ISBN 978-89-251-2418-6 04810
ISBN 978-89-251-2416-2 (세트)

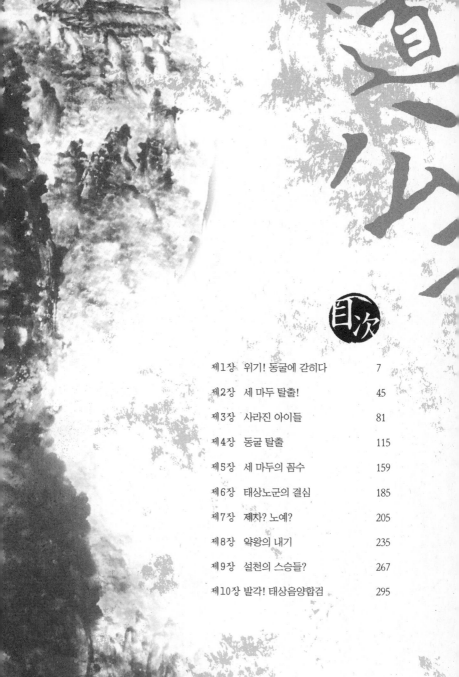

目次

第一章
위기! 동굴에 갇히다

마도
공자

폭발의 여파는 꽤 컸다. 거대한 동굴의 입구는 완전히 막혀 버렸고, 동혈에 매달려 있던 종유석들이 날카로운 암기처럼 아이들에게 떨어져 내렸다.

콰아앙!

와르르!

"으악!"

"악!"

아이들은 비명을 지르며 사방으로 흩어졌다. 설천은 재빨리 검마에게 배운 호신강기를 시전했다. 검마에게 배울 때는 호신강기라는 거창한 명칭 대신 다치지 않는 방법 정도로 배웠다. 그러나 설천이 펼치는 다치지 않는 방법은 일반적인 호신강기와는 맥을 달리했다.

설천은 온몸의 혈을 통해 호흡하듯 기를 흡정하고 있었다. 때문에 외공을 시전할 때는 단전의 기 대신 흡정한 기를 바로 이용했다. 이는 다른 무인들이 단전의 기를 운용하는 것과는 달리, 더욱 신속하게 기를 운용할 수 있을 뿐만 아니라 내공의 소모도 전혀 없었다.

다른 무인들이 설천의 이런 상태를 알았다면 혀를 내두르며 감탄했을 것이다. 그러나 설천은 자신의 상태를 알 수 없었고, 원래 이런가 보다 하며 편하게 생각하고 있었다.

봉마곡의 세 의부도 설천의 이런 상태를 잘 알았기에 설천에게 맞는 맞춤형 무공을 전수했다. 바로 호흡하듯 흡정한 기를 곧바로 강기나 검기로 변화시킬 수 있는 변환대법을 전수한 것이다.

호신강기도 이 변환대법을 통해 촌각의 지체 없이 바로 펼칠 수 있었다.

이런 뛰어난 능력을 갖춘 설천이었지만, 봉마곡의 세 마두에겐 늘 어린아이로 여겨졌다. 그런 노파심에 마두들은 교룡피갑까지 갖춰 입도록 한 것이다. 좀 과하다 싶은 보호였지만, 지금과 같은 비상 상황에서는 큰 도움이 되었다.

설천은 호신강기와 교룡피갑을 받쳐 입은 덕분에 암기처럼 날아드는 돌 조각에는 무사할 수 있었지만, 위에서 떨어지는 바위들은 피하는 수밖에 없었다.

"으악!"

아이 하나가 무서운 속도로 떨어지는 바위에 납작하게 깔릴 위험에 처하자, 설천이 검을 뽑아 들고 바위를 향해 휘둘렀다.

챙!

쾅!

횡으로 깨끗하게 잘린 바위의 단면은 매끈했다. 검에 담긴 양의 성질이 바위를 불로 녹인 듯한 효과를 보였기 때문이다.

돌도 녹일 정도의 고온을 내뿜은 검이었으나 설천에게는 아무 해도 끼치지 않았다. 설천은 바삐 돌을 피하면서도 다른 아이들을 도우며 움직였다. 깔리기 전에 검으로 떨어지는 돌을 쳐내거나 밀어내며 아이들을 보호했다.

설천이 아이들을 도우며 동분서주하는 동안 천우룡 또한 설천처럼 바삐 돌덩이들을 쳐내고 분광마보(盼光魔步)로 떨어지는 돌덩이를 재빨리 피했다.

상승 보법을 익힌 천우룡이나 의부들의 엉뚱한 교육법으로 상승의 보법을 익힌 설천은 재빨리 피하거나 검으로 막아낼 수 있었다. 그러나 다른 아이들은 어느 정도의 실력을 가지고 있어도 어린아이인지라 돌발 상황에 대한 대처 능력이 뒤떨어졌다.

게다가 실력도 설천이나 천우룡에 비해 월등히 떨어졌다.

비처럼 떨어져 내리는 돌덩이와 귓전을 찢는 폭음 속에 아이들은 허둥지둥 당황하며 인기척에 놀란 개구리들처럼 정신이 없었다.

"아악!"

정신없이 떨어지는 돌덩어리 아래 결국 한 명의 아이가 깔려 버렸다. 유난히 머리카락 색이 옅어 갈색으로 보이던 아이가 허둥거리다가 결국 육중한 바위에 다리가 깔려 버린 것이다.

"윽! 내 다리!"

바위에 깔린 아이의 비명이 쿠르릉거리며 무너져 내리는 소리에 묻혀 버렸다. 설천의 내력이 담긴 검과 바위가 부딪치자 불꽃이 튀며 바위가 튕겨 나갔다.

사방에서 쏟아지는 돌비가 멈춘 것은 설천이 동분서주하며 한참이나 돌을 쳐낸 후였다. 엄청난 굉음과 무섭게 떨어지던 돌덩이들이 잠잠해지자 설천은 주위를 살폈다. 커다란 공동은 떨어져 내린 돌덩이 때문에 입구가 막혀 버렸고, 그나마 주변도 돌무덤처럼 커다란 돌들이 자리하고 있었다.

"크윽!"

누군가의 숨죽인 비명이 들려서 돌아보니 설천이 열심히 손을 써준 탓인지 대부분의 아이들은 무사했다. 어깨와 얼굴 등에 상처가 나 피를 흘리는 아이들이 몇몇 있었지만, 죽을지도 모르는 위급한 상황에서 얻은 상처치곤 가벼운 것이었다. 다만 아까 봤던 머리칼 색이 옅어 보이던 아이가 커다란 바위에 깔린 것이 위험해 보였다.

"운아, 조금만 참아. 지금 구해줄게."

바위에 깔린 아이에게 다가간 사람은 백환이었다. 외공에 능한 아이답게 이마와 얼굴이 찢어졌을 뿐 큰 상처는 없었다. 이마가 찢어져 피가 흘러내려도 백환은 자신의 상태보다 바위에 깔린 소년을 보고 안절부절못했다. 바위에 깔린 소년은 백환의 사촌인 백운이었다. 당황한 백환은 팔에 내력을 불어넣어 바위를 들어 올리려 했다.

"멈춰! 지금 움직이면 안 돼!"

바위에 깔린 백운을 구하기 위해 백환이 주먹을 움켜쥐었을 때, 천우룡의 차가운 목소리가 싸늘하게 울렸다.

"무슨……?"

"아직 불안정한 동굴 안에서 바위를 움직일 작정이야? 잘못했다가는 다시 동굴이 무너질 수도 있어."

백환은 불만스러운 얼굴이었으나, 천우룡의 말이 옳았다.

투둑! 투둑!

아직도 동굴 천장에서 돌가루와 함께 큼직한 돌덩이들이 떨어지고 있었기 때문이다.

"그럼 운이는 어쩌고?"

백환은 커다란 덩치에 어울리지 않게 하얗게 질린 얼굴로 바위에 깔린 백운을 바라보고 있었다.

"스스로 자신을 지키지 못한 녀석 따위, 알 바 아니다."

천우룡의 싸늘한 목소리에 동굴 안이 얼어붙는 것 같은 한기가 느껴졌다.

"그 말은……."

"네 목숨이나 신경 써."

천우룡의 쏘는 듯한 말에 백환의 눈이 믿을 수 없다는 듯 커졌다.

"그럼 운이를 그냥 놔두란 말이야?"

백환은 발끈해 천우룡을 노려봤다. 평소라면 절대 할 수 없는 행동이었지만 사촌인 백운을 구하지 말라는 말에 발끈할 수밖에 없었다.

"스스로를 지킬 수 없는 놈을 굳이 동정할 필요는 없다."

천우룡의 차가운 일갈에 아이들은 모두가 조용해졌다.

"문제는 그 녀석이 아니라 이곳에서 어떻게 나가냐는 것이다."

천우룡은 옷 위에 묻은 흙먼지를 털어내며 말했다. 다른 아이들도 동굴이 무너진 여파로 거지 행색으로 변해 있었다. 여기저기 찢겨 너덜너덜해진 옷과 상처, 그리고 머리와 온몸에 내려앉은 흙먼지로 말이다. 그러나 천우룡과 설천은 그 난리통 속에서도 약간의 먼지만 뒤집어썼을 뿐 멀쩡했다.

'역시 보통 놈이 아니야.'

천우룡은 설천의 말짱한 모습을 찬찬히 살폈다. 흙먼지를 뒤집어쓰고 있었지만 상처 하나 없는 모습에 천우룡은 감탄했다. 그러나 무엇보다 놀란 것은 흔들림없는 눈동자였다. 다른 아이들의 눈동자는 불안과 공포로 겁먹은 눈이었다. 그러나 설천의 눈동자는 이 상황을 재빨리 살피며 해결 방법을 찾는 냉철함이 엿보였다.

천우룡의 판단처럼 설천은 아이들의 엉망인 행색과 동굴 입구를 막은 돌덩이를 바라보다가 바위에 깔린 소년을 살폈다. 바위는 집채만 한 크기로 언뜻 무척이나 육중해 보였다. 그런 커다란 바위 아래 백운은 두 다리가 깔려 있었다. 바위에 깔린 백운은 빨리 구하지 않으면 목숨까지 위태로워 보였다.

"아파. 흑흑."

너무 큰 고통에 정신이 오락가락하는 와중에도 백운은 흐느끼고 있었다.

"운아, 정신 차려."

백환은 안타까운 듯 백운의 어깨를 잡았다.

"환아, 엄마가 빨리 돌아오라 하셨는데."

백운은 백환의 목소리를 알아듣고 설핏 정신을 차린 듯했다.

"뭐라고 해도 운이를 구해야겠어."

백환이 다시 팔을 걷어붙였다.

"그럴 순 없어."

이번엔 다른 아이의 목소리가 끼어들었다. 장우기였다.

"여기가 다시 무너지면 그땐 우리 모두 죽을지도 몰라."

장우기는 모두의 안전을 염려하는 척했지만, 자신의 안전을 위해 한 말이었다.

"그러면 운이는?"

"안타깝지만 할 수 없지."

그리 대답하는 장우기의 말에는 한 자락의 안타까움도 찾아볼 수 없었다.

"뭐야! 이 치사한 놈!"

백환은 처음부터 장우기가 마음에 들지 않았다. 사람을 이리저리 살피는 듯한 눈초리도 싫었고, 천우룡에게 알랑거리는 모습도 마음에 들지 않았다.

"엄마가 기다린다고?"

백환은 동굴에 갇히고 사촌인 백운은 목숨이 왔다 갔다 하는 절체절명의 상황과는 어울리지 않는 물음에 고개를 들었다. 바위에 깔린 백운을 유심히 살피던 설천의 기괴한 물음에 고민에 싸여 있다가 정신을 차린 것이다.

"운이는 원래 집안에서 귀여움을 독차지하는 녀석이라 아마 숙모님이 눈이 빠져라 기다리고 계실 거야."

백환은 말을 끝내고 눈물을 떨어뜨렸다. 성인이라 해도 믿을 정도로 큰 덩치였지만 아직은 어리고 미숙한 아이였기에 지금의 상황에 어쩔 줄을 모르고 있었다.

"흐윽."

"탈출구를 찾을 테니 모두 움직여."

백환이 울든 말든 천우룡은 아이들에게 고압적인 목소리로 말했다.

"운이는 어쩌고?"

백환은 믿을 수 없다는 얼굴로 다시 천우룡을 바라봤다.

"같은 말을 계속할 필요는 없겠지?"

천우룡은 싸늘한 목소리로 말했다.

"이곳에서 저 녀석을 구하는 일에 시간을 낭비할 정도로 한가한 사람은 없어."

천우룡의 말에 다른 아이들이 부정하지 않고 모두 백환과 시선을 피했다.

"하지만 운이는……."

"저 녀석을 구하다가 너도 죽을 수 있다."

천우룡의 말에 백환의 몸이 뻣뻣하게 굳었다. 어린아이들에게 죽음은 한 번도 생각해 본 적이 없는 낯선 미지의 영역이다. 백환도 아이였기에 천우룡의 말에 겁을 집어먹었다.

"뭐, 굳이 죽고 싶다면 말리지 않겠어."

천우룡의 입매가 비틀어졌다. 천우룡은 인간의 가장 음습하고 기분 나쁜 욕구를 잘 알고 있었다. 살아남고자 하는 욕구. 그것이야말로 인간의 기본적인 욕구이면서 그로 인해 얼마나 타인에게 잔인해질 수 있는지 이미 경험했기 때문이다.

하얗게 굳어버린 백환의 얼굴을 보고 천우룡은 코웃음을 치다가 미동도 없는 설천의 모습에 입가에 비웃음이 걸렸다.

'너라고 별수없겠지.'

백환의 뒤에서 미동도 없는 설천의 모습에 겁을 먹은 것이라 지레짐작한 탓이다.

"입구가 막혔으니 안으로 들어가 나갈 길을 찾는다."

천우룡은 이곳에 남아 백운을 구하겠다고 말할 녀석은 없을 것이라 여기고 아이들에게 자연스레 말했다. 천우룡의 고압적인 태도에 기분이 나쁠 만도 했지만, 절망적인 상황에서 누군가에게 명령을 받는 것에 아이들은 안도했다. 그만큼 어찌해야 할지 알 수 없는 난감한 상황이었기 때문에 아이들은 당연하다는 듯 천우룡의 명령에 따라 움직였다.

털썩!

백환은 동굴 안쪽으로 이동하는 아이들의 모습에 한마디 말도 못하고 자리에 주저앉았다. 두려웠다. 사경을 헤매는 백운과 이곳에 남겨지는 것도, 백운을 구하려다 자신이 죽을지도 모른다는 사실도 몸서리치게 두려웠다.

"이 애가 돌아오길 기다리는 사람이 있는데 그냥 간다고?"

백환의 뒤쪽에서 의외의 목소리가 들려왔다. 설천이었다. 천우룡은 자신의 명령에도 움직일 생각이 없어 보이는 설천의 모습에 짜증을 느꼈다.

"여기서 죽을 생각이야?"

천우룡의 목소리에 짜증이 묻어났다.

"아니, 그럴 생각은 없어. 하지만 얘는 어쩌고?"

설천은 바위에 깔린 백운을 턱짓으로 가리켰다.

"아까 말했을 텐데? 그 녀석 때문에 위험에 휘말리고 싶어?"

"위험하지 않게 구하면 되잖아?"

"뭐?"

설천의 뜬금없는 대꾸에 천우룡은 어이가 없었다. 까딱 잘못하면 죽을지도 모르는 위험한 상황 속에서 저리 천연덕스레 대꾸하는 것이 기가 막혔다. 하지만 다음 순간 녀석을 시험해 보고 싶다는 생각이 들었다.

"그렇게 재주가 좋다면 한번 해봐."

천우룡과 설천의 대치에 아이들은 얼이 빠졌다. 당장 죽을지도 모르는 상황에서 저리 무모할 수 있단 말인가.

"저, 지금은 나갈 길을 찾아보는 것이……."

"시끄러워."

장우기가 조심스레 천우룡에게 말을 걸었으나 바로 면박을 받고 말았다.

"혼자는 좀 힘들 것 같은데……."

설천은 바위에 깔린 백운을 다시 살폈다.

"내가 도와줄게. 구할 수 있어?"

넋이 나가 눈물을 줄줄 흘리고 있던 백환이 정신을 차리고 물었다.

"너희들도 도와줄 수 있어?"

설천은 천우룡과 다른 아이들을 바라보며 말했다.

"내가 왜?"

설천이 하는 일이라면 무조건 반대부터 하고 보자는 심사의 장우기가 사납게 말했다.

"뭐, 도와줄 수 없다면 할 수 없지."

설천은 어쩔 수 없다는 듯 어깨를 으쓱했다.

"제발 도와줘."

설천 대신 아이들에게 도움을 요청한 것은 백환이었다.

"으윽!"

"운아!"

백운은 돌의 무게 때문에 점점 몸에 무리를 느낀 탓인지 신음을 토해냈다.

"뭘 도와주면 돼?"

천우룡이 아무 말 없이 뒤로 물러서자 아이들이 주춤주춤 앞으로 나섰다. 아이들도 당장 목숨이 경각에 달린 상황이라는 것을 알고 있었다. 그러나 위험에 처한 사람을 그냥 버리고 가는 것 또한 마뜩치 않은 일이었다.

"우리까지 위험한 일에 휘말리게 하지 마."

장우기는 천우룡이 참견하지 않겠다는 뜻을 보이자 바로

꼬투리를 잡고 늘어졌다. 도와주겠다고 비칠비칠 나섰던 아이들이 다시 장우기와 천우룡의 눈치를 살피며 머뭇거렸다.

"억지로 도와달라고 하지 않겠어. 위험하다는 생각이 들면 가도 좋아."

설천의 말에 키가 껑충하게 큰 소년이 앞으로 나섰다. 혈수라장을 사용하여 혈수신마로 불리는 방혁진의 아들인 방민준이었다.

"도와줄게. 길 찾는 일이야 나중에 해도 되겠지."

"고마워."

백환은 눈물로 얼룩진 얼굴로 말했다.

"너희는 나가는 길을 찾을 거지?"

장우기는 돕겠다고 나서지 못하도록 아이들을 막아섰다.

"그래……."

"지금 돌을 움직이면 위험하니까 우리가 가고 나면 구하든지 말든지 알아서 하라고."

장우기는 더 이상 볼일 없다는 듯 다른 아이들의 등을 떠밀어 동굴 안쪽으로 움직였다. 천우룡도 잠시 팔짱을 끼고 설천을 바라보다가 아이들과 함께 길을 찾아 동굴 안으로 들어가 버렸다.

"이제 어떻게 할 거야?"

"이제 갔으니 생각해 봐야지."

"뭐라고? 구할 방법이 있는 것 아니었어?"

"우선은 도와줄 사람이 몇 명이나 되는지 알아야 하거든. 일을 할 때는 몇 명이 할 건지가 가장 중요해."

설천은 봉마곡에서 일을 할 때 의부들이 함께 일을 하느냐 마느냐로 일의 속도가 달라진다는 것을 몸소 체험했다. 물론 세 의부는 상승의 고수들이니 한 명이라도 더 일을 돕는다면 그야말로 후다닥 일이 끝났다. 그래서 누가 도와줄 수 있는지 구조 작업을 펼치기 전에 알아야 했던 것이다.

"흠, 나까지 세 명이면 충분히 구할 수 있어."

설천의 말에 백환이 화색을 띠었다.

"정말?"

"응. 내가 바위를 잘라내면 네가 들어내고 너는 저 운이를 빼내."

설천이 백환을 가리키며 들어내라 하고, 방민준에게는 백운을 빼내라고 너무도 간단하게 말했다.

"돌을 잘라낸다고?"

"바위를 들라고?"

설천의 말에 백환과 방민준이 입을 딱 벌렸다.

"그게 가능해?"

방민준의 목소리가 커졌다.

"응."

두 소년이 놀라는 것은 당연했다. 검기로 물건을 자르는 것은 절정고수도 어려운 일이다. 그러나 그 사실을 모르는 설천은 봉마곡에서 자주 했던 채굴 작업을 떠올리며 말했다. 독마군이 진법 연구를 위해, 희귀한 광물을 채취하기 위해 돌을 캐기보다는 아예 잘라서 들어내는 편이 쉬웠기에 설천도 종종 해봤던 일이다.

지금처럼 바위가 겹겹이 쌓인 상황에서는 백운이 깔린 돌을 들어내는 방법보다는 깔린 쪽 바위를 잘라내고 들어내는 방법이 낙석의 위험을 줄이는 방법이기도 했다.

"이쪽 부분을 잘라야겠어."

설천은 백환의 다리가 깔린 쪽을 가리키며 말했다. 반대쪽은 다른 돌들이 위에 복잡하게 얽혀 쌓여 있었다.

"하지만 이쪽을 잘라내는 동안 저쪽 돌들을 건드리면 무너질 수도 있겠어."

설천은 잠시 돌무더기 쪽을 바라보다가 품 안에서 합검의 나머지 부분인 음의 기운이 담긴 검을 꺼내 들었다.

"그건 뭐야?"

"내 검."

"검이라고?"

백환은 검집에 꽂힌 검과 검병도 없이 도신만 덜렁 있는 검을 번갈아가며 바라봤다.

"네가 쓰는 검은 검집에 있는 거 아니야?"

"음, 난 검 두 개를 써."

"그럼 쌍검?"

방민준이 놀랍다는 듯 물었다. 쌍검을 쓰는 무인은 거의 없었다. 기의 안정적인 운용을 위해서는 한 개의 검을 사용하는 것이 알맞았다. 단전에서 시작해 기해혈을 지나 양문혈, 중정혈을 거쳐 팔에 자리 잡은 혈인 협백혈까지 운용되는 기는 두 개의 검으로 나뉘어 사용되기엔 양이 적다. 그뿐만 아니라 그만큼 축기하기 위해 수련해야 하는 시간이 두 배 이상 늘어난다.

　단전에 일 갑자의 내공을 쌓으면 검사(劍絲)와 검막을 자유롭게 사용할 수 있지만, 육십 년 정도의 수련을 이뤄야 가질 수 있는 내공이다. 그런데 쌍검을 사용하면 수련 기간이 두 배 이상 늘어난다.

　산술적인 계산법으로 보자면 쌍검이니 두 배의 시간이 걸린다고 생각하기 쉬웠다. 하지만 두 배 이상의 시간이 소모된다. 때문에 쌍검을 쓰는 무인은 상승 고수가 되기 어려웠다. 그래서 두 아이는 설천의 말에 깜짝 놀란 것이다.

　"응, 뭐, 그렇다고 할 수 있어."

　설천은 아이들의 말에 고개를 끄덕이며 말했다. 원래 하나이면서 두 개의 검이니까 틀린 말은 아니었다.

　"그 검으로 잘라낼 거야?"

　백환은 긴장된 표정으로 물었다. 당장 자신이 바위를 들어야 하는 건 아닌가 싶어서 입술이 바짝 말라 들어갔다.

　"그전에 우선 할 일이 있어."

"으윽!"

백운이 간헐적으로 신음을 토하며 꿈틀거렸다.

"운아!"

백환은 백운의 신음에 어쩔 줄을 몰라 하며 하얗게 질린 얼굴로 설천과 방민준을 바라봤다.

"빨리 운이를 구해야 해."

백환은 백운의 상태가 점점 나빠지는 것을 보고 설천과 방민준에게 말했다. 설천은 백운의 파랗게 질린 입술과 핏기가 사라지는 안색을 확인하곤 고개를 끄덕였다.

"상태가 점점 나빠지는 것 같아. 호흡도 느려지고 맥이 약해졌어."

설천은 마의의 어깨너머로 배운 의술 덕분에 웬만한 의원보다 환자에 대한 눈썰미가 뛰어났다. 설천의 말에 백환의 안색이 굳어졌다.

"그럼 당장 시작하자."

"아니, 그전에 이것 먼저 운이에게 먹여."

설천은 환단 하나와 물통을 꺼내 들었다.

"이게 뭐야?"

"그 환단을 먹으면 우선 기를 보하고 추위를 막아줄 거야."

"추위?"

백환과 방민준은 어리둥절한 표정이었다. 겨울도 아니고 입구가 막힌 동굴 안은 숨이 턱턱 막힐 정도로 덥게 느껴졌다. 그런데 추위라니? 둘 다 어이가 없어 보였다.

"하나는 운이 먹이고 이건 너희 둘이 나눠 먹어."

설천이 환단을 하나 더 내밀며 말했다.

"우리도?"

방민준도 이상했는지 설천에게 고개를 갸웃거리며 물었
다.

"그래. 여기를 얼려서 무너지지 못하게 만들 거야. 그러니
까 한기를 막으려면 너희도 그 환단을 먹어둬."

"뭐라고?"

백환과 방민준의 입이 딱 벌어졌다.

"얼려? 여기 전체를?"

설천이 검으로 바위를 잘라내겠다고 말했을 때도 믿지 못
했지만, 무너져 내려 쌓인 돌무더기를 얼려 버리겠다는 소리
는 더욱 허황되게 여겨졌다.

"무슨 수로 여기를 얼려? 얼면 운이는 어쩌고?"

"동굴이라 한기가 많으니까 내 기 대신 주변의 기를 이용
하면 얼릴 수 있어. 그리고 운이는 환단을 먹으면 한기를 막
아주니까 괜찮아."

너무도 태연하게 대답하는 설천 때문에 방민준과 백환은
할 말을 잃었다.

"알았어."

그러나 백환은 곧 설천에게 고개를 끄덕였다.

"어차피 지금 운이를 구할 수 있는 사람은 너밖에 없으니까 믿을게."

백환의 담담한 대답에 방민준은 놀란 얼굴로 입만 뻐끔거렸다. 백환도 솔직히 설천의 말을 전부 믿는 것은 아니었다. 다급한 상황에서 의지할 사람이라곤 설천밖에 없었다. 그러니 믿고 싶었다, 설천이 백운을 구해줄 것이라고.

"알았어. 물론 너희 도움도 필요해. 그러니까 우선 운이한테 환단부터 먹여."

투둑!

백환은 설천이 건넨 환단을 잘게 부숴 백운의 입에 넣고 물을 흘려 넣었다.

환단을 부수자 청량한 향과 함께 정신까지 맑아지는 것 같았다. 백환도 명가의 자제라 환단 정도는 몇 번 복용한 적이 있다. 그러나 여태까지 복용한 환단과는 비교가 되지 않을 정도의 청량한 향에 백환은 혹 말로만 듣던 대환단이 아닐까 싶었다.

'설마 그럴 리가…….'

설천의 옷차림과 허름해 보이는 칼에 백환은 자연스레 고개를 저었다. 백환은 아니라고 고개를 저었으나 설천이 아이들에게 준 환단은 대환단과는 또 다른 의미로 뛰어난 효능을 지닌 것이었다.

봉마곡의 세 마두는 탈마의 경지에 이른 한서불침의 몸이었지만, 설천은 아직 어린아이였기에 혹독한 산골의 추위에 고생을 꽤 했다. 설천이 아기였을 때, 마의가 만든 세 가지 영약으로 만든 탕약을 복용했다. 그러나 그 탕약은 기와 혈을 타통하고 보하는 역할을 했을 뿐 한서불침까지는 이뤄주지 못했다.

그래서 마의는 설천의 몸이 혹 상할까 싶어 한기를 피할 수 있는 특수 환단을 만들어줬던 것이다. 한기를 피하는 효과가 있지만 복용하면 기를 북돋아주는 부과 효과도 지니고 있었다. 백환은 방민준과 함께 환단을 나눠 먹었다.

"흡!"

"오!"

환단을 삼킨 백환과 방민준의 입에서 감탄의 소리가 튀어나왔다. 환단을 삼키자마자 쓴맛보다는 청아한 향기와 싱그러운 느낌이 입안 가득 퍼졌다. 삼킬 것도 없이 입안에서 스르르 녹아내리자 따뜻한 기운이 단전으로 스며드는 것이 느껴졌다.

"우와! 이 환단, 정말 죽인다!"

방민준은 설천에게 놀랍다는 듯 말했다.

"그 환단의 진짜 효과는 추울 때 더 잘 알 수 있어."

설천은 방민준에게 대꾸하고 검에 기를 불어넣었다.

"지금 얼릴 테니 준비해."

설천의 말에 백환은 정신을 잃은 백운의 상체를 자신의 몸으로 가렸다. 큰 효과는 없을지 몰라도 백환의 모습에 설천은 슬며시 미소를 지었다. 백운을 아끼는 마음이 느껴졌기 때문이다.

지잉!

합검이 청아한 소리를 내며 울자 주변 공기가 싸늘하게 변했다. 겨울도 아닌데 백환은 하얀 입김이 피어오르는 것을 놀란 눈으로 바라봤다.

'정말 얼릴 수 있는 건가?'

백환은 놀란 토끼눈으로 싸늘한 기운을 뿜어내는 설천을 바라봤다. 본격적으로 기를 방출한 것도 아닌데, 설천의 검에서 뿜어져 나오는 한기에 몸이 부르르 떨렸다.

'대단하다!'

방민준은 설천의 기도에 본능적인 두려움을 느꼈다.

'천우룡보다 더 무서운 녀석이구나.'

"핫!"

설천의 기합과 함께 검의 기가 돌무더기 쪽으로 발출됐다.

쩌저적!

돌무더기는 설천이 기를 발출한 곳에서부터 천천히 얼어붙었다. 한기에 고스란히 얼어붙은 돌들은 얼음으로 만들어진 돌무덤 같아 보였다.

"됐어. 이제 돌을 자를 테니 환이가 들어내면 운이를 빼내."

"내가 할 수 있을까?"

설천의 말에 백환이 펄쩍 뛰었다.

"넌 외공에 능하잖아?"

"하, 하지만 나는……."

백환은 자신의 실수로 백운이 다칠지도 모른다는 생각에 잠시 망설였다.

"걱정 마. 잘라낼 돌은 그리 크지 않으니 네 외공 실력이면 충분히 움직일 수 있어."

설천의 말에 백환은 자신감이 솟아나는 걸 느꼈다.

"알았어."

설천은 음의 기운이 담긴 검을 갈무리하고 검집에 들어 있는 양의 기운이 담긴 합검을 뽑아 들었다. 두 소년은 설천이 뽑아 든 검을 바라봤다. 아무리 좋게 봐준다 해도 검신이 반 도막 난 것처럼 짤막한 칼이다. 부러진 칼로 설천이 뭘 하려는 건지 두 소년은 의아했다.

"웃!"

"허억!"

그러나 도막 난 짤막한 칼에 설천이 기를 주입하자 검신이 뜨겁게 달아올랐다. 백환과 방민준은 입을 다물 수 없었다.

'아까는 한기를 뿜어내더니 이번엔 열기라니…….'

방민준과 백환은 설천의 능력에 혀를 내둘렀다.

'괴물이 따로 없군.'

방민준은 설천의 허름한 옷차림과 검의 외형만 보고 사람을 판단한 것을 후회했다. 좀 전까지는 하얀 입김이 뿜어져 나올 정도로 싸늘한 냉기가 감돌던 동굴에 후끈한 열기가 피어올랐다.

치직!

설천의 검에서 피어오른 열화가 공기 중에서 무섭게 이글거렸다. 설천은 돌도 녹일 것처럼 지글지글 열기를 뿜어내는 검을 조금의 표정 변화도 없이 휘둘렀다.

치이익!

꽝꽝 얼어붙은 바위에 열화를 갑옷처럼 두른 검신이 닿자 하얀 안개가 구름처럼 피어올랐다. 백환은 혹여 정신을 잃은 백운이 뜨거운 증기에 델까 싶어 안절부절못했다.

"지금이야. 이제 들어 올려."

설천이 백환에게 말했다.

"어?"

백환은 멍한 표정으로 설천을 다시 바라봤다. 요란스레 안개만 피어올랐지 바위엔 조금의 홈집도 없었다.

"바위를 잘라냈어. 그러니까 이제 들어."

설천의 통보와도 같은 말에 백환은 다시 바위를 살폈다. 그러나 갈라진 흔적이 조금도 없는 매끈한 모습이었다.

"끝부분을 들어 올려."

설천의 무위에 감탄하고 있던 백환이라 순순히 바위의 끝부분에 손을 올렸다. 그러나 순간 차갑게 언 바위가 손바닥에 철썩 달라붙는 느낌에 화들짝 놀라 얼른 손을 뗐다. 깜짝 놀란 백환은 기를 흘려보내 손을 보호했다.

'열기가 담긴 검과 닿았는데 아직 차다?'

의아한 생각이 들었지만 백운의 파리한 얼굴이 보이자 백환은 의문을 접고 돌의 끝을 잡고 천천히 들어 올렸다.

"됐다!"

백환은 백운의 다리를 누르고 있던 돌덩이를 천천히 위로 들어 올리며 기뻐했다.

"으윽!"

설천과 방민준은 백운을 천천히 돌 더미 속에서 끌어냈다.

백운의 다리 상태는 처참했다. 피부가 바위에 눌리고 찢겨 피가 흐르고, 뼈가 살을 뚫고 튀어나와 허옇게 드러나 있었다.

"지혈하고, 부목을 대줘야겠어."

설천은 재빨리 옷자락을 찢어서 백운의 다리를 묶었다. 너무 피를 많이 흘린 탓인지 백운의 안색이 파랗게 질렸다.

"운이는 괜찮을까?"

백환은 바위를 내려놓고 얼른 백운에게 달려왔다.

"피를 너무 많이 흘렸어. 빨리 치료를 받아야 해. 잘못하면 다리를 못 쓸 수도 있어."

설천의 말에 백환의 눈이 흔들렸다.

"다리를 못 쓸 수도 있다고?"

"그래. 다리도 문제지만 더 지체하다가는 죽을지도 몰라. 그러니까 빨리 여길 벗어나야 해."

설천의 말에 백환은 입술을 깨물었다.

"어떻게 해야 여기서 나갈 수 있는 거지?"

완전히 무너져 내려 형태를 알아볼 수 없는 입구 쪽으로 나갈 길을 찾는 것은 어려워 보였다.

"아직 공기가 통하는 걸 보니 안쪽은 다른 동굴로 연결되어 있을 거야. 길을 찾아보자."

설천과 두 소년은 고개를 끄덕였다.

"운이는 내가 업을게."

백환은 조심스레 백운을 업었다.

"힘들면 말해. 언제든지 교대해 줄게."

방민준의 말에 백환은 고개를 끄덕였다. 최악의 상황이었지만 의지할 사람이 옆에 있는 것이 다행이라 생각했다.

"가장 큰 문제는 먹을 게 없다는 거야."

좁고 반 이상 무너진 동굴 안을 걷는 일은 엄청난 체력을 요했다. 게다가 백환은 등에 백운까지 업고 있었다. 아무리 괴물 같은 외공을 가지고 있더라도 백환도 체력의 한계가 있었다. 그리고 얼마나 지났는지 모르겠지만 먹은 것이 없어서 속까지 헛헛해졌다. 빈 뱃속은 그렇다 쳐도 바싹 마른 입안이

버석거렸다.

"조금이라도 오래 버티려면 식량을 찾아야겠어."

"식량을 찾는다고?"

두 소년의 의문에 설천이 고개를 끄덕이더니 주섬주섬 품에서 무언가를 꺼내놓았다. 가죽 주머니와 작은 칼 등을 꺼낸 설천은 백운을 살피며 고민에 빠졌다.

"빨리 길을 찾는 것도 중요하지만, 응급처치와 음식으로 체력을 먼저 보충해야 해."

"하지만 먹을 게 없잖아?"

백환은 도대체 어떻게 식량을 찾을 생각인지 궁금해서 물었다.

"왜 먹을 게 없어? 동굴 안에 잔뜩 있는데."

봉마곡에서 자란 설천은 먹을 것은 자연에 지천으로 있다는 사실을 이미 알고 있었다. 그래서 식량과 물에 대해 심각하게 걱정하지 않았다.

"동굴 안에 잔뜩 있다고?"

백환과 방민준이 볼 때는 정말 생뚱맞은 소리였다. 어두컴컴한 동굴 안에 토끼나 노루가 살고 있을 리도 없고, 그렇다고 먹을 수 있는 열매 같은 것이 있을 리는 더더욱 없어 보였다.

"찾아보면 나오니까 여기서 잠시 쉬고 있어."

설천은 두 소년에게 그 말을 남기고 동굴 안쪽으로 사라졌다. 축축한 벽면을 손으로 쓸어본 설천은 다음 순간 동굴 천장에 매달린 종유석을 바라봤다.

"음, 여기라면 물을 쉽게 만들 수 있겠다."

설천은 가볍게 발을 굴러보고는 종유석 쪽으로 휙 몸을 날렸다.

탁! 탁!

중간 중간에 쌓인 돌들을 발 디딤 삼아 거대한 종유석에 다다랐다. 설천은 당기는 기운인 합기를 이용해 종유석에 몸을 붙였다. 종유석 표면에는 송골송골 작은 물방울이 맺혀 있었다.

"이 정도 양이면 되겠어."

설천은 만족스럽게 씩 웃었다. 설천은 기를 작은 물방울에 주입했다. 설천이 주입한 기는 합기의 성질을 가지고 있었다. 물방울은 주변의 작은 물방울을 삼키며 점점 커졌다.

무거워진 물방울이 떨어지기 전에 설천은 가죽 주머니를 종유석의 아랫부분에 묶어서 고정시켰다. 물방울이 가죽 주머니로 떨어지자 마치 기다렸다는 듯 다른 물방울도 또르르 굴러 떨어지기 시작했다. 그 기세가 너무 빨라서 마치 종유석이 땀이라도 뻘뻘 흘리는 것 같았다.

"역시 효과가 있어."

설천은 뿌듯한 얼굴로 말했다.

    마의의 실험실에 자주 들락거리던 설천은 치워도 치워도 늘 엉망인 연구실의 상태에 진이 빠질 지경이었다. 그래서 결국은 참다못해 파업을(?) 선언한 적이 있다. 너무 지저분해서 더 이상은 못 치우겠다며 설천이 두 손을 들자 마의는 정말 곤란한 얼굴이었다. 늘 엉망으로 살았지만 설천이 깨끗하게 정리정돈해 주는 것에 익숙해졌던 마의이기에 더더욱 설천의 청소가 필요했던 것이다.

    "다시는 심하게 어지럽히지 않으마."

    "지키지도 못할 약속은 하지 마세요."

    "그게……."

    마의는 할 말이 없었다.

    "그럼 많이 어지럽히지 않으마."

    마의는 설천의 눈치를 힐끗 살피며 말했다.

    "정말이요?"

    "그래. 그리고 앞으로는 조금 더 편하게 청소할 수 있게 좋은 방법을 알려주마."

    마의는 기의 속성을 다른 물건에 불어넣을 수 있는 방법을 알려주었다. 기공주입대법이라는 긴 이름으로 세상에 알려져 있지만, 무공이 아니었기 때문에 주목하는 사람은 별로 없었다. 한기나 양기를 검에 담고자 하는 장인들이나 탐내는 대법이었다.

    그 대법의 편리함을 알아낸 것은 마의였다. 특히 실험할 때는 꽤나 유용했다. 시체를 해부할 때 검에 약간의 한기를 흘려 넣었다. 그러자 검에 닿은 피는 한기로 인해 액체도, 고체도 아닌 반 응고 상태로 튀지도, 흐르지도 않았다. 게다가 검에 피가 묻어도 한 번만 쓱 털어내면 후드득 떨어지니 꽤나 편한 대법이었다.

"이 대법을 사용하면 물청소를 힘들게 할 필요가 없다."

마의가 당당하게 말했으나 설천은 왠지 미심쩍었다. 파업을 선언한 설천을 구슬리기 위한 변명이 아닌가 싶어 눈매가 가늘어졌다.

"뭐, 그동안 내가 어지른 것이 사실이긴 하지만… 그래도 내 약재들이 어디 있는지는 나보다 네가 더 잘 알고 있으니 정리를 못하겠다는 말은 말아다오."

마의는 생전 처음으로 남에게 쩔쩔매는 진기한 경험을 했다. 사실 마의에게 배움을 얻고자 갖은 잡일을 마다하지 않았던 사람도 많았다. 그러나 하나같이 마의의 괴팍한 성정을 이기지 못하고 이삼 일 만에 줄행랑을 쳤다. 설천은 아기 때부터 마의의 손에 컸으니 그의 성정에 대해서는 새삼 놀라워할 것도 없었다.

"알겠어요. 그런데 이 대법은 어떻게 사용하는 건가요?"

"몸속에 있는 기는 모든 성질의 기로 변환이 가능하다. 어떻게 기를 운용하느냐에 따라 기의 성질이 달라질 뿐이지. 그것을 이용해 다른 물질에 기의 속성을 부여하는 대법이다."

"좋은 것 같은데, 그게 어떤 도움이 되죠?"

설천의 눈치를 살피며 안절부절못하던 마의는 설천이 관심을 보이자 그제야 안도한 듯 얼굴이 밝아졌다.

"직접 보는 게 낫겠구나."

마의는 바닥에 물을 조금 뿌린 후 물에 서로 잡아당기는 합기의 성질을 부여했다. 조그마한 물방울 하나를 움직이자 바닥에 흥건했던 물이 이리저리 움직였다. 마치 파도치듯 철썩이며 바닥에 핏자국과 먼지가 깨끗하게 닦여 나갔다.

"어떠냐?"

마의는 자랑스레 말했다. 설천도 처음 보는 신기한 광경에 넋을 잃었다.

"정말 유용하게 쓸 수 있겠네요."

무인들이 보면 고작 그런 일에 쓴다고 입에 거품을 물고 쓰러질지도 모르지만 마의와 설천은 이 방법이 청소엔 최고라는 것에 동의했다.

"대신 너무 어지르는 건 안 돼요."

설천의 냉정한 말에 마의의 이마에 삐질 땀이 솟았다.

"알았다."

설천은 마의에게 배운 기공주입대법을 여러 가지 방법으로 연마했다. 마당에 떨어진 마른 나뭇잎에 합기를 넣어 나뭇잎을 쓸어 모아보기도 하고, 물기가 덜 마른 빨랫감을 열기로 말려보기도 했다.

그래서 점점 기공주입대법에 능숙해져 이제는 웬만한 기를 능수능란하게 다룰 수 있게 되었다. 그러니 물방울을 합기로 끌어 모아 먹을 만큼의 식수로 만드는 것도 가능했다.

"물은 됐고, 먹을 건 어디서 찾아야 하지?"

설천은 잠시 주변을 살폈다. 동굴이라 빛도 들지 않아서 앞을 분간하기 힘들었지만, 설천의 눈은 어둠 속에서 야생동물처럼 번쩍였다.

백호를 젖어미로 둔 설천은 새끼 호랑이들과 치열한 먹이쟁탈전을 치르며 성장했다. 새끼 호랑이들은 날카로운 발톱과 이빨, 그리고 탄탄한 근육을 가지고 있었다. 설천이 밀려도 한참 밀리는 상황이었다.

그러나 사람은 적응의 동물이고, 생존이 달린 문제라면 더더욱 그랬다. 세 마리의 야생 호랑이 틈바구니 속에서 조금이라도 더 먹으려면 날래고 강해야 했다. 처음 젖어미인 백호를 잡아왔을 때는 새끼들이 없어서 혼자 젖을 독식했다지만, 세 마리의 새끼가 찾아온 뒤로는 경쟁 관계 속에서 이겨야 배불리 먹을 수 있었다.

살아남기 위해 설천은 자신도 모르는 사이에 애를 썼고, 의부들이 먹인 영약의 효능이 그때 발휘되기 시작했다.

야수안이 개안한 것도 그때였다. 맹수인 호랑이 틈바구니에서 성장하다 보니 그들의 야성이 알게 모르게 영향을 미친 것이다. 주변의 모든 것을 야생의 맹수처럼 느끼고 위험을 감지하는 능력 중 하나가 바로 야수안이었다.

게다가 야수안의 특징은 주변 사물의 기를 색(色)으로 구분할 수 있다는 것이었다. 정순한 기가 모인 곳은 푸른색이나 초록색으로, 독기나 마기가 어린 곳은 암청색이나 검은색으로 보였다.

설천이 주변을 살피며 발견한 이끼는 푸른빛과 노란빛으로 보였다. 노란빛으로 빛나는 물체는 처음인지라 설천도 조심스러웠다.

"흠? 이거 먹을 수 있을 것 같은데?"

설천은 종유석 아랫부분에 비죽비죽 머리를 내밀고 있는 이끼처럼 생긴 양치류의 식물을 뜯어서 씹어보았다. 향긋한 냄새와 청량한 맛이 양은 적어도 헛헛한 속을 달래주었다.

"이 정도면 되겠어."

설천은 이끼처럼 생긴 식물을 뜯어서 흙을 털어내고 가죽 주머니 안에 찰랑거리도록 모인 물도 함께 갈무리했다.

"그나저나 앞서 간 애들은 별일없겠지?"

설천은 천우룡과 함께 움직인 아이들이 떠올랐으나, 천우룡의 냉정하고 차분한 얼굴이 떠올라 고개를 흔들었다.

"별일없겠지, 그 녀석도 있으니까."

설천은 물주머니와 약초를 들고 아이들이 기다리고 있을 곳으로 걸음을 옮겼다.

"으윽."

백운은 간헐적인 신음을 내뱉고 있으나 아직 정신을 차리지 못하고 있었다. 설천은 걱정스레 백운을 바라보다가 물을 마시게 하고 캐온 이끼는 물에 섞어 먹였다.

백운의 상태는 점점 심각해지고 있었다. 처음에는 회색빛으로 보이던 상처 부위가 이제는 검은 빛이 감돌았다.

"당분간 식량은 이걸 먹으면 될 것 같아. 하지만 운이는 상처 때문에 위험하겠어. 우선 뼈라도 맞춰놔야겠다."

"뼈를 맞춘다고?"

설천의 말에 백환과 방민준은 펄쩍 뛰며 놀랐다.

"너, 의술을 아는 거야?"

백환과 방민준이 물었다. 설천은 의술을 배운 것은 아니었지만, 마의의 어깨너머로 배운 의학 지식이 상당했다.

"잘 알지는 못해도 그냥 놔두면 상처가 부위가 썩어 들어갈 거야."

야수안을 통해 환부를 살펴보니 검은색이 감도는 것이 더 이상 방치할 수 없다는 생각이 들었다.

설천의 말에 백환이 움찔했다.

"썩는다고?"

백환의 눈에는 공포가 어렸다.

"그럼 다리를 잘라내야 하는 거야?"

당장에라도 울음을 터뜨릴 듯 백환의 눈에는 물기가 어려 있었다. 무공을 수련하는 아이들에게 있어 사지가 온전하지 못하다는 것은 곧 무공 수련이 불가능하다는 선고와 마찬가지였다. 천마신교 안에서 무공을 익히지 못한 사람들을 어찌 대우하는지 알고 있는 백환에겐 청천벽력 같은 소리였다.

　"아직은 아니야."

　설천은 위로보다는 현실을 말해주는 것이 낫겠다 싶었다. 그것이 효과가 있었는지 백환은 이를 사리물고 설천을 바라봤다.

　"그럼 뭐든 해줘. 나중엔 어찌 되든 지금은 최선을 다해보고 싶어."

　설천은 백환의 당찬 대답에 고개를 끄덕였다. 동굴 안에 갇히고, 가족이 사경을 헤매고 있다. 그럼에도 백환은 당찬 모습이다. 역시 무공에만 재능이 있는 아이가 아니었다. 그리고 그런 백환이 아끼는 아이라면 백운 또한 예사 소년은 아닐 것이다.

　'할 수 있는 데까지 도와주자.'

　혈에서 바로 사용할 수 있는 기보다 많은 양의 기를 필요로 하는 작업이었다. 그래서 설천은 단전의 기를 천천히 움직였다.

　"의원처럼 잘할 수는 없지만 최선을 다해볼게."

　설천은 우선 기를 두 손에 모아 손을 정갈히 하고 튀어나온 뼈를 잡았다.

"윽!"

아직 정신을 차리지 못한 백운의 몸이 고통으로 퍼덕였다.

"잡아!"

설천은 냉정하게 두 아이에게 명령했다. 두 아이가 백운의 사지를 잡아 고정시켰다. 부러진 뼈가 손끝에 잡히자 설천은 잠시 망설였다.

'뼈에도 합기가 효과 있을까?'

그동안 사용했던 합기는 같은 성질의 물질을 끌어들이고 상태를 변화시킬 수 있었다. 그렇다면 뼈에 그 기운을 주입하면 부러진 뼈를 붙일 수 있을지도 모른다.

"으으윽!"

백운의 얼굴은 창백하다 못해 파랗게 질려가고 있었다.

'최선을 다해보기로 했으니까 한번 해보자.'

설천은 합기를 백운의 부러진 뼈에 주입하고 원래의 자리에 뼈를 맞춰 넣었다.

우드득! 우드득!

뼈를 맞추는 소리에 두 소년의 얼굴이 하얗게 질렸다. 백환은 마치 자신이 당하는 양 입술을 깨물며 괴로워했다.

설천은 상처 부위에 마의가 억지로 쥐어준 환단을 물에 개어 발랐다. 그 비싼 환단을 금창약 대신 사용했다는 것을 알면 마의가 혀를 찰 일이었지만, 환단 안에 있는 성분이 상처를 소독하고 피를 맑게 해 상처의 괴사를 막아줄 것이다.

"어떻게 됐어?"

"내가 할 수 있는 건 다 했어."

"고마워. 이 은혜는 꼭 갚을게"

설천의 말에 백환이 힘없이 고개를 숙이며 말했다.

"은혜 갚는 것도 여길 빠져나가야 가능하겠지."

설천의 말에 두 소년의 얼굴이 걱정으로 흐려졌다.

쌕, 쌕.

백운의 호흡은 설천이 뼈를 맞춘 후 아주 편안해졌다. 아직 정신을 차리진 못했지만, 설천이 살펴보니 검은 기가 감돌던 상처가 회녹색으로 변해가고 있는 중이었다.

'효과가 있나 보다.'

설천은 그동안 마의의 어깨너머로 배운 것이 효과가 있었다는 사실에 뿌듯했다.

"많이 좋아진 것 같아. 푹 쉬고 길을 찾아보자."

설천은 태평하게 말했다. 설천의 자신있는 말투에 두 소년은 불안감이 사라지는 것을 느꼈다.

第二章
세 마두 탈출!

마도
공자

"비영검, 그 자식! 죽여 버릴 테다!"

검마는 어두운 밤하늘로 칼을 휘두르며 흉흉하게 외쳤다.

설천이 시험을 보기 위해 봉마곡을 나선 지 이틀째가 되어가는 삼경이 넘은 시각이었다. 아직까지 돌아오지 않는 설천의 행방 때문에 비영검에 대한 화가 폭발한 것이다.

"비영검이 결국 사고를 치는군. 쯧!"

마의도 심란한 마음에 혀를 찼다.

"그리 날뛰지 말고 차분히 대책을 마련해 봅시다."

독마군은 성난 맹수처럼 날뛰는 검마를 불렀다. 다른 때라면 있을 수도 없고 일어날 수도 없는 일이 벌어지고 있었다.

바로 세 명의 마두가 같은 생각을 가지고 서로 머리를 맞대고 고민을 하게 된 것이다. 검마는 흉흉하게 날뛰던 기세를 거두고 철퍼덕 주저앉았다.

"우리는 지금 밖으로 나가 어찌 된 것인지 알아볼 수 없소."

"누가 모르오!"

검마가 화딱지가 난다는 듯 바락 소리쳤다.

"이깟 금거환이라면 당장에라도 끊을 수가 있지만 저 빌어먹을 금거폐쇄진이랑 고독은 어찌한단 말이오?"

"응? 금거환을 끊을 수 있나?"

독마군과 마의가 놀란 눈으로 바라봤다.

"흥, 이깟 금거환은 진즉에 끊을 수 있었소."

탈마를 벗어나 새로운 경지에 이른 검마에겐 만년한철로 만들었다 해도 금거환은 문제가 되지 못했다.

"그럼 문제는 고독을 어찌 없애느냐 하는 건가?"

독마군이 중얼거리듯 말했다.

"뭐? 그럼 금거폐쇄진을 벗어날 수 있다는 말이오?"

마의가 깜짝 놀란 얼굴로 물었다.

"완벽하게는 아니지만, 다른 방법이 있소."

독마군이 대답했다. 그러자 마의와 검마의 얼굴이 일그러졌다.

"잠깐! 우선 정리를 해봅시다."

봉마곡의 마두를 가두기 위해 천마신교에서는 세 가지 장치를 마련했다. 첫 번째는 손목에 채워진 금거환이다. 봉마곡 안에서는 아무 효과가 없는 그냥 장신구였지만, 봉마곡을 벗어나는 순간부터 모든 혈의 순환을 막고 몸 안에 잠든 고독을 깨우며 금거폐쇄진을 벗어날 수 없게 하는 근원이었다.

두 번째는 금거폐쇄진으로, 손목에 채워진 금거환과 공명하며 진 밖으로 벗어나는 것을 막는다. 세 번째는 몸 안에 심어진 고독으로, 금거폐쇄진을 벗어나거나 금거환이 손상을 입으면 바로 몸 안의 기를 빨아들이기 시작한다.

천마신교에서 세 마두를 가두면서 고려한 것은 그들이 모두 각 분야에서 최고의 실력을 가지고 있다는 점이었다. 그래서 각각의 마두들이 벗어날 수 없는 세 가지 금제를 만들어두었던 것이다.

검마는 금거환을 잘라낼 수 있을 정도의 검 실력을 가졌으나, 금거환에 손을 대는 즉시 몸 안의 고독과 금거폐쇄진이 발동되어 그를 압박하게 된다. 마의는 고독을 없앨 수 있을 정도로 뛰어난 의술을 지녔다. 그러나 고독이 사라지면 금거환이 즉시 온몸의 혈의 진기를 흡수해 버릴 것이다. 독마군은 금거폐쇄진을 벗어날 수 있었으나 그곳을 벗어나면 금거환과 고독이 그를 죽음으로 내몰 것이다.

"우선 나는 금거환을 없앨 수 있고, 독마군은 금거폐쇄진을 벗어날 수 있단 말이지?"

"흠흠, 그깟 고독이야 내가 없앨 수 있소."

세 마두는 서로의 얼굴을 보며 경악했다.

"그럼 우리 셋이 힘을 합치면 이곳에서 나갈 수 있다는 말이오, 지금?"

"그, 그런 것 같소만?"

독마군이 얼떨떨한 목소리로 말했다.

"왜 지금까지 말하지 않은 거요!"

검마가 어이없어하다가 열 받았다는 투로 말했다.

"자네가 언제 물은 적이 있었나?"

"응? 그랬던가?"

"만나면 싸우기만 했지 언제 그런 걸 묻고 자시고 할 시간이 있었나."

마의도 허탈하다는 듯 말했다.

"그럼 우리는 여기서 나갈 수 있는 해답을 가지고 서로 으르렁거리며 쌈질만 했다는 말이로군."

세 마두는 잠시 할 말을 잃었다. 그중에서도 독마군의 충격은 검마와 마의가 받은 것보다 훨씬 컸다. 천기를 읽는다는 자가 자존심 하나에 얽매여 이곳에서 죄수 생활을 하고 있었다는 사실은 그에게 꽤나 충격이었다.

다른 마인들의 충격도 심했지만, 그동안 깨달음이 없었던 독마군은 자신의 벽을 넘어서 새로운 경지를 엿보는 계기가 되었다.

"허허, 자신의 코앞도 살필 줄 모르면서 천기를 읽는다 자신했다니 어리석고 무지했군."

한탄과도 같은 말을 내뱉은 독마군이 천천히 가부좌를 틀고 앉아 눈을 감았다. 그동안 답보 상태였던 경지를 뛰어넘을 단서를 찾은 것이다.

"썩을!"

검마의 입에서 쌍소리가 튀어나갔다. 그러나 결코 독마군의 무아지경을 방해할 정도의 큰 소리는 아니었다.

"그리 우리를 시샘하더니 결국 새로운 경지에 이르겠군."

"젠장! 왜 하필 지금이요! 남은 똥줄이 타게 생겼는데."

"어쩔 수 없지. 급할수록 돌아가라 하지 않았나."

검마는 욕을 짓씹으며 툴툴거렸다. 그러나 차분히 엉덩이를 붙이고 앉는 양이 독마군이 무아지경에서 깨어나길 기다릴 요량인 것 같았다.

천마신교에서는 세 마두가 서로 협력하는 일은 절대 없으리라 여겼다. 세 마두 모두 자존심이 하늘을 찌르는 위인들이라 서로에게 머리를 숙일 일은 생기지 않을 것이라 판단했기 때문이다.

그러나 지금 세 마두는 서로 머리를 맞대고 의논할 수밖에 없는 문제가 생겼다. 게다가 다른 이의 성취를 배려하여 기다려 주기까지 하는 바람직한(?) 자세를 보이고 있었다.

이를 다른 마인이 알았다면 기절초풍할 일이었다. 그러나 세 마두는 당연하게 여겼다. 배려 따위는 없는 비정한 마인들이 설천을 만나 주변을 돌아볼 여유와 관용을 가지게 된 것이다.

천기를 읽고 앞날을 내다볼 수 있는 독마군은 하늘의 기를 볼 수 있다는 천안경의 경지에 있었다. 그러나 그 경지는 하늘의 뜻을 읽어낼 수는 있으나 인간의 운명을 알아내는 것은 불가능했다.

자연의 흐름을 모르는 이는 천기를 읽는 것이 더 어려운 일이라 생각할 것이다. 그러나 하늘의 기는 자연의 섭리에 따라 움직이기에 수월하게 읽어낼 수 있었다. 하지만 인간의 운명은 얽힌 실타래처럼 복잡하여, 다른 이와 만나면 어찌 변할지 짐작조차 할 수 없다. 마치 봉마곡 안의 독마군의 운명처럼 말이다.

봉마곡 안에서 원수처럼 으르렁거리던 두 마인이 독마군을 봉마곡에서 벗어나게 해줄 것이라는 것은 짐작조차 할 수 없었다. 그러나 인연의 흐름에 따라 독마군에게 새로운 경지를 보여주었고, 봉마곡에서 벗어날 방도를 마련해 준 것이다.

'인간의 운명은 하늘이 내린 것과 서로의 인연에 의해 만들어지는 것이다. 인연은 인간에게 새로운 길을 제시하고 그 길을 선택하는 것은 인간이니, 앞날을 예측하기 위해서 인간의 내면을 알아야 한다.'

천기를 읽기 위해 우주의 원리를 깨달으려 애쓰던 독마군은 자신의 부족한 부분을 깨달았다. 우주의 진리를 알기 위해선 인간인 자신의 내면부터 파악했어야 했던 것이다.

'인간의 내면이 하나의 소우주이며, 인연은 작은 우주가 만나 더 큰 우주로 변화하는 것이라……'

독마군의 깨달음은 천기를 읽는 것을 넘어서 인간의 내면까지 들여다볼 수 있도록 만들어주었다.

"후유~!"

독마군이 깊은 숨을 내쉬며 거친 기세를 갈무리했다.

"징그러운 노인네. 무슨 시간을 이리도 오래 끌어?"

검마가 툴툴거리며 자리를 박차고 일어섰다.

"기다려 줘서 고맙군."

독마군은 검마의 평소 성정을 잘 알고 있는지라 무아지경 중에 칼이라도 맞을까 걱정하던 차였다. 그러나 검마는 독마군을 기다려 줬을 뿐만 아니라 호법까지 서준 모양이다.

사실 봉마곡 안에서 독마군을 위협할 존재는 검마와 마의 밖에는 없었다. 그러나 서로 못 잡아먹어 으르렁거리는 사이였던 검마가 자신을 배려해 준 것에 독마군은 흐뭇해졌다.

"고마워할 것 없수다. 설천이 일만 아니면 절대 영감의 호법을 서주지 않았을 거요."

검마는 툴툴거리며 말했다.

"알고 있네."

새로운 깨달음을 얻은 독마군은 더욱 깊어진 눈매와 고요한 물과 같은 서늘한 기세를 풍겼다.

"호오, 자네, 더더욱 괴물이 되었군."

마의가 놀랍다는 듯 중얼거렸다.

"나보다 더 대단한 사람들에게 그런 소리를 듣게 되다니 의외로군."

독마군이 희미하게 웃으며 말했다.

"흰소리는 이제 됐고, 여기서 빨리 나갑시다. 그래야 설천이를 찾을 것 아니오."

"그러세."

"알겠네."

마의의 연구실에 둘러앉은 세 명의 마두는 심각한 얼굴로 금거환을 바라봤다.

"그러니까 금거환을 심검으로 자르겠다?"

"그렇소."

검마가 무뚝뚝하게 대답하고 고개를 끄덕였다.

"하지만 금거환만 없앤다고 다가 아니니 문제지."

마의는 심검으로 금거환을 없애도 몸 안 어딘가에서 살아 있을 고독과 금거폐쇄진이 마음에 걸렸다. 금거환이 손상을 입으면 자동적으로 고독과 금거폐쇄진이 발동된다. 때문에 금거환을 손상시키지 않고 무력화시켜야만 했다.

"굳이 금거환을 없애는 것이 능사는 아닐 것이오."

"그게 무슨 말이오?"

"금거환을 깨지 않고도 금거폐쇄진을 벗어날 수 있는 방법을 찾아냈소."

"호오! 대단하군."

마의가 감탄하며 말했다.

"흠, 하지만 이놈을 계속 달고 다니면 꼬리가 잡힐 텐데?"

검마가 조심스레 말했다. 금거환은 금거폐쇄진과 공명하기 때문에 위치를 찾아낼 수 있었다.

"하지만 금거환을 부순다면 온 천마신교의 사람들이 우리가 봉마곡을 벗어난 것을 알게 될 거요."

"하긴 그렇지."

마의가 독마군의 말에 찬성했다.

"그래서 일시적으로 금거환이 제 기능을 못하게 할 생각이오."

"그런 게 가능하단 말이오? 그런데 일시적이라니, 그럼 우리가 벗어날 수 있는 시간이 제한적이란 말이오?"

검마가 미심쩍은 듯 물었다. 검마의 물음에 독마군이 고개를 끄덕였다.

"그럼 남은 문제는 고독인데, 고독은 어쩔 작정이오?"

고독 이야기가 나오자 마의가 의기양양하게 약병 하나를 내밀었다.

"그건 걱정 말게. 이 약이면 고독을 없앨 수 있으니."

검푸른 빛이 감도는 약병을 보고 검마는 인상을 찡그렸다.

"먹고 죽는 건 아니겠지?"

"무슨 소리! 이건 내가 만든 특제 약이란 말이네!"

"그럼 영감이 먼저 마셔보시오."

검마가 이죽거리며 말했다.

"흥! 왜, 겁나나?"

"겁이 나는 게 아니라 걸핏하면 실험 어쩌구 하면서 이상한 탕약을 설천이한테 먹였던 걸 잊은 게요?"

"아무리 그래도 지금은 한시가 급한 상황에 그런 일을 하겠나? 그리고 나는 이미 이 약을 복용해서 고독이 없다네."

마의의 말에 두 마인이 움찔했다.

"고독을 제거했다는 말이오?"

독마군은 믿을 수 없다는 듯 물었다.

"그렇소."

"그럴 리가?"

독마군과 검마는 어마어마한 경지를 밟고 있는 무인이었다. 또한 이들의 몸에 살고 있는 고독도 일반 고독이 아니었다. 일반적인 고독이 단전에 기생하여 진기를 흩뜨린다면, 이들의 몸에 심어진 고독은 혈을 따라 움직이는 활고였다.

탈마에 이른 검마라면 단전에 있는 고독을 죽일 수 있겠지만, 혈을 따라 움직이는 활고를 찾아내는 것은 거의 불가능에 가까웠다. 활고는 혈맥을 타고 움직이기 때문에 어느 곳에 있는지 알아내기가 힘들었기 때문이다.

"뭐 거짓이라 생각해도 할 수는 없지만, 지금 나를 의심할 시간이 있으면 설천이가 어찌 된 것인지나 걱정하는 게 좋을 거요."

"흠."

"그게……."

마의의 말이 옳았다. 마의나 의심하며 시간을 낭비하기보다는 설천에게 무슨 일이 생긴 것인지 빨리 알아내야 했다. 설천은 셋 모두의 자식과도 같은 존재다. 마의가 설천을 놓고 장난을 칠 인사가 아니라는 것은 검마와 독마군 둘이 어느 누구보다 잘 알고 있었다.

"누가 뭐라 했소! 먹으면 될 것 아니오!"

검마가 무안함을 감추며 약병을 받아 들었다.

꿀꺽꿀꺽.

호방한 성정답게 검마는 한 번에 약을 들이켰다.

꼴깍꼴깍.

독마군도 말없이 약을 마셨다.

"큭!"

검마가 목이 졸린 듯 컥컥거리다가 피를 토해냈다.

"이게 무슨?"

독마군은 검마가 갑자기 토혈을 하자 놀라서 소리쳤다.

"곧 괜찮아질 거요."

마의가 너무도 담담하게 말해서 독마군은 뭐라 더 따질 수
도 없었다.

쿨럭!

게다가 다음 순간 독마군도 핏덩이를 게워냈기 때문에 마
의에게 물을 여유조차 없었다. 목을 타고 내려간 약은 지독한
한기를 뿜어내며 온몸의 혈맥으로 뻗어나갔다.

두 마두는 온몸을 파고드는 한기에 가부좌를 틀고 운기조
식에 들어갔다. 냉기는 몸 안의 혈맥을 휘감아 돌다가 단전까
지 침습해 들어왔다. 자칫 잘못하면 한기로 인해 혈맥이 상해
목숨을 잃을 수도 있는 상황이었지만, 마의는 태연하게 두 마
인이 운기조식에서 깨어나길 기다렸다.

한기는 온몸의 기혈을 얼릴 듯 살벌한 기세로 혈맥을 휘돌
았다. 두 마인은 재빨리 운기조식으로 한기를 몰아내려 했다.
그러나 한기가 사그라지기는커녕 단전에서 뿜어져 나오던 온
기마저 얼려 버렸다.

'이런 제기! 마의 이 늙은이가 나를 죽이려 작정했군.'

검마는 욕설을 삼키며 단전에서 잠자고 있던 양의 기운을
깨우려 했다.

꿈틀!

검마는 순간 기해혈에서 이질적인 움직임을 포착해 냈다.

'이건!'

이질적인 움직임은 혈맥 곳곳에 스민 냉기를 피하듯 재빨

리 움직이기 시작했다. 마의를 욕하던 검마는 꿈틀거리며 냉기를 피해 움직이는 것이 활고라는 것을 알아차렸다.

'마의 노인네, 아무리 그래도 이리 과격한 방법이라니……'

검마는 인상을 찡그렸지만 양의 기운을 일으키려던 것을 멈추고 활고의 움직임이 느껴지는 곳에 냉기가 퍼지도록 기를 움직였다. 활고는 냉기를 피해 열심히 움직였지만 혈맥 곳곳에 스민 냉기를 피할 길이 없자 곧장 식도 근처의 혈로 움직였다. 음식물을 섭취하는 식도의 경우, 외부의 공기와 접촉이 많기 때문에 아직까지 열기가 남아 있었기 때문이다.

"퉤!"

"욱!"

검마는 활고가 식도로 움직이자 기를 끌어올려 활고를 뱉어냈다. 독마군도 검마와 비슷한 과정을 통해 움직인 활고를 토해냈다.

두 마인이 깨어난 것은 한 시진이 지난 후였다.

"이따위 방법밖에는 없었소? 엉?"

검마가 사납게 외쳤다.

"활고를 없애려면 어쩔 수 없었네."

마의는 혈맥에 냉기를 가진 독을 주입해 활고가 온기를 찾아 움직이도록 만들었다.

"이 독은 어찌해 주실 건가?"

독마군이 물었다.

"그 독은 큰 해가 없을 것이네. 앞으로 한 시진 후면 자연히 없어지는 독이거든."

"그럼 미리 독이라고 말을 했어야지!"

검마가 왜 미리 말하지 않았냐는 투로 마의를 닦달했다.

"내가 독이라고 말하면 자네가 과연 그 약을 먹었을까?"

"그, 그건……."

검마는 말을 흐렸다. 지금이야 서로를 어느 정도 믿고 있지만, 솔직히 독이니까 마시라는 말을 했다면 검마는 검부터 먼저 뽑아 들고 덤벼들었을 것이다.

"빙독이었군. 구하기 힘들었을 텐데……."

"그렇다네. 그 귀한 빙독을 공짜로 줬으면 고마운 줄 알아야지. 쯧!"

빙독은 빙궁에서 채취한 빙정으로 만드는 특별한 독이었다. 재료로 쓰는 빙정을 구하기 어려웠기 때문에 부르는 것이 값인 귀한 독이기도 했다. 쓰임은 독으로 사용하기보다는 열상을 입은 환자와 화기를 다스리는 데 주로 사용된다.

"게다가 그냥 빙독만 사용한 게 아니네. 내 특제 비전이 담긴 여러 가지 재료도 사용되었단 말일세."

"제기! 고맙소! 이러면 되는 거요?"

검마의 욕이 섞인 감사 인사에 독마군과 마의는 모두 꿀 먹은 벙어리가 되어 검마를 바라봤다. 천마신교가 세워진 이래, 아무도 받을 수 없을 것 같았던 검마의 감사 인사를 받은 마의는 얼이 빠져 검마를 멀뚱멀뚱 바라봤다.

"지금 내 귀가 이상해진 건가?"

"뭘 놀라쇼! 감사 인사 처음 받아보시오!"

"세상 오래살고 볼 일이군."

마의 대신 감탄사를 터뜨린 건 독마군이었다.

"놀랄 건 또 뭐요? 저 징그러운 녀석이 내 뱃속에 들어 있었다니 십 년 전에 먹은 밥알이 올라올 지경이오."

바닥의 핏물 속에서 꿈틀거리고 있던 고독을 검마가 꾹꾹 밟으며 으르렁거렸다. 독마군도 검마의 마음을 백번 이해했다. 봉마곡에 갇혀 있으면서 가장 신경을 건드렸던 건 몸 안에 있는 고독이었다. 혹 그 고독으로 인해 깨달음을 얻지 못하는 건 아닌가 하는 의심마저 들었기 때문이다.

"하긴 나도 그렇군. 고독을 없애줘서 고맙소."

독마군도 정중하게 마의에게 감사 인사를 했다.

"흥, 마른 약초 하나 생기지도 않는 감사 인사는 됐소. 이제 고독을 없앴으니 다음은 뭘 해야 하는 거요?"

마의가 쑥스러운 듯 고개를 돌리며 물었다. 마의의 물음에 독마군이 자리를 털고 일어났다.

"금거폐쇄진을 벗어나는 거요. 금거환을 부수지 않고 말이오."

검마는 의심스럽다는 듯 봉마곡의 끝자락인 너럭바위 앞

에 붙은 봉인부를 흘끔 바라봤다.

"저 너머로 갈 수 있다는 말이오?"

검마가 손목에 채워진 금거환을 만지작거리며 물었다. 금거환을 차고 있는 상태로 봉인부 너머로 한 발짝이라도 내딛는다는 것은 자살행위나 마찬가지다. 독마군은 지금 그것이 가능하다고 말하고 있는 것이다.

"고독이 몸 안에 있다면 아마 불가능한 일이겠지. 하지만 지금은 고독도 없고, 만에 하나 내가 실패하더라도 심검으로 금거환을 자를 수 있다 하지 않았소?"

독마군은 새로운 깨달음을 얻고 난 후 자신이 하는 것이 모두 옳다는 아집을 버렸다. 때문에 자신이 혹 실수하더라도 검마의 방법이 있으니 괜찮을 것이라고 말했다.

"뭐, 영감이 틀릴 때도 있소?"

독마군은 늘 천기 운운하며 자신의 말이 모두 맞는다고 부득부득 우겨왔다. 때문에 검마는 갑자기 자신없는 말을 내뱉는 독마군의 모습에 황당해했다.

"말이 그렇다는 걸세."

"쳇! 그럼 그렇지."

"잘 들어두시오. 금거환은 봉마곡에 펼쳐진 금거패쇄진과 연결되어 있소. 그리고 저 봉인부는 그 진의 경계의 끝을 알려주는 표지물과 같은 거요."

"그럼 뭘 어쩌자는 거요? 봉인부를 떼어서 들고 다니자는 거요?"

검마는 빙빙 돌려 말하는 독마군이 답답하다는 듯 말했다.

"뭐, 대강 비슷한 거요."

"뭐요?"

검마가 어이없다는 듯 눈을 부릅떴다.

"놀랄 건 없소. 금거폐쇄진을 없애고 금거환을 부수는 것보다 그 영역을 넓히는 것이 더 효과적이라 생각했을 뿐이오."

"그런 방법이 가능한가?"

마의가 떨리는 목소리로 물었다.

"진법을 확장시키는 일이오. 내겐 일도 아니지. 이걸 손목에 차도록 하시오."

독마군이 건넨 것은 금거환과 비슷한 형태의 팔찌였다.

"뭐요? 또 팔찌?"

"모양은 같지만 기능은 다른 것이오."

독마군은 검마와 마의에게 팔찌를 건네고 자신의 손목을 내보였다. 독마군의 팔에는 금거환과 두 마인에게 건넨 모양과 같은 팔찌가 채워져 있었다.

"지금부터 봉인부 옆에 확장부를 붙여 금거폐쇄진을 확장할 거요."

"그럼 이걸 차면 밖으로 나갈 수 있는 거요?"

"일시적이지만 가능할 거요."

"일시적이라……."

"우선 설천이에게 무슨 일이 생긴 것인지 파악할 정도의 시간을 벌 수 있을 거요."

"완전히 벗어나는 것은 힘든 일인가?"

"팔찌에 새긴 진의 힘을 감당할 수 있을 정도로 강도가 강한 금속을 찾는다면 봉마곡을 아주 벗어날 수도 있을 거요. 하지만 지금은 우선 급한 대로 빙옥석으로 만들었으니 반나절 정도는 버틸 것이오."

"반나절의 자유로군."

검마가 팔찌를 만지작거리며 말했다.

"지금은 설천이의 행방을 파악하는 것이 우선이니 빨리 움직입시다."

"좋소. 오랜만에 망할 놈의 사제 녀석 버릇도 함께 고쳐 주는 것도 좋겠지."

검마가 날카로운 송곳니를 드러내며 사납게 웃었다.

우웅!

독마군이 봉인부 옆에 확장부를 붙이자 봉마곡을 감싸고 있던 진법의 기운이 흐려지는 것이 느껴졌다.

"그럼 움직여 봅시다."

검마가 검게 변한 눈동자를 번뜩이며 말했다. 세 마두가 내뿜는 숨 막힐 듯한 마기가 봉마곡을 벗어나 마천문 쪽으로 움직이고 있었다.

"아이들의 생존 가능성은 어느 정도인가?"

비영검은 허망한 얼굴로 동굴의 입구를 바라보고 있었다. 처참하게 무너진 동굴의 입구를 바라보자 그 안에서 다치고 상처 입었을 아이들이 떠올라 가슴이 먹먹해졌다.

"반 정도입니다."

동평의 침통한 목소리에 비영검의 눈가가 파르르 떨렸다.

"동굴이 무너진 원인은 뭔가?"

"아직 확실치는 않으나 벽력탄인 것 같습니다."

동평의 보고에 비영검의 주먹에 힘이 들어갔다.

"그렇다는 말은 누군가 계획적으로 동굴을 무너뜨렸다는 것이로군."

비영검의 말투엔 북풍한설과 같은 냉기가 흐르고 있었다.

"화약 냄새와 동굴이 무너질 때 보였던 불꽃으로 벽력탄이라 생각하고 있지만, 다른 것이 원인일 수도 있습니다."

동평은 자신이 말하고 있지만 스스로도 말이 안 된다는 것을 알고 있었다.

"우선 누가 이런 일을 벌였는지도 중요하지만, 지금 중요한 것은 아이들을 무사히 구출하는 것이네. 당장 구조대를 꾸리게."

"알겠습니다."

"동굴 입구 쪽으로 들어가는 것은 힘들겠어."

다시 무너져 내릴 듯 위태로워 보이는 입구 쪽으로는 진입이 불가능해 보였다.

"다른 굴과 통하는 곳이 있을 겁니다."

"수련동의 지도가 남아 있는지 교에 연락을 넣어보게. 없다면 다른 쪽도 알아보고."

비영검의 말에 동평이 깜짝 놀라 눈을 깜빡였다.

"다른 쪽이라 하시면……."

"자네 생각대로네."

동평은 파리하게 질린 비영검의 얼굴에 동굴을 무너뜨린 홍수에 대한 분노가 치밀어 올랐다.

"알겠습니다. 학장님 지시대로 하겠습니다."

동평은 천마신교 수뇌부에 수련동의 지도와 지원을 지급으로 요청했다. 아이들을 구하기 위해 동평은 모든 힘을 쏟을 작정이었다. 그러나 교에서 보내온 지도를 확인한 순간 동평의 얼굴은 무섭게 일그러졌다.

"허어!"

수련동의 지도를 보고 동평은 어이가 없어서 헛바람을 삼켰다. 커다란 지도에 입구만 표시해 둔, 척 보기에도 성의라곤 눈을 씻고 찾아봐도 없어 보이는 지도였다. 동평은 이번에도 장로들의 농간이라 여겼다.

비영검이 하는 모든 일을 방해하며 트집을 잡고자 하는 이들이니 분명 이번 기회를 호기라 여길 것이다. 동평은 눈앞이 깜깜해졌다. 아이들을 구하기 위해서는 못할 일이 없었다. 하지만 그자에게만은 손을 빌리고 싶지 않았다.

"어쩔 수가 없나?"

동평은 어쩔 수 없다는 듯 서신 하나를 써 내려갔다. 동평의 서신을 받을 사람은 야귀. 마인들 사이에서도 관계 맺기를 꺼리는 자였다. 그러나 정보를 얻기 위해선 그의 도움이 꼭 필요했다.

*   *   *

야귀는 위명이 자자한 도적이었다. 명문세가나 상회, 심지어는 절정고수의 것이라도 원하는 물건이 있으면 귀신같이 훔쳐 내는 신묘한 재주를 지닌 도둑이었다. 그러나 나이를 먹은 야귀는 도둑질보다는 수하들을 모아놓고 닦달하여 돈을 뜯어내는 것에 재미가 들려 버렸다.

"검이로군."

야귀는 검은 빛이 감도는 검을 바라보다가 내려놓았다. 묵철로 만든 검이었지만, 장인의 솜씨가 별로였는지 예기도 없었고 검집에 문양 하나 없어 수수해 보이는 검이었다.

"이걸 누가 가져왔나?"

"접니다."

"이게 무슨 검이라고?"

야귀는 덤덤하게 물었다.

"묵철로 만든 흑운검입니다. 명검 중의 명검이죠."

"명검이라……."

야귀의 말에 수하는 알랑거리며 고개를 조아렸다.

"명검이 얼마나 잘 드는지 한번 볼까?"

야귀는 흑운검을 집어 들어 검을 바친 수하의 목줄기에 겨눴다.

"살려주십시오. 다음엔 좀 더 좋은 물건을 가져오겠습니다."

투실투실 살이 오른 남자가 몸을 부들부들 떨며 야귀 앞에 무릎을 꿇고 빌었다.

"이런 물건으로 나를 속이려 들다니……."

야귀가 검을 남자의 목에 지그시 누르자 피가 주르륵 흘러내렸다.

"아닙니다. 제가 어찌 회주님을 속이겠습니까."

남자는 사색이 되어 싹싹 빌었다. 주변의 다른 수하들도 얼굴이 하얗게 질려 남자를 바라봤다.

"그럼 이 검이 진짜 명검이라 생각하고 내게 바쳤다는 말이냐? 물건을 보는 눈도 없는 주제에 눈알은 사치다."

"제발 살려주십시오. 으아악!"

야귀의 소름 끼치는 목소리가 떨어지기가 무섭게 남자는
눈에서 핏물을 쏟아내며 쓰러졌다.

투둑!

바닥에 남자의 눈알이 툭 떨어졌다.

"다른 물건도 이 녀석 것과 같으면 실망이 클 것 같군."

야귀의 말에 좌중엔 팽팽한 긴장감이 감돌았다.

"더 이상 실망하실 일은 없을 겁니다."

서생처럼 차려입은 중년인이 야귀 앞에 묵직한 보따리 하
나를 내려놓았다. 야귀는 서생과 보따리를 번갈아 바라봤다.

"뭔가?"

"직접 확인해 보십시오."

중년인이 자신만만한 얼굴로 미소를 지었다. 야귀의 눈이
호기심으로 가늘어졌다.

"기대에 부응해 줬으면 좋겠군."

스르륵.

"호!"

보자기를 푼 야귀의 입에서 감탄성이 흘러나왔다.

"태청검가에서 자랑하는 금으로 만든 봉황입니다."

정파 명문인 태청검가에서 가보로 여기는 금으로 만든 봉
황의 조각상은 강호에서 유명했다. 그런 조각상을 야귀 앞에
내민 남자는 도둑으로 유명한 풍야객이었다.

"봐줄 만하군."

야귀의 대꾸에 풍야객의 얼굴이 환해졌다. 풍야객을 비롯해 야귀 앞에서 쩔쩔매며 물건을 바치고 있는 다섯 남자는 야귀가 관리하는 흑우회의 조장들이었다.

야귀는 잔인한 손속과 마음먹으면 뭐든 훔쳐 내는 신기에 가까운 능력으로 흑우회라는 집단을 조직했다. 흑우회는 도둑질과 사기로 이름을 떨치고 있는 자들이 주축이 된 집단이었다.

야귀는 조장들에게서 한 달에 한 번 진귀한 물건을 상납받았다. 오늘이 바로 그 상납이 있는 날이었다. 야귀는 상납을 받을 때 조금이라도 자신의 마음에 들지 않으면 잔인한 짓도 서슴지 않았기에 조장들은 가시방석에 앉은 듯 불안한 마음으로 야귀를 바라봤다.

"회주님, 마림원에서 서신이 왔습니다."

살얼음 위를 걷는 듯 팽팽한 긴장감이 감도는 와중에 야귀의 심복인 소야차가 서신을 가져왔다.

"마림원?"

야귀는 의아한 듯 머리를 긁적이며 서신을 받아 들었다.

"비영검이로군."

반갑지 않은 듯 야귀의 인상이 찌그러졌다.

"하! 수련동의 상세한 지도가 필요하다?"

야귀는 어이가 없다는 듯 서신을 노려봤다.

"소야차, 마림원에 답신을 보내라."

서신을 다 읽은 야귀가 귀찮은 듯 소야차를 불렀다.

"뭐라 답을 보낼까요?"

"모든 것에는 정당한 가격이 있으니, 값을 지불하기 전에 는 물건을 보낼 수 없다고 해라."

야귀의 말에 소야차가 재빨리 지필묵을 들어 답신을 적었 다.

"가격은 어느 정도로 이야기할까요?"

소야차의 물음에 야귀의 얼굴에 비열한 웃음이 감돌았다.

"이번 기회에 비영검에게 물 좀 먹이는 것도 좋겠지? 백만 냥이라 해라."

"백만 냥이라굽쇼?"

소야차가 질린 듯한 얼굴로 물었다.

"그래. 비영검은 물 좀 먹어봐야 한다."

"하나, 괜찮을까요? 그 어른신과 관계가……."

"하하, 걱정할 것 없다. 그분이야 꼼짝할 수 없는 상황이 고, 비영검과는 사이가 나쁘다니 이번 기회에 혼자 고고한 척 하는 그자를 곤란하게 만들어주는 것도 좋겠지."

야귀는 재밌다는 듯 킬킬거렸다. 소야차는 자신의 주군의 모습에 고개를 절레절레 흔들며 답신을 적었다.

"그럼, 계속해 볼까?"

야귀의 말에 조장들의 얼굴이 다시 딱딱하게 굳었다. 야귀 는 조장들을 한 시진가량 닦달하여 있는 물건 없는 물건 전부 토해내게 만들었다.

"흐흐, 오늘도 수입이 좋군."

야귀는 눈앞에서 번쩍번쩍 광채를 발하고 있는 금봉황과 은괴가 가득 찬 궤짝, 금사가 섞인 비단 등을 잔뜩 쌓아놓고 음침한 웃음을 흘렸다.

"비고에 새로운 물품을 채울 수 있겠군."

야귀는 뿌듯한 표정으로 보물들을 바라보곤 천천히 자리에서 일어났다.

"주변에 날벌레는 없겠지?"

기감으로 주변을 어슬렁거리는 녀석이 없는지 살핀 후 벽면에 걸린 관음상 족자를 떼어냈다. 족자 뒤에는 만년한철로 만든 문이 자리하고 있었다. 기관진식이 설치된 문은 어마어마한 무게에 맞지 않게 조용히 열렸다.

야귀는 오늘 얻은 보물들을 챙겨 들고 안으로 걸음을 옮겼다. 문 안에는 텅 빈 공간에 덩그러니 다섯 개의 야명주가 놓여 있었다. 영문을 모르는 이들은 야명주가 방 안을 밝히는 용도라고 생각하겠지만, 방 안의 야명주는 진을 발동시키는 역할을 하는 열쇠와 같았다. 야귀는 자신만이 알고 있는 순서대로 야명주에 기를 주입했다.

팟! 우웅!

방이 대낮처럼 밝아지자 방 안에 설치된 기관진식이 작동

되기 시작했다.

철그럭!

야명주만 덩그러니 놓여 있던 방의 바닥에 큰 문이 나타났다. 야귀는 그 문에 기를 흘려보냈다. 거대한 문이 스르륵 열리자 그 안에는 눈이 부실 정도로 번쩍이는 금과 은, 보석들이 가득했다. 그러나 야귀는 거들떠보지도 않고 그곳에 어울리지 않는 초라한 항아리 하나를 조심스레 들어 올렸다.

"보물들을 확인해 볼까?"

야귀의 얼굴에 만족한 웃음이 걸렸다. 시정에서 파는 싸구려 항아리와 똑같은 모양의 항아리를 조심스레 바닥으로 기울이자 놀라운 일이 벌어졌다.

촤르륵!

작은 항아리 안에서 도저히 나올 수 없는 어마어마한 양의 보물이 바닥으로 쏟아져 나왔다. 기관진식의 대가와 도자 장인이 만든 항아리는 무한항정이라 불리는 보물로, 귀한 물건을 눈에 띄지 않게 보관할 수 있었다. 무한항정에서 쏟아져 나온 보물들은 처음 문 안으로 들어설 때 볼 수 있었던 금은 보화와는 비교되지 않을 정도로 진귀한 것들이었다.

"흐흐, 나무를 숨기려면 숲에 숨기는 것이 가장 안전하지."

야귀는 자신의 비상한 머리에 감탄하며, 항아리 안에서 나온 물건들을 차례차례 살폈다.

"하하, 언제 봐도 뿌듯하구나."

야귀는 자신의 소장품들을 하나하나 살피며 기뻐했다. 그의 소장품 중엔 가치를 헤아릴 수 없는 진귀한 물건들이 많았다.

황금빛 독사가 눈을 번뜩이는 모양이 아로새겨진 수투. 이 수투는 수천 종의 독기를 자유자재로 사용할 수 있으며, 이독제독의 효과로 사용자는 해독의 효과까지 볼 수 있었다.

'큭! 이걸 훔칠 때 꽤나 힘들었지.'

수투는 독의 명가인 사천당문에서 훔쳐 온 만독수투로, 야귀도 훔칠 때 꽤나 고생했던 물건이다. 독의 명가답게 집안 곳곳에 독이 묻은 암기와 독무가 포함된 절진 등 갖은 위험한 상황을 넘나들며 장장 반년의 고생 끝에 훔쳐 낸 물건이다.

만독수투가 독과 관련된 최고의 병기라면, 천계의 구름이 섬세하게 조각된 흑목단으로 멋스럽게 만들어진 목함 안에는 최고의 영약이 들어 있었다.

'이건 향기만 맡아도 정신이 맑아지는구나.'

야귀는 목함을 집어 들었다. 은은한 향기를 풍기는 목함 안에는 죽은 자도 살린다는 이기회생단(理氣回生丹)이 담겨 있었다. 이기회생단은 화타의 전인이 세운 의술 명가 백선문의 보물이었다.

목함을 내려놓은 야귀는 고아한 맛을 풍기는 피리를 집어 들었다. 전설 속의 새인 비익조가 음각되어 있는 청옥 빛 피리. 듣는 이들의 혼과 정신을 지배한다는 음후곡의 혼원제적이었다.

'쩝! 이건 훔쳐 오긴 했지만 악기와는 영 인연이 없으니 써먹을 수 없는 게 아쉽군.'

야귀는 쩝쩝 입맛을 다시며 혼원제적을 내려놓고 은은한 빛이라도 머금고 있는 듯 하얗게 빛이 나는 작은 병을 집어 들었다. 두 마리의 용이 꼬리를 물고 하늘로 승천하는 모습이 손잡이에 양각되어 있고, 날렵한 병 허리와 하얀 표면이 인상적인 옥로정병.

이 옥로정병은 영주산의 신선들이 만들었다 전해지는 삼보이기(三寶二奇)의 하나이자, 보통의 물도 신선들이 마시는 신선수로 만들어주는 보물이었다. 신선수를 마신 사람은 천수를 누린다고 하니, 누구라도 탐낼 만한 물건이었다.

"오랜만에 신선주나 한잔 마셔볼까?"

술을 즐기는 야귀는 그냥 마시는 것보다는 옥로정병에 담아 마시는 것을 즐겼다.

'카아! 이것이야말로 신선들이 마셨다는 신선주가 아니겠어.'

야귀는 남들은 꿈도 꿀 수 없는 보물로 술을 변화시켜 마시며 흐뭇해하곤 했다. 벌써부터 신선주를 마실 생각에 군침이 돌았다. 보물들을 무한항정에 쓸어 담은 후 방으로 돌아온 야귀는 옥로정병을 꺼내 들었다.

"응? 아니, 도대체 이 무슨……!"

야귀는 옥로정병을 놀란 눈을 커다랗게 부릅뜨며 바라봤다. 옥로정병은 두 마리의 용이 여의주를 물고 하늘로 승천하는 모양의 손잡이가 달려 있었다. 그런데 그 두 마리 용이 눈을 뜨고 야귀를 노려보고 있었다.

'이게 무슨 괴이한 일이란 말인가?'

야귀는 무서운 것이라도 만진 듯 옥로정병을 탁자 위에 재빨리 내려놓았다.

'설마 다른 물건과 바꿔치기한 것인가?'

"소야차, 밖에 있느냐!"

야귀는 떨리는 목소리로 소야차를 불렀다.

"부르셨습니까?"

"혹 내 방에 다른 사람이 얼씬거린 적이 있느냐?"

야귀는 혹시나 하는 마음에 물었다.

"그럴 리가 있겠습니까? 아무리 대단한 고수라도 어찌 이곳에 침입하겠습니까?"

소야차의 말이 맞았다. 최고의 도둑이라 할 수 있는 야귀는 집 안 곳곳에 기관진식과 잠형신법을 익힌 고수들을 포진시켜 두고 있었다. 도둑이 도둑을 염려해 철통같은 방비를 하고 있었던 것이다.

"당장 술을 가져와라!"

소야차의 말에 뚫어질 듯 옥로정병를 노려보던 야귀가 소리쳤다. 소야차는 야귀가 왜 그러는지 연유도 모른 채 허둥지둥 술을 갖다 대령했다.

꼴꼴꼴.

야귀는 소야차가 대령한 술을 허겁지겁 옥로정병에 담았
다.

파앗!

술이 담긴 병은 환한 빛을 뿜어냈다.

"그것이 전설로만 듣던 삼보이기의 하나인 옥로정병이로
군요."

소야차는 옥로정병에서 뿜어져 나오는 빛을 바라보며 홀
린 듯 중얼거렸다.

"이 무슨……!"

야귀는 옥로정병이 진품인 것을 깨닫고 소리쳤다.

"무슨 일이십니까, 회주님?"

평소 아는 것도 많고 궁금증도 많은 소야차가 야귀에게 물
었다.

"옥로정병의 용이 눈을 떴다."

"용이 눈을 떴다니 그게 무슨 말씀이십니까?"

"병 손잡이에 양각된 용이 눈을 떴단 말이다."

야귀는 믿을 수 없다는 듯 말했다. 소야차도 어리둥절한 상
태로 옥로병정의 손잡이를 바라봤다.

"그럼, 원래는 눈을 뜬 게 아니었단 말씀이십니까?"

"그래."

"물건이 바뀐 게 아닙니까?"

소야차의 물음에 야귀는 옥로정병에 담긴 술을 홀쩍 마셨다.

"아까 빛과 술맛을 보건대 이게 진품이 맞다."

"그럼, 원래 눈을 뜨고 있던 게 아닐까요?"

"소야차, 내가 누구냐? 십 리 밖에서도 훔칠 물건의 생김을 정확히 알아맞히는 내가 이미 훔친 물건을, 게다가 삼보이기 중의 하나인 보물의 모양도 기억 못할 것 같으냐?"

"흠."

야귀의 말에 소야차가 잠시 생각에 잠겼다.

"그러고 보니 삼보이기에 관해 전해오는 이야기가 있습니다."

"전해오는 이야기?"

"네, 삼보이기는 자신의 주인의 역량을 알아보는 기물이라 들었습니다."

"주인의 능력을 알아본다?"

"천하를 다스릴 주인을 만나면 형태가 바뀐다고 들었는데 오늘 옥로정병이 회주님을 만나 형태가 바뀐 것이라 생각됩니다."

"흐흐흐, 그럼 나를 알아보고 눈을 뜬 것이란 말이렷다?"

야귀는 기분 좋은 듯 옥로정병의 손잡이를 쓰다듬었다.

"아마도 그런 것 같습니다."

"크하하! 신선주나 한잔할까 했는데, 덕분에 더욱 흥이 오르는군."

야귀는 소야차의 말에 입이 귀까지 찢어져 신나게 웃었다. 소야차는 자신의 주군이 기뻐하는 모습에 안도의 한숨을 내쉬었다. 조장들의 상납품이 마음에 들지 않으면 며칠 동안 아랫것들을 들들 볶는 야귀의 성정을 잘 알고 있었기에 조심스레 행동하고 있었던 것이다.

'설마 나머지 이야기를 알아내지는 않겠지?'

소야차는 옥로정병을 흘끔거리며 야귀의 눈치를 살폈다. 물건의 특징이나 값어치, 소장자의 정보 등에는 귀신같은 야귀였지만, 물건에 얽힌 전설이나 역사 등에는 관심이 없다는 것을 알고 있었기에 서슴없이 거짓을 말한 것이다.

'괜히 기분이 나빠지기라도 하면 큰일 아닌가.'

소야차는 흐뭇한 표정으로 술을 홀짝이는 야귀의 모습을 흘끔거리며 눈치를 살폈다. 뒷골목에서 칼밥을 먹고사는 소야차지만 그는 꽤나 박식했다. 논어, 중용 정도의 서책도 읽어봤으며, 전설이나 설화 등도 많이 알고 있었다.

소야차가 야귀에게 말한 삼보이기에 관한 전설은 거짓이라기보다는 굉장히 압축되고 축소된 내용이었다. 보물이 주인을 알아보고 형태를 바꾸는 것은 맞는 내용이다. 하나, 그 다섯 가지의 보물이 서로 감응하고 있다는 사실을 쏙 빼놓았다.

다섯 가지의 보물 주인 중 한 명에 의해 형태가 변화한 것
이다. 아무리 살펴도 야귀는 천하의 주인이 되기엔 자질이 부
족해 보이니 나머지 네 가지의 보물 주인 중 한 명이 그런 자
질을 가졌다는 말이 된다. 하나 야귀는 그런 사실을 모를 것
이다.

　'굳이 그런 사실을 알아서 뭣 하겠어.'

　"내가 천하의 주인이 된다는 말이지. 하하하!"

　야귀가 저리 기뻐하는데 사실을 말해 기분을 망칠 필요는
없었다.

　'휴~ 이번엔 덜 들볶이겠군.'

　소야차의 얼굴에도 기분 좋은 미소가 감돌았다. 그러나 야
귀로 인해 인상을 구기는 다른 사람들이 있었다.

第三章
사라진 아이들

마도
공자

비영검과 동평의 얼굴은 참혹하게 일그러져 있었다. 구조대를 급파해도 아이들을 구할 수 있을지 모르는 시간에 수련동의 내부 지도 한 장 얻을 수 없었다.

천마신교 안에서는 비영검을 물먹일 꼬투리를 잡았다 싶은지 구조대 파견보다는 이번 일이 벌어진 경위에 대해 감사단을 조직해야 한다는 말이 먼저 나왔다.

교주는 손자인 천우룡이 갇혀 있음에도 구조대 파견에 미온적인 입장이었다. 이번 일은 마림원에서 독자적으로 추진했으니 스스로 해결하라는 식의 서한이 당도했을 뿐이다.

"교주님의 손자 분도 안에 있는데 이렇게 나오는 건 의외로군요."

동평의 씁쓸한 말에 비영검도 우울한 표정을 지었다.

'뒤를 이을 혈육은 많다는 말인가? 너무도 잔인하구나.'

비영검은 천우룡의 처지가 자신의 제자와 너무도 닮아 안타까운 마음이 들었다.

'내 불찰로 일어난 일이니 반드시 아이들을 구해내겠다.'

비영검은 주먹을 꽉 쥐었다. 그러나 교에서의 지원과 야귀에게 모두 도움을 받을 수 없는 최악의 상황이다.

'이제 도움을 청할 곳은 그들뿐인가? 확실히 그들이라면 동굴에 대해 잘 알고 있을 것이다.'

비영검은 천마의 비밀결사대에게 도움을 청하기로 마음먹었다. 비영검은 홀로 앉은 집무실의 창밖으로 검은 천을 내걸었다. 그들과 만나겠다는 의사를 전한 것이다.

"상황은 알고 있소."

연기처럼 방 안에 스르르 나타난 복면사내는 비영검이 말을 꺼내기도 전에 말했다.

"도움이 필요하오."

비영검이 사내에게 말했다. 복면의 사내는 잠시 비영검을 바라봤다.

"도움이라……. 지금이 어떤 상황인지 알면서 도움을 요청하는 거요?"

사내의 말투엔 명백하게 비난의 기색이 담겨 있었다.

"상황이 복잡한 것은 알고 있소."

"복잡? 장로파와 교주가 지켜보고, 천마신교의 모든 사람이 이목을 집중하고 있는 일이오. 자칫 잘못했다가는 우리의 존재가 드러날 수도 있는 일이란 말이오."

사내의 말에 비영검은 가벼운 현기증이 느껴졌다.

"하면 도움을 줄 수 없다는 말이오?"

"물론 아이들에게 불상사가 생긴 것은 안된 일이오. 하지만 우리는 완수해야 할 책임이 있소."

사내의 말은 어떠한 도움도 줄 수 없다는 뜻이었다.

"이것이 두 번째 청이라 해도 불가능하다는 말이오?"

"부탁을 들어줄 수 있는 것은 어디까지나 우리의 임무에 피해가 가지 않는 한에서였소."

사내의 말에 비영검의 입가가 일그러졌다.

'처음부터 이들을 믿었던 내 잘못이다.'

비영검은 후회로 가슴이 답답해졌다.

복면사내가 사라진 후 비영검은 고민을 거듭했다. 그러나 더 이상 시간을 지체한다면 아이들의 생존 가능성은 점점 희박해질 것이다.

"회의를 소집해 주게. 구조대를 조직하겠네."

비영검은 결심을 굳히고 동평을 불러들였다.

"하나 지금은 섣불리 움직여서는 안 됩니다."

동평은 안타까운 목소리로 말했다.

"우선 우리가 할 수 있는 최선이 무엇인지 회의를 해봐야 겠지."

비영검의 씁쓸한 말에 동평이 고개를 숙였다.

비영검의 소집으로 모인 마림원의 교사들과 관계자들은 딱딱하게 굳은 얼굴로 비영검을 바라보고 있었다.

"교의 지원도, 자세한 지형을 파악할 수 있는 지도도 없네. 하지만 이렇게 손 놓고 아이들을 방치할 수 는 없는 일. 구조 대를 투입하겠소."

"학장님, 안 됩니다. 아이들도 아이들이지만 구조대까지 위태롭게 만들 수는 없습니다."

동평의 안타까운 외침에도 비영검은 고개를 저었다.

"내 고집으로 인해 벌어진 일이오. 내가 직접 구조대에 참 가하겠소."

"어찌 마림원을 총괄하시는 분이 그런 일에 직접 나서시겠 다는 겁니까? 그럴 수는 없습니다."

동평이 깜짝 놀라 비영검을 만류했다. 그러나 비영검의 뜻 은 단호했다.

긴장감이 감도는 집무실로 시동이 조심스레 눈치를 살피 며 들어섰다.

"학장님, 손님이 오셨습니다."

회의를 주재하던 비영검의 인상이 찡그려졌다.

"급한 일이 아니면 나중에 다시 오시라 하시게."

"그것이······."

말을 전하는 시동의 눈가가 푸르게 멍들어 있었다. 아마도 급한 일 때문에 기다리라 말을 했지만, 비영검을 찾은 손님은 기다릴 생각이 없는 듯했다.

"무슨 일이냐? 눈가의 멍은 또 뭐고?"

비영검의 물음에 시동의 어깨가 움츠러들었다.

"태철상이라는 분이 찾아오셨습니다."

시동의 목소리는 두려움과 아픔으로 떨렸다. 비영검은 괴이쩍은 시동의 행동과 귀에 익은 듯한 이름에 잠시 생각에 잠겼다.

"태철상?"

비영검은 기억나는 얼굴이 없어 고민했다. 그러나 다음 순간 벼락처럼 뇌리를 강타하는 한 사람의 얼굴 때문에 벌떡 일어섰다.

"설마! 지금 그분은 어디 계시냐?"

비영검의 격렬한 반응에 회의를 진행하던 마림원 수뇌부는 잠시 혼란에 싸였다.

"그분 말씀이, 조용히 뵙길 원한다고 하셨습니다."

흥분해서 벌떡 일어났던 비영검은 시동의 말에 잠시 숨을 고르며 흥분을 가라앉혔다.

"알겠다. 만날 분이 있으니 잠시 실례하겠소."

마림원 수뇌부는 비영검의 말에 침묵에 빠졌다.

"학장님, 지금 한시가 급한 상황이 아닙니까?"

"알고 있소. 하나 내 눈으로 확인해야 하는 중요한 분들이 오신 것 같소."

비영검의 말에 어쩔 수 없다는 듯 동평이 물러났다. 비영검은 뛰쳐나가 듯 회의실을 벗어났다.

'설마, 그럴 리는 없을 것이다.'

비영검은 태철상이라는 이름이 자신이 생각하는 그 사람이 아니기만을 바라며 시동을 따라 접객당으로 움직였다.

'이럴 수가!'

접객당 안에서 절대 잊을 수 없는 사형의 얼굴을 발견한 비영검은 눈앞이 깜깜해지는 충격을 느꼈다.

"이게 대체 무슨……?"

"그건 내가 묻고 싶은 말인데? 내 아들은 지금 어딨어?"

비영검은 검마의 청천벽력 같은 말에 몸이 뻣뻣하게 굳었다.

"아들?"

"흠흠, 정확히 말해 우리 셋의 아들이지."

비영검은 검마의 옆에 선 두 노인을 바라봤다.

"설마……."

비영검은 얼음처럼 굳어 세 마두를 바라봤다.

"그 설마가 맞네."

불안감에 입을 떼지 못하는 비영검의 말을 자르고 독마군이 말했다.

"교에서 알게 된다면 당장 집정단이 달려올 겁니다."

"알고 있기에 조용히 나왔네. 설천이만 찾으면 돌아갈 것이니 염려 말게."

"설천이?"

"그래, 우리 아들이지. 왜 시험 보러 간 설천이가 이 시간까지 집에 돌아오지 못한 건지 이유나 들어볼까?"

검마가 사나운 얼굴로 물었다.

"사고가 있었습니다."

비영검은 학장이라는 지위와 연륜을 가진 사내답게 담담하게 검마의 분노를 받아들였다.

"사고? 설마 다친 건 아니겠지?"

검마와 두 마두의 표정이 사나워졌다.

"아직까지는 확인되지 않았습니다."

비영검의 침통한 목소리에 세 마두의 기세가 더욱 사나워졌다.

"뭐? 무슨 거지같은 소리야!"

"동굴이 무너져서 아이들이 안에 갇혔습니다. 지금 당장 구조대를……."

캉!

검마가 검을 빼어 든 것은 순식간이었다. 비영검도 검을 뽑아 들고 검마의 사나운 기세를 뿜어내는 검을 막았다. 조금만 늦었다면 비영검의 목이 달아났을 정도의 광폭한 기운이 담긴 검세였다.

"그러고도 네놈이 마림원의 학장 자격이 있는 거냐!"

검마는 이를 갈며 비영검에게 소리쳤다.

"지금 이럴 때가 아니오. 검을 거두고 설천이를 구할 계획을 세워야 할 것이오."

비영검은 검마에게 충고 아닌 충고를 하고 있는 서생풍의 노인을 바라봤다. 비영검은 그가 독마군이라는 것을 한눈에 알 수 있었다. 천기를 읽는 그였지만, 검마의 제멋대로인 성격을 다스릴 수 없을 것이라 짐작했다.

"제기! 이럴 줄 알았어. 저 자식하고 얽혀 좋은 꼴을 본 적이 없어."

비영검은 검마가 순순히 검을 거둬들이는 모습에 경악을 금할 수 없었다.

'사형이 다른 사람의 충고를 받아들였다.'

"수련동이 갑자기 무너졌다는 건 누군가의 사주에 의한 것이겠지?"

독마군의 차분한 물음에 비영검의 고개가 돌아갔다.

"그렇습니다."

"구조대를 최대한 빨리 움직여야 할 때에 미적거리는 이유가 뭐요?"

"동굴 안의 구조를 파악할 지도를 구할 길이 없습니다."

비영검은 독마군에게 공손하게 대꾸했다. 초절정의 고수에 천기를 읽는 독마군은 비영검에게도 무시할 수 없는 존재였다.

"하긴, 그곳 지리를 잘 아는 자는 흔치 않겠지."

"야귀에게 도움을 청했으나 거절당했습니다."

"뭐? 야귀 그 자식이 뭘 안다고 도움을 청해?"

"혹 비급이나 보물이라도 있을까 싶어 야귀가 수련동을 꽤 자세하게 조사했다고 들었습니다."

"그렇단 말이지. 그런데 거절했다?"

"야귀라면 돈 되는 일이 아니면 절대 움직이지 않는 자 아닌가?"

마의가 조용히 듣고 있다가 물었다.

'이자가 의술의 정점에 있다는 마의로군.'

비영검은 강퍅한 인상의 노인이 마의라 확신했다. 전설적인 세 명의 마인이 한꺼번에 탈주한 것을 안다면 천마신교가 발칵 뒤집힐 것이다. 그러나 다른 의미에선 아이들을 구하는 단초가 될 수도 있었다.

"돈보다는 목숨이 귀하다는 걸 알려줘야 마음이 바뀌겠지."

검마가 사나운 목소리로 중얼거렸다.

"안 됩니다, 사형."

비영검은 검마가 직접 나서려는 것을 막아섰다. 검마가 검을 강탈하고 다닌 이래로 한 번도 사형이라 부른 적이 없는 비영검의 입에서 자연스레 사형이란 말이 튀어나왔다.

"뭐가 또 안 된다는 거야?"

검마는 그 변화를 알아차리지 못하고 사납게 물었다.

"공식적으로 세 분은 지금 봉마곡에 유폐 중입니다. 그런 분들이 직접 움직이는 건 탈주했으니 잡아가라 떠들고 다니는 것과 마찬가지입니다."

"그럼 어찌하면 좋겠나?"

세 마두 중 가장 말이 통할 것 같은 독마군이 물어왔다.

"백만 냥이면 정보를 주겠다고 하더군요."

"백만 냥? 지금 그 자식한테 돈을 주자는 말이냐?"

검마가 자존심이 상한다는 듯 물었다.

"야귀는 돈과 보물로 움직이는 자이니 그 정도면 적당하다 생각합니다."

"흥, 그 자식이 돈만 꿀꺽하는 수도 있겠지."

검마의 말에 비영검이 입을 다물었다. 사실이 그랬다. 야귀는 도적질과 거짓말, 살인을 밥 먹듯 하는 자였다.

"됐어. 내가 움직여도 들키지만 않으면 될 것 아닌가? 내 빨리 다녀오지. 나머지는 구조대를 조직하고 비상 약품이나 챙겨둬라."

검마는 비영검에게 명령을 내리듯 말했다.

"야귀는 그리 호락호락한 자가 아닙니다."

"그렇긴 하지. 하지만 멍청한 자식도 아니거든."

검마의 입매가 기묘하게 비틀렸다.

"너는 야귀 녀석을 걱정할 때가 아닐 텐데? 만약에 설천이 머리카락 한 올이라도 다쳤다면 네놈도 무사하지 못할 것이다."

검마가 사납게 으르렁거렸다.

"정말 야귀에게 정체를 들키지 않고 지도를 얻어올 수 있으십니까?"

비영검이 의심스럽다는 듯 물었다.

"아니, 내가 그깟 일 하나 제대로 처리 못할까? 내가 그리 못미더워?"

검마의 물음에 독마군과 마의의 얼굴까지 찌그러졌다. 비영검뿐만 아니라 독마군과 마의도 검마가 못미더운 듯했다.

"걱정 말라고. 내 횡 하니 다녀올 테니."

검마가 걱정 말라는 듯 말했으나, 아무도 그 말에 대답하는 사람은 없었다.

기분 좋게 술잔을 기울이는 야귀는 오랜만에 입이 귀에 걸려 있었다. 연꽃향이 은은히 풍기는 술은 많이 마셔도 질리지 않고, 마신 후에도 숙취 따위는 걱정없을 정도로 명주였다.

"크! 좋군."

"기녀를 불러올까요?"

소야차는 술을 홀짝이는 야귀를 바라보며 물었다.

"흠? 기녀라……. 뭐 가끔은 이렇게 혼자 마시는 것도 좋은 것 같군. 어떤가? 자네도 한잔할 텐가?"

야귀의 말에 소야차가 깜짝 놀랐다. 성정이 워낙에 잔인하고 욕심이 많은 그의 입에서 나온 말치곤 정말 의외라 더욱 그랬다.

"왜? 내가 주는 술은 싫은가?"

"아닙니다. 어찌 제가 회주님께서 주시는 술을 마다하겠습니까?"

소야차는 야귀가 또 무슨 변덕을 부릴지 몰라 조마조마했지만, 언제 또 이런 귀한 술을 얻어먹을 수 있을까 싶어 덥석 술잔을 받아 들었다.

"크하하! 그래, 오늘은 흉금을 터놓고 이야기하면서 거하게 취해보자고!"

야귀는 호방하게 말하며 소야차의 잔에 술을 따라줬다.

'이것이 바로 신선주로구나.'

소야차는 감격한 얼굴로 잔에 입을 댔다. 코끝을 간질이는 향과 부드럽게 목을 넘어가는 느낌에 소야차는 오늘 일진이 좋은 날이라 여겼다. 그러나 그 생각은 술잔을 내려놓기 전에 산산이 부서졌다.

"회주님! 괴한이 침입했습니다!"

경비 책임을 맡고 있는 정극인이 다급하게 야귀의 집무실로 뛰어들며 말했다.

"괴한?"

"네, 문 앞의 위사들을 때려눕히고 안채로 향하고 있습니다."

"몇 명인가?"

야귀는 놀라는 기색 없이 담담하게 물었다.

"한 명입니다."

"그깟 한 명 처리도 제대로 못하고 이렇게 헐레벌떡 달려온 건가?"

야귀의 목소리에 서늘한 기세가 감돌았다. 지금까지 좋았던 분위기도 한순간에 날아가 버렸다.

"죄, 죄송합니다."

"더 이상 시끄러운 꼴 보기 싫으니 빨리 처리하게."

"알겠습니다."

정극인은 야귀의 말에 고개를 조아리며 말했다.

"쯧! 술맛 버렸군."

정극인이 허둥지둥 사라지자 야귀가 혀를 차며 술잔을 내려놓았다.

"송구합니다. 지금 당장 암영대에게 처리하라 이르겠습니다."

소야차는 다시 냉기를 날리는 야귀의 말에 흑우회 최고의 무력 집단인 암영대를 소집하겠노라 말했다.

"뭐, 그럴 필요 있나? 닭 잡는 데 굳이 소 잡는 칼을 쓸 거 있겠어? 자네가 나가서 어찌 일을 처리하는지 살펴보라고. 그리고 내 집에 와서 행패를 부린 녀석이 어떤 놈인지 낯짝이나 한번 봐야겠으니 잡거든 끌고 오라고."

야귀는 심드렁하게 말했다.

"알겠습니다."

소야차는 되도록 빨리 괴한을 처리하지 않으면 야귀의 잔인한 성정에 애꿎은 사람들이 다칠 것 같아 후다닥 집무실을 벗어나 밖으로 향했다.

'도대체 어떤 간 큰 녀석이 흑우회 회주의 집에서 행패를 부리는 거지? 혹시 흑사방?'

천마신교의 뒷골목을 장악하고 있는 오대세력 중 하나인 흑사방은 흑우회와는 이권 다툼으로 꽤 자주 충돌했다. 그러나 전면전으로 번지지는 않았고, 몇몇 무인들이 칼을 섞는 정도 선에서 일이 마무리되곤 했다. 오대세력의 힘이 비슷비슷하다 보니 괜히 전면전으로 나섰다가는 다른 조직에 뒤통수를 맞을 수 있다는 우려 때문이었다.

'흑사방이라면 한 명만 보낼 리가 없지.'

이런저런 고민에 빠져 있던 소야차는 주위가 너무도 조용하다는 것에 의아함을 느꼈다. 괴한의 습격을 막으려고 꽤 많은 수의 위사들이 움직였을 텐데 이리 조용하다는 것은 좋은 징조가 아니었다. 그 순간,

"목이 달아나고 싶지 않으면 움직이지 마라."

조용했지만 등골이 오싹할 정도로 무시무시한 기세가 느껴지는 목소리가 들렸다.

'고수다!'

소야차는 사방이 조용했던 이유를 짐작할 수 있었다. 이 정체불명의 고수가 위사들을 모두 처리한 후였던 것이다.

"야귀 녀석은 어디 있느냐?"

동네 이웃집 꼬마를 찾듯 대수롭지 않게 묻는 말투를 보아하니 야귀와 안면이 있는 자인 듯했다.

"회주님과 아는 사이요?"

"회주? 흥, 도적질한다며 남의 집 담 넘던 녀석이 꽤나 컸군. 회주라고 꼴값을 떨고 다니니 말이야."

남자의 대답은 진중함과는 거리가 멀어 보였다.

'흑사방의 고수인가?'

스스슥.

위사들이 모두 당한 것을 알고 암영대가 움직인 듯했다.

"제기, 많이도 모여 있군."

사내도 암영대의 움직임을 감지한 듯 혀를 차며 신형을 움직였다.

쾅!

암영대를 향해 사나운 기세로 달려나가는 사내의 발밑에서 폭음이 일었다. 달빛에 언뜻 엿본 사내의 얼굴은 복면을 쓰고 있었다.

'도대체 누구이기에?'

소야차는 궁금증을 참지 못하고 암영대와 검을 섞고 있는 사내를 바라봤다.

소야차가 궁금하게 여기는 남자의 정체는 설천의 걱정으로 몸이 단 검마였다.

'망할! 불편해 죽겠군.'

눈가까지 오는 복면이었지만 맨 얼굴로 다니던 검마는 갑갑해 죽을 지경이었다.

'빨리 지도나 받아가자.'

검마는 사방에서 조여오는 암영대의 거센 기세에도 꿈쩍 않고 지도나 챙겨 이곳을 뜰 생각을 했다.

"감히 이곳이 어디라고 함부로 들어왔단 말이냐. 살아 나갈 생각은 말아라."

"쉰 소리 말고 빨리 덤벼. 올 생각이 없으면 내가 가마."

검마는 검진을 형성해서 빈틈을 노리고 있는 암영대를 쏘아보며 말했다.

'빈틈이 없다.'

암영대 대주 흑살사는 건들거리며 서 있는 검마의 모습에서 한 치의 빈틈도 찾을 수 없자 당황했다.

'고수다, 그것도 엄청난.'

"혈풍살검진을 펼쳐라."

흑살사의 말이 떨어지자 암영대는 흑우회가 자랑하는 혈풍살검진을 펼쳤다. 사방에서 적을 향해 포위진을 좁히며 검진을 형성하는 혈풍살검진은 일류 검진은 아니었다. 하나 그 안에서 뿜어져 나오는 살기와 투기만은 일류 검진을 압도하고도 남았다.

"음, 꽤 볼만하군. 제법이야, 야귀 놈이 이런 수하도 부릴 줄 알고. 그런데 내가 바빠서 일일이 상대해 줄 시간이 없구나."

검마는 암영대가 펼친 검진을 쓱 한번 살피고는 검을 치켜들었다. 소야차는 자신을 뒤에 방치하듯 내버려 둔 검마의 행동을 이해할 수 없었다. 뒤에 적을 버려두고 움직이다니 이는 목숨을 도외시하는 행동이었다.

그럼에도 소야차는 손 하나 까딱할 수 없었다. 암영대가 검마에게서 한 치의 빈틈도 찾을 수 없었듯 등지고 선 검마에게서는 태산과 같은 기세와 함께 빈틈을 발견할 수가 없었던 것이다.

"혈풍살검진 개진!"

횡!

흑살사의 말이 끝나기도 전에 검마의 신형이 먹이를 덮치는 맹수처럼 암영대에게 날아들었다.

픽! 픽!

암영대가 검을 휘두르기도 전에 검마는 검진 가운데로 뛰어들어 검신도 아닌 검병으로 암영대를 두드렸다.

"크악!"

"캐액!"

"아악!"

검마가 지나간 자리엔 풍 맞은 사람처럼 부들부들 떨며 거품을 문 암영대원들이 쓰러져 있었다.

"자, 이제 야귀 녀석 얼굴 좀 볼까?"

암영대를 순식간에 해치운 검마는 소야차에게 기세를 흘리며 말했다.

'젠장! 내 언젠가는 이럴 줄 알았어.'

소야차는 분명 물건을 도난당한 고수 중의 하나가 야귀에게 앙갚음을 하러 왔다 지레짐작했다.

"대협, 기분이 많이 상하신 건 알겠습니다. 좋게 말로 해결하는 것은 어떨까요?"

"말로 해결? 야귀가 퍽이나 잘도 그러겠다. 잔말 말고 야귀한테 안내나 해라."

검마의 딱 부러지는 말에 소야차는 어쩔 수 없이 야귀의 집무실로 안내했다.

'이래저래 죽은 목숨이군.'

괴한의 방문을 막지 못한 이상 야귀가 자신을 용서할 리 없다는 것을 알고 있다.

"회주님, 손님이 찾아오셨습니다."

"손님은 무슨, 야귀! 면상이나 좀 구경하자!"

소야차는 호기롭게 외치며 집무실로 들어가는 검마의 모습에 기절할 것만 같았다.

"네놈은 누구냐?"

소야차는 생전처음으로 잔뜩 긴장한 야귀의 모습에 어리둥절했다. 평소의 성격대로라면 벌써 검이라도 뽑아 들고 칼부림을 벌였을 야귀다. 그런데 뻣뻣하게 굳은 얼굴로 검을 얼마나 세게 움켜쥔 건지 손등에 힘줄이 파랗게 도드라져 있었다.

"알면 뭐 하게? 일단 좀 맞자."

검마가 검을 치켜들고 씩 웃자, 복면 위로 살기를 폭사하는 안광이 드러났다. 소야차와 야귀는 그 모습에 등줄기가 서늘해졌다. 특히 검마의 기세를 정면으로 받은 야귀는 부르르 몸을 떨었다.

퍽, 퍼퍼벅!

"원하는 게 뭐냐?"

검병으로 비 오는 날 먼지 나도록 맞은 야귀는 신음을 삼키며 물었다.

"말이 좀 짧다? 더 맞을까?"

"원하는 것이 무엇이오?"

검마가 검을 치켜들자 야귀가 흠칫 몸을 떨며 말했다.

"수련동 지도."

야귀는 의외의 말에 잠시 검마를 빤히 바라봤다.

그러고 보니 검마의 기세와 말투가 낯익었다.

"혹 마림원과 관계가 있는 분이오?"

"관계는 개뿔! 잔말 말고 내놔!"

야귀는 경박스러운 말투와 무지막지한 무공 실력이 낯설지 않았다.

"지도는 드리겠소. 그런데 본좌와 면식이 있으시오?"

소야차는 야귀와 정체불명의 고수의 분위기가 이상하다는 것을 대번에 알아차렸다. 게다가 강호의 보물을 산더미같이 가진 야귀에게서 고작 수련동 지도를 내달라니 소야차는 순간 자신의 귀를 의심했다.

"면식은 무슨! 흠흠, 오늘 처음 보는 거다."

야귀와 소야차는 검마가 거짓말을 하고 있다는 것을 알아차렸다. 뒷골목에서 잔뼈가 굵은 그들이 보기엔 정말 어설픈 거짓말이었다.

"혹 비영검 대협과 관계가 있으시오?"

"관계는 무슨! 그깟 녀석과 아무 관계도 없어! 그러니 잔말 말고 지도나 내놔!"

'비영검과 관련있는 자로군.'

야귀가 재빨리 머리를 굴렸다. 자신과 안면이 있으며 비영검과 관계있는 자…… 강호에 마의군자로 유명한 비영검과 잔인하고 집요한 도적으로 유명한 자신을 함께 알고 있는 자는 거의 없다고 봐도 무방할 정도로 접점이 없었다. 야귀는 재빨리 머리를 굴리며, 여러 인물과 눈앞의 괴한을 대치시켜 보았다.

"살막 어르신이신지요?"

야귀의 물음에 소야차의 눈은 커다래지고 검마의 몸은 뻣뻣하게 굳었다.

"내가 그리 비리비리해 보이더냐?"

살막은 비영검과 호형호제할 정도로 가까운 사이였고, 야귀에게는 스승과도 같은 인물이다.

'하긴 그분이 복면까지 하고 이곳을 찾을 리가 없지.'

"그 망할 영감 따위랑 비교할 생각은 집어치우고 빨리 지도나 내놔!"

'게다가 저 안하무인격의 태도는 대체……'

야귀는 자신도 만만치 않은 안하무인격의 사람이라는 것을 잊고 인상을 찡그렸다.

'분명 아는 사람인데……'

야귀는 떠오를 듯 말 듯 머릿속을 맴도는 희미한 인물 때문에 안달이 났다. 검마에게 맞고 아깝게 지도까지 빼앗길 상황이었다. 그러나 야귀는 그것조차 신경 쓰지 못할 정도로 맹렬하게 머리를 굴렸다.

'비영검과 관계는 있으나 좋지 못한 사이고, 나와는 분명 만난 적이 있다. 게다가 암영대와 나를 한 손으로 제압할 정

도로 뛰어난 무공과 상스러운 말투에 살막 어르신까지 아래로 볼 정도의 무인이라…….'

야귀는 점점 한 명의 인물로 좁혀지는 사실에 난감했다. 그 사람은 분명 이곳에 있을 수 없다. 그러나 눈앞의 인물은 그 사람의 특징을 모두 가지고 있었다.

"저어, 혹시… 검마 어르신이십니까?"

야귀의 물음에 소야차가 눈알이 튀어나올 듯 눈을 크게 부릅뜨며 검마를 바라봤고, 움찔 몸이 굳은 검마의 동작이 멈췄다.

'맞군.'

야귀는 순간 검마의 모습에 자신의 생각이 옳았음을 알아차렸다.

"이게 얼마 만에 뵙는 겁니까, 어르신?"

야귀가 반색을 하며 검마에게 다가갔다.

"무, 무슨 헛소리!"

'엥?'

야귀와 소야차는 분명 검마라 확신했다. 검마는 필사적으로 머리를 굴리며 벗어날 방법을 찾았다.

'야귀 자식, 눈치만 빨라서……. 아직 설천이 녀석을 구하지도 못했는데 여기서 들키면 끝장이다.'

"나는 검마 따위가 아니다. 지도나 빨리 내놔!"

검마는 야귀의 손에 든 지도를 휙 낚아챘다.

"오늘 있었던 일을 한마디라도 발설하면 네놈 목숨은 없는 거다."

검마는 지도를 챙겨 들고 팟 하고 순식간에 사라졌다. 거짓말처럼 사라진 검마의 모습에 야귀와 소야차는 순간 어안이 벙벙했다.

"이게 무슨……."

소야차는 마치 태풍이라도 지나간 듯 어지러운 머리를 흔들며 중얼거렸다.

"하하하!"

그러나 다음 순간 미친 사람처럼 박장대소하는 야귀의 모습에 다시 혼이 쏙 빠졌다.

"회, 회주님?"

"오늘 있었던 일은 모두 함구하라. 그리고 마림원에 무슨 일이 있었는지 알아보고 최대한 마림원 일을 돕도록 해라."

미친 듯이 웃던 야귀가 웃음기를 지우고 소야차에게 차가운 목소리로 말했다.

"그게 무슨?"

소야차가 어리둥절해서 야귀에게 물었다.

"보면 모르겠나? 오늘 여기를 찾은 괴인은 천마신교의 삼대고수인 검마 어르신이다. 어떻게 봉마곡에서 벗어나셨는지 모르겠지만, 앞으로 교 내가 꽤나 시끄러워질 것 같군."

야귀가 재미있다는 듯 말했다. 야귀의 시선이 탁자 위에 놓인 옥로정병으로 향했다.

"세상의 주인이 될 사람은 내가 아니라 오늘 여길 찾은 분이었군. 그래도 지켜보는 재미가 쏠쏠하겠어."

야귀는 쓰게 웃으며 창밖을 바라봤다.

*　　*　　*

천우룡은 겁에 질린 아이들의 얼굴에 사납게 인상을 찡그렸다.

"지금 그 말은 내가 사라진 녀석들을 찾아 나서기라도 해야 한다는 말이야?"

"그, 그건……."

"착각하지 마. 지금 내가 너희들을 책임지고 있는 건 다만 여럿이 움직이는 게 효율적이기 때문이야."

천우룡의 차가운 말투에 아이들의 얼굴이 어두워졌다. 아이들이 이토록 겁에 질린 것은 며칠 전부터 차례차례 사라진 아이들 때문이었다.

동굴 안에 갇힌 정신적인 피로와 음식을 제대로 섭취하지 못해 육체적인 피로까지 겹친 아이들은 잠이 들면 업어가도 모를 정도로 깊은 잠에 빠지곤 했다.

처음 이삼 일 동안은 아무 일도 없었다.

츠츠츠.

동굴 안에서 소름 끼치는 이질적인 소리와 함께 소년 하나가 사라졌다. 처음엔 소리를 대수롭지 않게 여겼다. 그러나 휴식 후에 한 명의 소년이 또다시 사라졌다. 그리고 가까운 곳에서 버둥거리며 끌려가지 않으려고 안간힘을 쓴 듯 신발한 짝이 발견되었다.

신발이 떨어진 쪽으로 바닥에 길게 끌린 자국이 선명했다. 아이들은 그 자국과 신발을 보고 얼굴이 하얗게 질려 버렸다.

"오늘부터 돌아가면서 불침번을 선다."

천우룡은 아이들의 얼굴이 하얗게 질리든 말든 그 말 한마디를 내뱉고 동굴 안을 조사했다.

"그럼 없어진 애들은 어쩌고?"

"그런 것까지 내가 신경 써야 해?"

천우룡의 목소리가 차가웠다.

"하지만 우리는 함께 마림원 시험을 보는……."

"뭔가 착각하고 있나 본데, 우리는 모두 경쟁자다. 아직 시험은 끝나지 않았고 스스로의 몸은 스스로 돌봐."

천우룡의 쌀쌀맞은 목소리에 아이들 모두 풀이 죽었다.

강자지존.

천마신교의 법칙은 강한 자를 위해 존재한다. 약하다는 것은 부끄럽고 치욕스러운 일이었다. 아이들의 세계에서도 그 법칙은 당연시되었고, 가장 강한 천우룡이 그렇게 말하는 것은 자연스러운 이치였다. 여기까지 아이들을 인도해 준 것도 큰 선심을 쓴 것이라 생각하고 있을지도 모른다.

천우룡이 공공연하게 도와주지 않겠다고 선언한 후 아이들은 극도로 불안해했다. 언제 쥐도 새도 모르게 죽어서 사라질 수 있다는 상황과 아무도 도와줄 사람이 없다는 사실에 절망을 느꼈을 것이다.

아이들은 불침번을 돌아가며 서고 있었지만, 자신의 순서가 아님에도 핏발이 선 눈을 뜨고 불안하게 주위를 두리번거렸다. 서로를 믿을 수 없어진 것이다.

움직일 수 있는 시간 동안은 꾸준하게 걸어갔지만, 여러 갈래로 갈라진 동굴 안에서 맞는 길로 가고 있는지 확인할 수도, 서로를 믿을 수도 없어지자 아이들은 빠르게 지쳐 갔다. 다행스럽게도 물과 이끼류로 연명하고 있었지만 아이들 사이에 저주처럼 내려앉은 공포는 모두의 숨통을 조이고 있었다.

"이쪽이군."

대여섯 걸음 떨어진 곳에서 천우룡을 흘끔거리던 아이들은 그 목소리에 모두 어깨를 떨며 천우룡과의 시선을 피했다.

'살기 위해 애쓰는군.'

천우룡은 자신의 행동을 조심스레 살피며, 최대한 신경을 건드리지 않으려 애쓰는 아이들의 모습에 인상을 찡그렸다. 그런 구차한 모습에 천우룡은 짜증과 함께 아이들을 바라보는 눈에 한기가 어렸다. 그러나 다음 순간 자신의 처지도 아이들과 다를 바가 없다는 생각에 쓴웃음을 지었다. 아마도 밖에서 천우룡의 사고 소식을 들은 교주는 아무 조치도 취하지 않을 것이다. 구조대는 고사하고 시체도 찾을 생각이 없을 것이다.

"후계는 아직 결정된 것이 아니니 정진하도록 해라."

천우룡은 아직도 냉기가 풍기던 교주의 차가운 목소리를 기억했다. 너는 많은 혈육 중에 하나일 뿐이니 정진하라는 경고가 담겨 있었다. 천마신교의 고위 인사라면 삼처사첩도 가능했기에 아들과 손자는 손에 꼽을 수 없을 정도로 많았다.

천우룡은 교주의 장남에게서 얻은 손자라 아끼는 것 같았지만, 그는 본능적으로 교주가 자신에게서 가능성을 발견하지 못했다면 지금의 위치를 누릴 수 없었다는 것을 알았다. 다른 아이들보다 빠른 무공 성취를 높이 샀다고 말하는 교주의 얼굴엔 혈육을 아끼는 애틋한 감정이라곤 찾아볼 수 없었다.

"약관까지 초절정에 오르도록 해라."

마치 과제라도 내듯 담담하게 말하던 교주의 말에 천우룡은 대답없이 고개를 숙여 보였다. 강해지지 못하면 버려질 것이다. 하물며 이런 작은 돌발 상황에서 살아남지 못한다면 용도 폐기될 것이다. 교주의 혈육이라 어려워하는 사람들이 알게 되면 놀랄 일이지만 강하지 못하면 살아남지 못하는 것은 천우룡의 삶 그 자체였다.

'여기서 살아나가야 한다. 그래야 버려지지 않는다.'

수많은 첩과 본부인 사이에서 태어난 아이들 중에서 지금은 천우룡이 가장 인정받고 있다. 하나 무공 실력이 뒤처지고 이곳에서 벌어진 돌발적인 상황에서 살아남지 못하면 미래는 없었다.

'아직도 숨을 쉴 수 있다는 것은 어딘가 밖으로 나갈 수 있는 다른 동굴과 통하는 곳이 있다는 말이다.'

천우룡은 호흡을 고르며 공기 중의 기의 흐름을 느끼려 노력했다. 기의 흐름을 살피면서 어딘가에서 자신의 틈을 노리고 있을 적을 경계하는 것도 잊지 않았다.

아이들을 하나씩 해치고 있는 녀석이 사람이든 짐승이든 간에 누구를 공격해야 하는지 정확히 알고 있었다. 가장 먼저 사라진 아이는 일행 중에서 가장 심하게 다친 상태였다. 피 냄새와 무거운 걸음으로 뒤처지지 않으려 애를 쓰던 모습이 떠올랐다.

'약한 것 먼저 사냥하겠다 이건가?'

천우룡은 얼굴을 찡그리며 쓰게 웃었다.

'살아남을 것이다. 내 목숨을 노리는 것이 무엇이든, 누구든 간에 순순히 죽어줄 생각은 없다.'

천우룡은 열기가 담긴 눈초리로 어두운 동굴을 노려봤다.

'그 녀석도 호락호락 당하지만은 않았을 테지.'

천우룡은 잠시 설천을 떠올렸다.

'그런 녀석을 걱정하기보다는 여기서 나가는 게 먼저다.'

천우룡은 눈을 빛내며 앞으로의 계획을 세웠다. 쉬는 동안 불침번을 돌아가며 서고, 세 조로 나누어 움직이도록 했다. 정찰조와 후방 척후조, 그리고 쉴 곳을 마련하는 작업조로 움직여 효율을 높이면서 최대한으로 적의 공격에 덜 노출되도록 했다.

그러나 천우룡의 계획을 비웃기라도 하듯 불침번을 섰던 아이와 제일 키가 작았던 소년이 함께 사라졌다.

"우리 모두 동굴에서 벗어나지 못하고 죽을 거야."

두 소년이 사라지는 동안에 모두 죽은 듯 잠이 들었던 아이들은 절망적인 얼굴이었다. 천우룡도 싸늘하게 굳은 얼굴로 생각에 잠겼다. 다른 아이들과 다를 바 없이 깊은 잠에 빠져 무슨 일이 일어났는지 전혀 알아차리지 못했기 때문이다. 공기 중에 희미하게 남은 기를 통해 마취 연기를 흡입했다는 것은 알 수 있었다.

'내가 방심하다니……. 무슨 일이 있어도 살아 나간다.'

천우룡은 검병을 움켜쥐었다. 마취 연기에 당한 후로 천우룡은 이동 속도가 느려지더라도 기 운용을 계속하면서 움직였다. 소주천에 버금가는 기 운용을 계속하면 단전이 금방 빈 껍데기처럼 텅 비어버렸다.

그럼에도 언제든 독이나 마취 연기에 당할 수도 있다는 긴장감 때문에 멈출 수 없었다. 그렇게 경계한 덕분에 천우룡은 그날 처음으로 습격자의 정체를 알아낼 수 있었다.

날이 선 기감 안으로 이질적인 기운이 느껴졌다. 이제 남은 아이들은 천우룡과 장우기, 그리고 패황마권으로 유명한 혁수린의 아들인 혁수형과 풍마검을 쓰는 팽준수의 아들 팽혁기까지 모두 넷이었다. 그동안 상처 입고 움직이기 힘들어하던 아이들은 모두 당한 후였다. 같이 움직이던 아이들이 당하자, 남은 네 명의 아이도 팽팽하게 긴장하여 모두의 얼굴은 피곤과 긴장감으로 얼룩져 있었다.

"잠시 쉬고 움직인다."

천우룡의 말에 네 소년의 걸음이 멈췄다. 호시탐탐 기회를 엿보는 것인지 이질적인 기운은 아직 마수를 드러내지 않고 있었다.

"먼저 쉴 테니 불침번을 서."

천우룡은 적이 방심하도록 누워 눈을 감았다. 한 시진 정도 지나자 드디어 기분 나쁜 기운이 천천히 움직이기 시작했다.

휘익!

소름 끼치는 소리와 함께 종유석 근처에서 불침번을 서고 있던 팽혁기와 혁수형의 백회혈에 암기인 듯싶은 물체가 박혔다. 단 일격에 천천히 무너지는 아이들의 얼굴엔 경악과 공포가 어렸다.

'자, 모습을 나타내라.'

동행했던 아이들이 당하고 있음에도 천우룡은 눈 하나 깜짝하지 않고 사태를 지켜보고 있었다. 장우기는 예의 그 수면 연기에 당했는지 정신없이 쿨쿨 자고 있었다.

츠츠츠.

몸은 굳었지만 정신은 멀쩡한지 팽혁기와 혁수형의 눈은 상황을 파악하기 위해 이리저리 바쁘게 움직였다. 뻣뻣하게 굳은 두 소년의 몸에 밧줄이 뻗어왔다. 마치 살아 있는 양 밧줄은 소년들의 몸을 칭칭 동여매고 천천히 동굴 안쪽으로 끌고 가기 시작했다.

'모습을 드러내란 말이다!'

천우룡은 조급하게 기감을 확장해 보았으나, 안개가 낀 듯 잡히는 게 없었다. 공격하고 싶어도 적을 알 수 없는 상황에서 무턱대고 나설 수는 없었다.

'조금만 더 기다려 보자.'

기다린 보람이 있었는지 섬뜩한 모습으로 끌려가던 소년들의 신형이 위로 솟아올랐다.

'위?'

천우룡은 기막을 펼쳐 동굴 위쪽을 살폈다. 동굴 위쪽에 기감을 흩뜨리며 숨어 있는 거대한 몸체를 발견했다.

'저건!'

천우룡은 사람의 얼굴 문양을 가진 거대한 몸체와 마주하고 있었다.

第四章
동굴 탈출

마도
공자

집채만 한 몸체와 살기를 번뜩이는 열 개의 눈동자, 그리고 기괴하게 일그러진 사람의 얼굴과 닮은 무늬가 불길해 보이는 등판. 천우룡의 눈앞에 나타난 것은 거대한 인면지주였다.

천우룡은 당혹스러운 마음을 추스르고 장우기가 잡혀가는 순간에 인면지주의 다리에 검을 날렸다. 장우기를 구해줘야 한다는 생각보다는 이대로 인면지주를 놔두면 분명 자신까지 노릴 것이라 여겼기 때문이다.

캉!

그러나 검도 튕겨낼 정도로 단단한 껍질을 가진 인면지주였다. 껍질의 반탄력에 놀란 천우룡은 곧 관절을 공격하는 것이 효과적이라는 결론을 내렸다.

검기를 이용해 인면지주를 공격했으나, 사납게 날뛰는 기세와 거미줄 공격 때문에 여의치 않았다.

"거미 따위한테 쩔쩔매다니."

천우룡은 입술을 깨물며 검을 고쳐 쥐었다. 그러나 인면지주는 천우룡이 방심한 틈을 노리려고 하는지 공격의 수위를 낮추고 탐색하듯 열 개의 눈을 번뜩였다.

"방심하고 있을 때 공격하게 놔둘 것 같으냐!"

천우룡은 재빨리 경공으로 인면지주에게 달려들며 검을 휘둘렀다.

키익!

눈을 노리고 휘두른 검에 놀란 건지 인면지주는 펄쩍 뛰어오르며 천우룡의 검을 피했다.

'눈이 약점이었군.'

필사적으로 눈을 보호하며 뒤로 물러서는 인면지주의 모습에 천우룡은 웃음을 지으며 검을 다시 휘둘렀다.

캉!

천우룡의 생각을 읽은 듯 인면지주는 눈 쪽으로 날아온 검을 기괴해 보이는 송곳니로 막아냈다. 뿐만 아니라 검을 꽉 물고 놓아주질 않았다.

'이런!'

약점인 양 눈을 공격하자 주춤주춤 물러선 것이 유인책이었던 것이다. 천우룡은 한낱 거미라 방심했던 자신이 경솔했음을 깨달았다.

'그래도 검은 포기할 수 없다.'

으드득! 끼이익!

인면지주의 송곳니와 검 표면이 맞물리며 쇠를 긁는 듯한 소리가 새어 나왔다. 검에 대롱대롱 매달린 형상이 된 천우룡은 이를 사리물고 검에 검기를 형성하려고 정신을 집중했다.

'됐어!'

탈명혹마검에 검푸른 검기가 형성되자, 천우룡은 이 상황을 벗어날 수 있으리라 생각했다. 보기에도 흉측한 이빨들을 검기로 수수깡 자르듯 잘라내고 녀석의 입안에 검을 찔러 넣어 쓰러뜨릴 수 있을 것이라 여겼다.

'헉! 이게 무슨……'

그러나 검에 주입된 기가 마치 물이 새듯 천천히 인면지주의 몸으로 빨려들어 갔다.

퍽!

힘들게 유지하고 있던 검기가 인면지주의 몸 안으로 빨려 들어 가 꺼지듯 사라져 버렸다. 천우룡은 황망한 얼굴로 검과 인면지주를 바라봤다.

인면지주는 붉은 눈을 번뜩이며 검을 놓지 않는 천우룡을 노려봤다. 천우룡이 놀란 것을 알아채고 먹이를 노리는 맹수처럼 눈이 번뜩였다.

'요물이 검기를 흡수했다? 이것도 노리고 있었던 건가?'

천우룡은 처음부터 인면지주의 계략에 빠진 것을 알고 분노와 함께 황망함을 느꼈다.

'어떻게 한다?'

무인이 검을 손에서 놓는 것은 치욕적인 일이자 목숨이 경각에 달린 상황이 아니면 할 수 없는 행동이다. 게다가 탈명흑마검은 교주에게 받은 후계자 징표였다.

'어쩔 수 없군.'

천우룡은 한 손에 기를 모아 혈수라장을 뻗었다.

퍽! 키익!

워낙 단단한 껍질을 가진 인면지주라 큰 타격은 줄 수 없었다. 그러나 턱이 벌어지면서 탈명흑마검이 쑥 빠져나왔다.

'저 녀석은 정면으로 공격해서는 안 되겠어.'

천우룡은 자존심이 상하기는 했지만 일단 몸을 피하기로 했다. 인면지주의 덩치가 큰 것을 고려해 작은 동혈 입구로 뛰어들었다.

카악!

녀석은 천우룡을 놓친 것이 분한지 쿵쿵거리며 작은 동혈로 따라 들어오려 했다. 그러나 성인이 간신히 들어올 정도로 작은 동혈 입구는 녀석이 들어오기 어려웠다.

취익!

한참 안쪽을 살피던 녀석이 그래도 분이 덜 풀렸는지 천우룡을 향해 거미줄을 쏘아 보냈다.

칭!

검기를 일으켜 날아오는 거미줄을 쳐내자, 쇠가 맞부딪치는 소리가 났다.

'보통 녀석이 아니었어. 너무 쉽게 생각한 내가 어리석었다. 좀 더 치밀하게 생각해야 했어.'

천우룡은 씁쓸한 생각에 인면지주의 거미줄이 닿지 않을 안쪽으로 움직였다.

턱!

인면지주를 피해 움직이던 천우룡의 발에 무언가가 걸렸다. 흙더미 속에 무언가 비죽 튀어나와 있어 여간해서는 눈에 잘 띄지 않았다. 덕분에 천우룡은 거창하게 바닥을 나뒹굴었다. 기로 몸을 감싼 상태가 아니었다면 뼈 한두 개쯤은 부러질 정도로 요란하게 넘어진 것이다.

"젠장!"

천우룡은 욕을 뱉으며 벌떡 일어났다. 평소 차가운 성정의 천우룡이 내뱉을 욕은 아니었다. 다만 불안감과 흥분 상태에서 저절로 욕이 튀어나간 것이다. 천우룡은 혹 인면지주가 또다시 공격해 올까 바짝 긴장했다.

"여기라면 괜찮을 것 같다."

천우룡이 허탈하게 한숨을 내쉬었다.

"도대체 뭣 때문에 넘어진 거야?"

천우룡은 짜증스레 바닥을 바라봤다. 낡아서 형체도 알아볼 수 없을 정도로 삭은 옷을 걸친 해골.

'시체?'

천우룡은 와락 기분이 상해 얼굴을 찡그렸다. 그러나 해골 옆에 떨어진 패를 보고는 얼굴이 딱딱하게 굳었다.

'이건 분명 천마신패!'

포효하는 악귀가 그려진 패는 천마신교에서 단 하나의 집단을 뜻한다. 천마의 비밀결사대. 천마의 무공과 함께 결사대에 관한 이야기는 천마신교에서 전설처럼 전해 내려온다. 천우룡도 귀에 못이 박이도록 들었던 이야기다.

'그럼 이 동굴 어딘가에 천마의 무공이 숨겨져 있다는 것이 사실이란 말이야?'

순간 천우룡의 뇌리엔 인면지주도, 나갈 길을 찾아야 한다는 것도 모두 사라져 버렸다.

'천마의 무공! 그것만 있으면 최고의 힘을 가지게 된다.'

교주의 차가운 얼굴이 떠오르자 천우룡은 주먹을 꼭 쥐었다. 과연 교주의 진전을 이을 수 있을지 불확실한 천우룡에게 천마의 무공을 얻을 수 있다는 것은 확실히 교주의 후계자가 될 수 있다는 뜻이기도 했다.

'가까운 곳에 천마의 무공이 숨겨져 있다. 그것을 꼭 찾아야 한다.'

천우룡의 눈에는 새로운 열기가 넘실거렸다. 천우룡은 꼼

꼼꼼하게 해골을 살폈다. 낡은 피풍의와 녹이 슨 검 한 자루, 천우룡이 발견한 신패, 그리고 낡아서 금방이라도 부스러질 듯한 종이 한 장이 전부였다. 천천히 종이가 바스러지지 않게 펼친 천우룡의 눈이 반짝였다. 천마, 전인, 수행의 몇 개 글자만 알아볼 수 있었다.

'천마의 전인인가? 하지만 천마의 진전은 대대로 교주가 물려받았다. 그렇다는 것은 뭔가를 숨기고 있다는 말인가?'

천우룡은 새로운 사실을 발견했다는 것에 흐뭇했다.

'이제 후계 경쟁에서 한발 앞서게 되겠군. 게다가 천마의 진전에 관한 비밀이 있다는 것을 알아냈으니 훨씬 유리해. 내가 천마의 무공을 발견한다면 다음 교주 자리는 내가 차지할 수 있어.'

천우룡의 눈에는 어린아이답지 않은 열기가 피어올랐다.

'문제는 어디에 숨겨져 있느냐는 것인데…….'

당장 바스라질 것 같은 종이의 글귀는 별로 도움이 되지 못했다. 혹 다른 물건이 더 있을까 싶어 천우룡은 죽은 자의 품을 샅샅이 뒤져 보았다.

'가진 소지품이라곤 이 패가 유일하군.'

검과 신패, 알아볼 수 없는 글자가 적힌 종이 외에는 더 이상 발견되는 것이 없었다. 천우룡은 신패를 천천히 살폈다. 흙빛이 감도는 신패에 날카로운 이를 드러내며 포효하는 악귀의 모습이 뚜렷했다. 그런데 패의 뒷부분에 돌 조각이 붙어 있었다. 천우룡은 의아한 생각이 들어 돌 조각을 살폈다.

천마유(天魔遺).

'천마가 남기다?'

천우룡은 벼락이라도 맞은 듯 뻣뻣하게 굳었다.

"설마 이것이 천마역천공의 단서?"

그는 떨리는 손으로 돌 조각에 기를 주입했다.

웅웅!

돌 조각은 파랗게 빛을 내며 기를 뿜어냈다.

'분명 뭔가가 있어.'

천우룡은 열기가 일렁이는 눈빛으로 돌 조각을 바라봤다. 천우룡은 눈을 감고 가부좌를 틀고 앉아 천천히 돌 조각 안으로 기를 주입하면서 기감을 확장했다.

퐛!

순간 돌 조각 안에서 환한 빛이 새어 나오면서 천우룡의 눈앞에 한 남자가 나타났다.

'누구지?'

천우룡이 궁금한 표정을 짓자, 남자가 입가에 웃음을 띠었다.

―나는 천마라 불리던 자다.

'천마!'

천우룡은 경악하며 자세히 그를 살폈다. 중간 정도의 체격에 날카로운 기세도 없었다. 평범해 보이는 모습이라 과연 그가 천마가 맞는지 의아할 정도였다.

─아마 그대는 내가 너무나 평범한 모습이라 천마가 맞는지 의심이 들 것이다. 근자에 내게 깨달음이 있어 기세를 갈무리할 수 있게 되었다.

천우룡은 천마의 말에 아마도 그가 반박귀진의 경지에 이르렀을 당시라는 것을 짐작할 수 있었다.

─깨달음의 길은 더디나 내가 넘고자 하는 벽은 높다. 무인으로 가는 길에 두려움은 없지만, 혹여 내게 불상사가 생겨 이룩한 무공이 세상에서 사라지는 것만은 막고자 내 기억을 영성석에 남긴다.

천마는 씁쓸한 미소를 지으며 검을 뽑아 들었다. 평범해 보이던 그의 기세가 태산이라도 가를 듯 광폭해졌다.

─천마역천 제일식 광풍노검.

천마의 굵직한 목소리와 함께 사나운 검식이 펼쳐지기 시작했다. 천우룡은 무아지경에서 천마의 첫 번째 검식을 머릿속에 담고 있었다. 그러나 첫 번째 초식을 절반도 다 펼치기 전에 천마의 모습이 흐릿해지며 그의 신형이 사라져 버렸다.

'안 돼!'

천우룡은 새로운 깨달음에 한 걸음 다가섰다가 밀쳐지듯 절망적인 기분을 맛봤다.

"이건 분명 천마의 무공이 담긴 영성석이다."

천우룡은 눈을 번쩍 뜨고 돌 조각을 살폈다. 안타깝게도 영성석이 부서졌는지 천우룡이 가진 것은 원래 크기의 반도 못미치는 크기인 것 같았다.

"이럴 수가! 천마의 역천공을 배울 수 있는 인연을 찾았는데 이리 허무하게 놓치다니……."

천우룡은 안타까운 목소리로 중얼거렸다. 이미 그는 동굴에서 벗어나겠다는 생각보다 천마가 펼친 첫 번째 검 초식을 되짚어보는 것에 빠져 있었다.

"나머지 조각을 찾아야 해."

천우룡은 천마역천공이 담긴 돌 조각을 움켜쥐며 눈을 빛냈다. 마인이라면 모두가 꿈꾸는 천마의 무공. 그 꿈의 한 자락을 엿본 천우룡의 눈에는 탐욕의 광기가 일렁였다.

"이 동굴 어딘가에 있을 거야."

천우룡은 동굴을 모조리 뒤져서라도 천마의 무공을 찾을 것이라 다짐했다.

우웅!

천우룡이 나머지 조각의 단서를 찾아 돌 조각을 이리저리 움직일 때였다. 천우룡이 들어온 입구 쪽으로 돌을 움직이자 돌이 빛을 내며 길게 울었다.

"이거야!"

나머지 돌 조각이 있는 쪽으로 반응을 보인다는 생각에 천우룡의 표정이 밝아졌다. 천우룡은 재빨리 돌 조각이 반응하는 쪽으로 움직였다.

천우룡 일행이 실종되고 있을 무렵, 설천의 일행에도 실종자가 생겼다. 바로 중상을 입은 백운이 감쪽같이 사라진 것이다.

"운이가 사라졌어!"

백환은 하얗게 질린 얼굴로 발을 동동 굴렀다. 설천이 잠시 동굴 안을 살피고 온 동안 백환과 방민준이 곯아떨어진 시간은 기껏해야 일다경 정도였다. 귀신이 곡할 노릇이게도 남은 것은 길게 끌린 흔적뿐이었다. 그것도 몇 발자국 지나지 않아 사라져 버려 백운이 하늘로 솟거나 땅으로 꺼진 듯 흔적을 찾을 수 없었다.

"이거 신기한데."

설천은 자신의 기감에 잡히지 않았다는 사실에 놀라워했다. 봉마곡에서 맹수와 다름없는 날카로운 기감을 가진 설천이었기에 놀라워하는 것은 당연했다.

"이제 어쩌지?"

백환과 방민준은 설천의 눈치를 살피며 물었다. 두 소년은 자신들이 이렇게까지 무기력했었나를 뼈저리게 깨닫고 있었다. 반대로 설천이 얼마나 대단한지 다시금 놀라고 있었다.

"흠, 조금 위험할지도 모르겠다."

설천의 입에서 의외의 말이 튀어나오자 백환과 방민준은 깜짝 놀랐다. 동굴이 무너져도 태연하던 설천이 그런 말을 하다니 보통 일이 아니라 여긴 탓이다.

"그, 그럼?"

"우선 나가는 길은 찾았어."

설천의 말에 두 아이의 얼굴이 조금 펴졌다.

다행스럽게도 외부에서 들어오는 기는 가장 푸른빛을 띠고 있었다. 그 기감을 따라가면 쉽게 밖으로 연결된 동혈로 나갈 수 있을 것 같았다. 문제는 사라진 백운과 두 소년이었다.

"위험할 수도 있으니 너희 먼저 나가는 게 좋을 것 같아."

"그럼 운이는?"

"내가 찾아서 나갈게."

"뭐라고?"

"그런……."

두 소년은 난색을 표했지만, 설천의 입장에서는 처음 백운을 구할 때는 백환과 방민준이 도울 수 있었다. 그러나 지금은 설천의 기감에도 잡히지 않는 적을 상대해야 했다. 때문에 두 소년이 함께 움직인다면 위험지수가 배는 증가했다.

"내가 도움이 못 된다는 걸 알지만 운이는 내 사촌이야. 너한테만 맡길 순 없어."

"알겠어. 하지만 내가 느낄 수 없을 정도의 적이라면 널 보호해 줄 수 없어. 그래도 함께 움직일 거야?"

설천의 말에 백환이 입술을 깨물었다. 도움이 아니라 보호를 받아야 한다는 사실에 자존심이 상한 탓이다.

"나는 너한테 짐밖에는 안 되는 건가?"

"음, 사실대로 말하면 그래."

설천의 잔인할 정도로 솔직한 대답에 백환의 고개가 푹 숙여졌다. 분했다. 그러나 설천의 말이 사실이다. 짐이 되면서까지 따라가는 것은 운이를 구하는 데 방해만 될 뿐이다.

"그럼 부탁할게. 운이를 꼭 구해줘."

백환은 설천에게 고개를 숙이며 부탁했다.

"알았어."

설천은 알았다는 듯 고개를 끄덕였다.

"궁금한 게 있는데, 물어봐도 될까?"

방민준은 백환과 설천의 대화를 가만히 듣고 있다가 물었다.

"뭔데?"

"왜 우릴 이렇게 도와주는 거지? 솔직히 동굴이 무너지기 전에 혼자서라도 탈출할 수 있었잖아?"

방민준은 지금껏 궁금했던 것을 물었다. 자신이라면 아이들에게 경고를 했을까? 그리고 자신을 무시하는 아이들과 함께 동굴 안에 갇히는 위험을 감수했을까? 단지 의롭고자 이런 일을 하는 것이라 여길 수는 없었기 때문이다.

"흠, 그건 그렇지."

설천이 잠시 생각에 잠기는 것 같았다.

"너희가 돌아오길 기다리는 사람이 있겠지?"

"그거야 당연하지. 다들 가족이 있으니까."

"나도 그래. 그런데 나만 돌아가면 왠지 안 될 것 같더라고."

설천은 봉마곡의 의부들에게 감사했다. 자신을 거둬줬고, 키워주고, 아낌없이 나눠 주는 의부들. 다른 사람들에겐 피도 눈물도 없는 마인이었지만 소중한 가족. 그들에게 받은 것들을 세상에 조금이나 나눠 주고 싶었다.

세상엔 많은 인연이 있고, 모든 인연은 하늘의 뜻이 있기에 이루어지는 것이라고 독마군은 늘 말했다. 천기를 읽는 독마군은 사람의 인연도 하늘의 뜻이라 여겼다.

모든 사람을 도울 수는 없지만, 네가 할 수 있는 한에서 도움을 준다면 하늘의 뜻이 그곳에 있는 것 아니겠느냐며 설천에게 말했다. 독마군의 말을 모두 이해한 것은 아니지만 설천은 그 말에 공감했고, 자신과의 인연이 닿는 사람이면 최대한 돕고 싶었다. 백환과 방민준은 설천의 말에 조용히 고개를 숙였다.

"내가 세지면 그때는 내가 널 도와줄게."

백환은 당당하게 말했다.

"그거 좋지."

"내 도움도 필요하면 언제든지 이야기해라."

방민준도 설천에게 말했다.

"좋아. 꼭 기억해 둘게."

설천은 두 아이가 도움을 받았다는 사실에 연연하기보다는 더욱 힘을 키울 발판으로 삼았다는 사실에 기뻤다. 역시 인연은 하늘이 내리지만, 그 인연을 어찌 만들 것인지는 사람이 정하는 것이라는 독마군의 말이 옳았던 것 같았다.

"그럼 운이를 구하러 가볼까?"

두 소년에게 나가는 길을 일러준 설천은 천천히 기감을 확장시켰다. 뿌옇게 안개가 낀 듯 기감이 흩어지는 방향 쪽으로 설천의 발길이 향했다.

"응? 이건 뭐지?"

기감이 흐려진 곳의 동굴 벽면에 끈적끈적한 점액질의 실 같은 물체가 달라붙어 있었다. 야수안으로 살핀 점액질은 붉은 기와 검은 기가 뒤섞여 섬뜩한 검붉은 기가 일렁였다.

설천은 최대한 기척을 숨기며 움직였다. 설천의 기감을 가로막는 뿌연 안개는 점점 심해져 턱턱 숨까지 막혀왔다. 게다가 끔찍한 악취까지 함께 풍기고 있었다. 정체를 알 수 없는 점액질도 점점 늘어나 이제는 동굴의 천장에서 뚝뚝 떨어져 내리고 있었다.

"헉!"

설천의 입에서 헛바람이 새어 나온 것은 온통 점액질과 하얀 실 같은 물질로 가득한 공동을 발견한 후였다. 공동 안에는 마치 새 둥지처럼 점액질과 하얀 실이 뒤엉켜 있었고, 둥지의 사방으로 흰 실이 뻗어 있었다.

'이건 마치 거미집 같잖아?'

설천이 거미집 같다고 생각했으나, 그 규모는 성에 버금갈 정도로 컸다. 그러니 거미집이라 말하기는 힘들었다.

'게다가 저건 또 뭐지?'

중앙에 새 둥지처럼 점액질과 흰 실에 뒤엉킨 아랫부분에는 고치 같은 것이 주렁주렁 매달려 있었다. 설천은 혹시나 싶어 야수안으로 살펴보곤 고개를 갸웃거렸다.

"안에 뭔가가 있다?"

겉면은 검붉은 기가 감돌았으나, 안쪽은 푸른 기와 녹색의 기가 조금씩 엿보였다. 설천은 궁금증을 참지 못하고 천천히 둥지 쪽으로 움직였다.

철퍽!

순간 발이 점액질에 들러붙었다.

"이게 뭐야!"

설천은 기겁을 하며 발을 들어 올렸다. 그러나 발은 뿌리라도 내린 듯 꼼짝도 하지 않았다.

"그렇단 말이지."

설천은 잠시 고민하다가 단전에서 다리 쪽으로 기를 움직였다.

치직!

점액질과 하얀 실이 뒤엉킨 물질이 설천의 기에 녹아내리기 시작했다.

"웃차!"

가벼운 기합과 함께 설천이 발을 들어 올리자 발이 쑥 빠져 나왔다.

"갈 길이 먼데 이거 큰일이네."

설천의 기에 의해 녹아버린 부분엔 큰 구멍이 뻥 뚫려 있었다.

"기 운용을 한 상태로 움직이면 구멍이 숭숭 뚫릴 텐데 어쩐다? 아하! 그 방법을 쓰면 되겠구나."

젖은 옷을 빨리 말리거나 탕약을 달일 때 사용했던 지풍을 떠올린 설천은 선풍각(旋風脚)도 사용할 수 있지 않을까 싶어 이마를 탁 쳤다.

"대충 이렇게 했던 것 같은데?"

설천은 지풍을 쏘아냈던 방법으로 발에 기를 모았다. 용천혈에 기를 모은 상태에서 체공 시간을 길게 하기 위해 꾸준히 조금씩 기를 발출하는 방법으로 선풍각을 시전해 보았다. 처음에는 한꺼번에 기를 폭사해 그 반탄력으로 떠오르는 선풍각의 방법에 익숙해 있어서 몇 번의 시행착오가 있었다. 그러나 곧 기의 미세한 조종까지 가능해졌다.

"된다!"

약하게 공중에 발이 뜰 정도의 풍압이 발생해 설천의 몸이 살짝 떠올랐다. 설천은 그 상태로 천천히 공동의 윗부분으로 움직였다.

"움직이기가 좀 힘드네."

발이 뜬 상태로 앞으로 움직이는 것은 생각만큼 쉬운 일이 아니었다. 처음이라 설천은 허우적거리며 앞으로 움직였다. 초반에는 부자연스럽던 움직임이 공동의 중심부에 자리 잡은 둥지에 도착하자 제법 능숙해졌다.

능숙해진 움직임은 무인들이 본다면 허공답보로 오해할 정도로 표홀해 보였다. 공동의 중심부에 다다른 설천은 둥그런 둥지 모양의 아랫부분에 매달린 고치들을 잠시 살폈다. 안을 살펴볼 틈이나 구멍이 있나 살폈으나, 하얗고 매끈한 고치들은 틈이라곤 조금도 찾아볼 수 없었다.

스르렁!

합검을 뽑아 든 설천은 잠시 망설였다.

"전부 녹아버리는 건 아니겠지?"

화기로 전부 녹아버리면 이곳의 주인이 경계할 것을 염려한 탓이다.

"살짝 안에 뭐가 있는지만 확인하자."

설천은 대롱대롱 매달려 있는 고치를 살짝 가르고 안을 들여다봤다.

치직!

"뭐?!"

열기를 띤 검에 벌어진 고치 안을 살핀 설천은 깜짝 놀랄 수밖에 없었다. 하얀 실과 점액질로 뒤엉킨 고치 안에서 모습을 드러낸 것은 파리한 안색의 사람이었다. 그것도 설천도 안면이 있는 소년으로 천우룡과 함께 움직인 아이였다.

"그럼 먼저 움직인 쪽도 잡혀온 거야?"

고치의 숫자는 총 아홉 개. 먼저 움직인 아이들은 열 명이었다. 설천은 재빨리 아이의 상태를 살폈다. 약하지만 호흡하는 것이 느껴졌다.

"도대체 누가 이런 짓을 한 거지?"

설천은 당장 아이들을 구해내기보다는 숨어서 기다렸다가 적의 정체를 알아내는 것이 좋을 것 같았다.

"흠, 어쩐다?"

설천은 숨을 장소를 찾아 두리번거렸다. 그러다가 고치들 사이에 공간이 있는 것을 발견했다. 실 같은 점액질이 치덕치덕 연결된 공간은 설천이 몸을 숨기기에 적당해 보였다. 설천은 틈이 벌어진 고치를 녹여 틈을 메우고 다닥다닥 붙은 고치 사이에 몸을 숨겼다.

"으윽."

기분은 나빴지만 기척과 냄새를 숨기려고 어쩔 수 없이 점액질을 몸에 발랐다.

츠츠츠, 쿵! 쿵!

한 시진 정도 기다리자 기분 나쁜 소리와 함께 땅이 울릴 정도의 기척이 다가왔다. 설천은 고치들 사이에서 빠끔히 고개를 내밀었다.

"저게 뭐야?"

불길해 보이는 열 개의 눈동자와 딱딱해 보이는 껍질과 괴상한 소리를 내며 움직이는 여덟 개의 다리. 아무리 봐도 설천이 알고 있는 거미와 꼭 닮아 있었다. 하지만 일반적인 거미는 절대 저리 클 수가 없었다. 게다가 거미의 등껍질에는 사람의 얼굴처럼 생긴 무늬가 선명해 소름 끼칠 정도로 흉측해 보였다. 인면지주. 자연의 순리를 벗어난 존재. 언젠가 독마군이 일러준 일이 있었다.

"그럼 저게 아이들을 잡아온 거야?"

설천의 짐작이 맞았는지 인면지주의 꽁무니에 고치가 매달려 있었다.

"다른 아이를 잡아온 건가?"

인면지주는 꽁무니에서 실을 뽑아 고치를 둥지의 아랫부분에 매달았다. 집채만 한 거미를 상대로 무작정 달려들 수 없었던 설천은 인면지주의 움직임을 살폈다. 매달아놓은 고치에서 기를 빨아들이는지 차례로 고치에 이를 박아 넣었다. 언뜻 푸른 기가 감돌던 고치가 천천히 검고 붉은 기가 더욱 강해졌다.

'계속 그냥 두면 기를 완전히 빼앗기고 죽을 수도 있겠다.'

설천은 서둘러 인면지주를 물리쳐야겠다는 생각이 들었다.

'그런데 어쩐다?'

설천의 몸집보다 열 배는 커 보이는 거미를 무작정 정면으로 상대할 수는 없었다.

'검의 한기와 열기를 이용하면 될 것 같은데, 얼마나 효과가 있을까? 응? 그런데 뭔가 이상한데?'

인면지주의 뒷다리에 길게 검흔이 나 있었다.

'누군가 공격한 건가?'

순간 설천의 머릿속에 천우룡이 떠올랐다.

'그럼 그 아이도 잡혀온 걸까? 하지만 그러면 숫자가 맞질 않는데……'

백운과 먼저 출발한 아이들까지 합한다면 고치의 숫자가 열한 개여야 했다. 그러나 지금 막 끌려온 아이까지 총 열 명이었다.

'그렇다면 그 아이는 무사한 모양이구나.'

설천은 천우룡이 무사한지를 생각하며 검흔이 생긴 다리를 자세히 살폈다.

'응? 검흔이 관절 부위에 많은 것 같은데. 관절?'

설천의 머릿속에 번쩍 떠오르는 것이 있었다.

'관절은 다른 부분보다 약하겠지?'

설천은 검을 쥐고 숨을 가다듬었다. 거대한 인면지주의 덩

치에 약간 주눅이 들었다. 하지만 약점 부위만 잘 공략하면
쓰러뜨릴 수 있을 것 같았다.

파앗! 챙!

관절을 노리고 출수한 검이 튕겨져 나왔다.

'뭐가 이렇게 단단해!'

인면지주의 껍질은 만년한철에 버금갈 정도로 단단했다.
다리에 길게 난 검흔도 천우룡이 필사의 노력 끝에 만들어낸
검흔이었을 것이다.

'쳇! 너무 성급했나?'

쉬이익!

설천의 공격에 화가 난 인면지주가 열 개의 눈을 번뜩이며
공격해 들어왔다.

파악! 쿵! 쿵!

여덟 개의 두꺼운 다리 끝에는 날카로운 발톱이 번뜩였다.

"하압!"

설천은 보법을 밟으며 인면지주의 다리 사이로 날렵하게
움직였다. 미끄러지듯 움직이는 월영신법(月影身法)을 펼치
며 재빨리 움직이는 설천에게 인면지주는 거미줄을 뿜어냈
다.

파아악!

그물처럼 넓게 펼쳐진 거미줄은 독이라도 품고 있는지 심
상치 않은 검은 빛을 띠고 있었다. 인면지주는 영악하게도 거

미줄을 쏘고 설천이 그것을 피해 움직일 쪽으로 사납게 다리를 휘둘렀다.

캉!

허리를 틀어 거미줄을 피하고 검으로 인면지주의 발톱을 막아냈다.

큭!

커다란 몸에서 나오는 괴력은 설천을 휘청거리며 물러서게 만들었다.

'이렇게 되면 극성으로 화기를 끌어올려 관절 부위를 공격하는 수밖에 없겠어.'

설천은 화기로 인해 거미줄이 모두 녹아내리면 아이들이 위험할까 싶어 망설였다. 하지만 더 이상 망설이다가는 꼼짝없이 거미 밥이 될 것 같았다.

'흠, 거미줄에 불이라도 붙으면 큰일이긴 하겠다. 그럼 얼려 버릴까?'

한기와 열기 중에서 어느 것을 써야 좀 더 효과적일지 설천은 고민했다.

'이럴 게 아니라 아예 두 기운을 동시에 쓰는 게 좋겠다.'

설천은 고민 끝에 두 기운을 적절하게 사용하기로 마음먹었다. 인면지주의 다리 공격과 거미줄을 재빨리 피한 설천은 둘로 나뉜 검을 합쳤다.

철컥! 우웅!

하나로 합쳐진 검이 기쁜 듯 길게 울었다.

"그럼 본격적으로 움직여 볼까?"

여덟 개의 다리가 시간 차를 두고 설천에게 쏟아졌다. 설천은 재빨리 검으로 다리를 밀어내면서 관절 부위에 검기를 날렸다. 살아 있는 검기는 검 위에서 혀를 날름거리다가 무섭도록 빠르게 움직여 관절 부위를 물어뜯었다.

파앗! 키익!

관절에 화기를 불어넣은 공격이 주효했는지 인면지주가 비명을 질렀다.

카악!

그러나 공격에 화가 난 것인지 붉게 변한 눈을 번쩍이며 입에서 독을 뿜어냈다.

"윽!"

설천은 지독한 독기에 잠시 휘청거렸으나, 기막을 형성해 독기를 차단했다. 인면지주는 설천이 잠시 휘청거리자 틈을 발견한 듯 한층 공격의 기세를 높였다.

설천도 검에 더욱 많은 기를 불어넣으며 몸을 움직였다. 설천은 몸체가 큰 인면지주의 아랫배 부분과 다리 관절을 집요하게 노렸다. 딱딱한 등껍질보다 상대적으로 약해 보이는 배 부분과 관절 부분에 검이 뿜어내는 검화와 검빙이 작열했다. 검기도 붉게 변했다 푸르게 변하며 빠르게 인면지주의 빈틈을 노렸다.

'얼렸다 녹였다 하는 게 더 효과적이겠지.'

설천의 생각처럼 화상과 동상을 동시에 시간 차로 겪게 된 인면지주는 금방 세 개의 다리를 움직일 수 없게 되었다. 다리 세 개를 잃은 인면지주는 더욱 사납게 날뛰었다. 입에서는 독과 독정을 뿜어내고 꽁무니에선 거미줄이 튀어 나왔다. 그러나 공격의 특징을 파악한 설천은 당황하지 않고 침착하게 인면지주를 공략해 나갔다.

'다리를 세 개나 못 쓰는데도 아직 공격을 계속하고 있다. 다른 약점을 찾아야 한다.'

설천은 야수안으로 인면지주를 살폈다. 딱딱한 껍질에 둘러싸인 몸체 때문인지 기의 흐름을 파악하기 힘들었다. 그러나 희미하게 인면지주의 몸 안의 기를 살핀 설천의 눈이 흥미로 가늘어졌다.

'다른 기운이 몸 안에 있다? 도대체 저건 뭐지?'

검붉은 인면지주의 기와 또 다른 검푸른 기운이 인면지주의 기를 감싸 안고 있었다.

'저 검푸른 기운이 붉은 기운을 북돋아주고 있어. 그렇다는 말은 저 푸른 기운만 없앨 수 있다면 이 녀석을 이길 수 있다는 것이다.'

설천은 다시 정신을 집중해 푸른 기운의 근원을 찾았다. 인면지주의 공세를 피해내며 기를 감지하는 것은 꽤나 어려운 일이었다. 그러나 의부들에게 단련된 설천은 별문제없이 기를 확장해 방어와 탐색을 동시에 해냈다. 지금은 쉽게 해내는 일이었지만 처음부터 척척 해냈던 것은 아니다.

"너는 밥 먹으면 숨은 안 쉬냐?"

공격하면서 야수안을 시전하는 법을 가르쳐 준 검마는 대뜸 설천에게 시비조로 말했다. 기 운용법이 전혀 다른 검법과 야수안을 동시에 시전하려고 애를 쓰고 있었던 설천에게 검마가 가르침이라고 내려준 말이다.

"밥 먹으면서 숨 쉬는 거랑 검 쓰면서 야수안을 사용하는 게 무슨 관계인데요?"

검마가 삐딱하게 말하자 설천도 입이 댓 발은 나와서 툴툴거렸다.

"이놈 보게? 밥 먹으면서 숨 쉬는 건 아무렇지도 않게 하면서, 검 쓰면서 야수안 사용하는 건 어렵다 이거냐?"

일견 무식해 보이는 가르침이었지만, 설천은 검마의 말에 생각에 잠겼다.

"그럼 숨 쉬는 것처럼 자연스럽게 검을 사용하라는 건가요?"

"그래, 이놈아. 검을 네놈이 숨 쉬는 것처럼 자연스럽게 여길 정도로 사용할 수 있게 해야 한다는 말이다."

검마의 무식하고 억지스러운 가르침이었지만 설천은 배운 것이 많았다.

'숨 쉬듯 자연스럽게.'

검을 쥐면 숨 쉬듯 자연스럽게 기를 운용할 수 있도록 항상 손에 쥐고 있다고 생각하면서 마음속으로 검을 그렸다.

'내 손엔 검이 있다.'

밭에서 김을 매거나 약초를 캘 때도 항상 손에는 검이 있다고 생각하자 손에 든 모든 것에 희미하게 검기가 맺혔다. 설천의 모습을 살핀 검마는 뿌듯하게 웃었으나 정작 설천은 자신의 성취를 잘 알지 못했다.

'이제 숨 쉬면서 밥 먹을 정도가 된 건가?'

설천은 야수안을 시전하면서 검을 사용할 수 있게 된 것을 그 정도의 성취로 생각하고 있었다.

푹! 키익!

옆구리에 검이 박혀들자 인면지주가 길게 울며 몸통을 푸르르 떨었다.

'됐다! 이제 확실히 기의 흐름을 볼 수 있어.'

만년한철에 버금갈 정도로 단단한 껍질 때문에 기감을 잘 파악할 수 없었던 설천은 인면지주의 몸에 자신의 기를 조금 흘려 넣었다. 인면지주의 몸에 흘러든 기는 설천의 기와 연결되어 곧 푸른 기의 근원을 찾아낼 수 있었다.

'응? 거미도 단전이 있나?'

인면지주의 배 쪽에 자리한 둥그런 기의 덩어리를 찾아낸 설천은 고개를 갸웃거렸다. 사람이라면 단전이라 생각할 수 있을 정도로 기가 응집되어 있었다.

'저기가 약점인 것 같다. 저 부분을 공격하자.'

배 부분이라 공격하기 까다로웠지만 설천은 인면지주보다 작은 체구를 이용했다. 인면지주가 공격하려고 다리를 번쩍 들어 올리는 순간 배 쪽으로 파고든 설천이 화기가 담긴 검을 휘둘렀다.

퍼억! 카악!

둔중한 타격음과 함께 열화가 인면지주의 배 쪽에서 활활 타올랐다.

키익! 카악!

딱딱한 등껍질이나 다리 부위와는 다르게 여린 배 부분의 살에 불이 붙은 것이다. 설천은 불이 붙어 버둥거리는 인면지주의 다리에 검빙을 날렸다.

쩌저적!

다리가 얼어붙자 소름 끼치는 소리로 울어대면서 사납게 날뛰던 인면지주의 움직임이 딱 멈췄다. 더 이상 날뛰면 고치 안의 아이들이 다칠지도 모른다는 생각에 설천이 움직임을 아예 봉쇄해 버린 것이다.

투두둑!

이제는 횃불처럼 타오르는 인면지주의 열기에 거미줄이 녹아 끊어지기 시작했다.

"엇! 큰일이다."

아직도 거미줄에 매달려 있는 아이들이 떨어질지도 모르는 상황이라 설천은 인면지주에게 검빙을 날렸다.

츠확! 푸싯! 키액!

불과 얼음이 부딪치자 요란한 소리와 함께 불과 얼음이 동시에 사라져 버렸다. 대신 배 쪽에 커다란 구멍이 뚫린 인면지주는 푸들거리다가 숨을 거뒀다.

'아이들은 괜찮겠지?'

거미줄에 매달린 열 개의 고치를 확인한 설천은 그제야 배에 구멍이 뚫린 인면지주를 살폈다.

'이게 뭐지?'

인면지주의 뱃속에서 찾은 것은 검푸른 기운을 뿜어내는 돌 조각이었다.

'이 기운이 분명 인면지주의 기를 북돋아주고 있었다.'

설천은 돌 조각을 들어 올렸다.

파삭!

거대한 인면지주의 몸체가 바스러지며 먼지가 되어 흩어졌다.

"도대체 뭐지? 이것 때문에 생긴 일 같은데?"

설천은 돌 조각을 자세히 살폈다. 글이 새겨진 돌 조각은 야수안으로 확인하지 않아도 검푸른 기가 넘실거렸다.

"대단한 것 같은데 뭔지 모르겠네."

설천은 머리를 긁적이며 돌을 바라봤다.

천마역천공(天魔逆天攻).

"역천공? 무공에 관한 건가?"

엄청난 양의 기가 축적되어 있고 글이 쓰여 있다는 것 외에는 별다른 특징을 찾을 수 없자 설천은 돌을 갈무리해 넣었다.

"나중에 쓸 일이 있을지도 모르지."

대수롭지 않게 돌 조각을 챙겨 들고 아이들을 구하기 위해 거미줄 쪽으로 움직였다.

"이제 어쩐다?"

정신을 잃은 열 명의 아이를 설천 혼자서 동굴 밖으로 옮기는 것은 불가능했다.

"그나마 다행인 건 저 녀석을 찾은 건가?"

파리한 안색으로 누워 있는 백운의 상태는 썩 좋아 보이지 않았다. 인면지주에게 꽤 많은 양의 기를 빼앗긴 것 같았지만 상처가 곪거나 썩지는 않았다.

"여기서 벗어나서 상처를 치료하면 괜찮아질 것 같은데… 다른 아이들은 어떻게 정신을 차리게 한다?"

아이들은 기를 과하게 빼앗긴 탓에 정신을 차리지 못하고 있었다. 다행스럽게도 인면지주에게 끌려온 지 얼마 되지 않았기에 목숨을 잃은 아이는 없었다.

"음, 환단이 남은 게 있나?"

설천은 품 안을 뒤져 봤지만 백운의 상처를 치료하면서 사용한지라 남은 게 없었다.

"어쩌지? 기 소모가 너무 심해서 정신을 차리지 못하는 것 같은데……."

설천은 야수안으로 기를 보해줄 것을 찾아 두리번거렸다. 야수안으로 살핀 거미줄은 기분 나쁜 핏빛을 뿜어내며 주변의 기를 흡수하고 있었다.

"근처의 기를 모두 빨아들이고 있네?"

특히나 거미 둥지처럼 생긴 곳에서는 기의 흐름이 소용돌이처럼 커다랗게 요동치며 빨려들고 있었다.

"둥지 안에 뭔가가 있나?"

설천은 기의 흐름이 심상치 않은 것이 의아해서 둥지 안을 들여다보았다.

"이게 뭐지? 새끼?"

둥지 안에는 열 마리의 작은 새끼 인면지주가 바글거렸다. 작아도 설천의 키와 맞먹을 정도로 커다랬다.

"어쩐다? 모두 죽여야 하나?"

설천은 잠시 생각에 잠겼다.

키익! 키익!

"왜 이러지?"

새끼 거미들은 설천이 둥지 안을 들여다보자, 어미에게 먹이라도 달라고 조르듯 매달려 왔다. 커다란 덩치의 거미들이 매달리는 모습은 마치 공격이라도 하는 듯 흉흉해 보였다.

　"모두 멈춰!"

　설천이 사나운 기세를 뿜어내며 소리치자 거미들이 딱 멈춰 섰다.

　"말도 알아듣네? 이 녀석들 도움을 받으면 쉽게 나갈 수 있겠다."

　설천은 이리저리 새끼 거미들을 움직여 봤다. 인면지주를 쓰러뜨리고 얻은 돌 조각의 기운 때문에 자신을 어미로 착각하는 것 같았다. 설천은 아이들이 든 고치를 새끼 거미들에게 하나씩 달아주고 거미들을 몰았다.

　"자! 가자!"

　새끼 거미들은 아이들을 하나씩 달고 설천이 원하는 방향으로 양 떼처럼 순하게 움직이기 시작했다.

　백환이 걱정스레 뒤쪽을 흘끔거리자 방민준이 낮게 한숨을 쉬었다.

　"많이 걱정돼?"

　"걱정되지만 도와줄 능력이 못 되는 게 더 화가 나."

　백환이 억울하다는 듯 주먹을 쥐었다.

　"그에 비해 그 녀석은……."

백환은 말을 잇지 못했다. 고맙고 부러우면서 설천을 이기고 싶은 생각이 들었다.

"그 녀석이야 괴물이지. 당장은 힘들겠지만, 언젠가는 녀석을 이기고 말겠어."

방민준의 말에 백환이 고개를 들었다. 백환의 생각과 같았기 때문이다.

"이대로 주저앉는다면 마인이 아니겠지. 지금은 녀석에게 도움을 받지만 나중엔 녀석을 도와주고 생색이나 내보려고."

방민준이 쓰게 웃으며 말했다. 방민준의 말에 백환의 기분도 한결 좋아졌다.

"언젠가 우리도 그 녀석을 따라잡을 날이 있겠지."

두 소년은 서로를 바라보며 웃었다. 우울했던 기분이 조금이나마 나아졌다. 자신도 지키지 못할 정도로 약하다는 사실에 절망했다. 그러나 동혈에서 벗어나면 더 이상 나약한 아이로 살아가지는 않을 것이라 다짐했다.

스스슥.

"이게 무슨 소리지?"

백환은 무언가 달려오는 소리에 바짝 긴장한 채로 뒤를 바라봤다. 방민준도 검을 뽑아 들고 팽팽하게 몸을 긴장시켰다.

"저게 대체?"

"저건!"

커다란 몸통에 열 개의 붉은 눈과 길게 뻗은 소름 끼치는 다리를 가진 인면지주의 새끼를 본 두 소년은 경악했다.

"앞쪽에 두 마리는 내가 맡을게."

"나머지 녀석들은 우선 움직임을 막아볼게."

백환과 방민준은 이를 악물며 기를 끌어올렸다. 긴장한 얼굴 위로 땀방울이 또로록 굴러 떨어졌다.

"와! 드디어 찾았다!"

두 소년이 전의를 다지며 나름 비장한 표정을 짓고 있는데, 의외의 목소리가 끼어들었다.

"멈춰!"

설천의 말 한마디에 흉흉한 기세로 뛰어오던 인면지주 새끼들이 딱 멈췄다.

설천이 반가운 얼굴로 두 소년에게 다가왔다.

"다행이다. 내가 알려준 길로 잘 왔구나."

"이게 도대체 무슨 일이야?"

"운이 말고 나머지 아이들을 찾았어."

"뭐라고? 어디 있는데?"

"혼자 옮길 수 없어서 이 녀석들 도움을 좀 받았지."

카악! 키익!

기분 나쁜 울음소리를 내며 인면지주 새끼들은 두 소년을 번들번들 빛나는 눈으로 바라봤다. 본능적으로 먹잇감을 알아본 맹수의 눈이었다.

꿀꺽!

공포로 마른침을 삼키며 인면지주들의 뒤쪽을 바라본 아이들은 더욱 놀랄 수밖에 없었다.

"운아!"

"헉!"

인면지주의 꽁무니에 대롱대롱 매달린 아이들의 모습이 위태로워 보였다. 간신히 얼굴만 빼꼼히 내밀고 있는 모습이 꼭 시체 같아서 백환이 기겁을 했다.

"괜찮아. 다들 기가 많이 쇠해서 아직 정신을 못 차리는 것 뿐이야."

"정말 괜찮은 거야?"

백환은 백운의 약한 호흡을 확인하고 재차 다시 물었다.

"그래. 여기서 벗어나 치료하면 금방 나을 거야."

"그나저나 얼마나 더 가야 하는 거지?"

"음, 한 시진 정도만 더 가면 될 것 같아."

설천의 대답에 백환과 방민준은 깜짝 놀랐다.

"굉장히 복잡한 동혈이라고 알았는데?"

"운이 좋았어. 공기의 흐름을 살피니까 이쪽에 입구가 있는 것 같지 뭐야."

'그럴 리가 없지.'

'뭔가 또 있구나.'

설천의 천연덕스러운 대답에 두 소년은 고개를 내저었다.

'그래도 다행이야. 이 녀석이 없었다면 우린 꼼짝없이 죽

었겠지.'

설천은 인면지주 새끼들을 재촉해 부지런히 움직였다.

부스럭!

백환과 방민준은 자신들에게 다가오는 인영을 보고 깜짝 놀라 걸음을 멈췄다. 그러나 설천은 태연하게 그 인영을 바라 봤다.

"다행이네. 다른 아이들은 다 찾았는데 너는 없어서 걱정 했거든."

아이들에게 다가온 그림자는 영성석의 반응에 따라 움직 이던 천우룡이었다.

'도대체 왜?'

천우룡은 손안에 움켜쥔 영성석이 웅웅거리며 거칠게 공 명하는 것이 신경이 쓰였다.

"응?"

천우룡이 의아한 얼굴로 아이들과 인면지주 새끼를 천천 히 살필 때 설천은 품 안에 갈무리했던 돌 조각이 소리를 내 며 떨리고 있는 것을 느낄 수 있었다.

'뭐지? 왜 이러는 거야?'

설천의 품 안에서 심하게 진동하는 것은 인면지주의 몸 안 에서 나온 돌 조각이었다.

'흠, 왜 이러지? 기의 흐름도 불안정해졌어.'

푸른빛으로 안정되어 있었던 공기 중의 기류도 돌이 진동하면서 자색 빛으로 변하기 시작했다.

키이익!

기의 흐름이 변하자 인면지주 새끼의 눈이 더욱 붉게 변하기 시작했다. 아무래도 기의 흐름에 민감한 편인지라 무척 불안해했다.

'안 되겠다. 이러다가 다른 아이들이 다치면 큰일이지.'

"인원이 꽤 되니까 직접 움직이자. 이 녀석들은 돌려보내자."

천우룡은 흉측하게 생긴 인면지주의 새끼들 주변에 심상치 않은 기감이 느껴지는 것을 알 수 있었다.

'이 녀석들과 영성석이 관계가 있는 건가?'

천천히 인면지주에게 가까이 다가갔다.

"무슨……?"

백환은 아이들 가까이 다가오는 천우룡의 모습에 흠칫 놀라며 물었다.

"도와줄게."

천우룡이 어색한 동작으로 정신을 잃은 아이들을 옮겼다.

'무슨 바람이 분 거지?'

백환과 방민준은 의심이 가득 찬 눈으로 바라봤다.

'역시 저 인면지주 새끼들과 관계가 있어.'

도와주겠다며 인면지주에게 가까이 다가간 천우룡의 눈이 반짝 빛났다.

우우웅!

영성석은 인면지주 새끼 근처로 다가갈수록 더욱 격렬하게 반응했다. 천우룡은 설천의 품 안에 갈무리한 돌 조각에 대해서는 알지 못하고 애꿎은 인면지주 새끼들만 의심했다. 설천이 인면지주 근처에 서 있어서 착각한 것이었다.

'이 새끼 인면지주한테서 관심이 멀어지면 조사해 봐야겠어. 애초에 인면지주 때문에 발견하게 된 것이니까 아예 관계가 없진 않겠지.'

천우룡의 생각은 얼추 맞았으나, 설천아 이미 영성석의 나머지 부분을 챙겼다는 사실은 알지 못했기에 이런 생각을 한 것이다.

"자, 너희들은 돌아가."

설천은 인면지주 새끼들을 동굴 안으로 밀었다.

키이익!

어미의 몸에서 뿜어져 나오던 영성석의 기운을 기억하는 새끼들은 설천에게서 떨어지지 않으려는 듯 버둥거렸다. 큰 덩치로 버둥거리니 여덟 개의 다리가 붕붕 바람 소리를 내며 위협적으로 움직였다. 빗맞아도 갈비뼈 한두 대는 나갈 것 같은 엄청난 힘이었다.

"저기, 이 녀석들, 그냥 보내도 괜찮을까? 사람들을 공격했었잖아?"

백환이 걱정스럽다는 듯 물었다.

"그래, 그냥 두면 위험할 것 같다."

방민준도 잔뜩 찌푸린 얼굴로 말했다.

스르렁!

카아악!

"내가 처리하지."

천우룡이 칼을 뽑아 들고 앞으로 나서자 거미들이 경계하며 뒤로 물러섰다. 천우룡도 영성석을 가지고 있어서 비슷한 기운을 풍겼다. 그러나 천우룡이 보이는 살기와 욕심에 새끼들은 본능적으로 경계했다.

"그만둬. 그냥 보내줘. 여기까지 아이들을 옮기는 데 도와줬으니 그전에 어미가 했던 일은 없었던 것으로 하자."

"하지만……."

백환이 난감한 표정을 지었다.

"꼭 죽여야 하는 이유가 있어?"

"사람에게 해를 입힐 수도 있잖아."

"그럼 맹수는 다 죽여야 해?"

설천의 말에 백환과 방민준이 답답하다는 듯 말했다. 설천은 맹수인 백호 아래서 자라서 맹수들이 사람의 목숨을 노리는 것은 배가 고프기 때문이라고 단순하게 생각했다.

"그렇다고 풀어줘서 사람을 다치게 만들 작정이야?"

"비켜. 이렇게 지체할 필요 없이 내가 처리하겠어."

천우룡이 다시 나섰다. 나머지 돌 조각을 찾으려면 어떻게 해서든 인면지주 새끼들을 처리해야 했다.

"안 돼! 대신 내가 사람을 해치지 못하게 돌봐주면 되잖아."

이미 세 마리의 호랑이를 보살피고 있는 설천이라 너무도 쉽게 말했다.

"열 마리 거미를 모두 돌보겠다고?"

백환이 어이없다는 듯 물었다.

"응."

설천의 대답에 백환과 방민준이 처음으로 미덥지 못하다는 얼굴을 했다.

"그건 무리라고 본다."

"하지만……."

"비켜! 저런 괴물 편을 드는 것 자체가 어리석다는 뜻이겠지."

"저 녀석들도 원해서 저렇게 태어난 건 아니잖아. 그러니까 기회를 줘야지."

"헛소리. 괴물은 괴물일 뿐이다."

천우룡의 말에 설천의 얼굴빛이 어두워졌다.

"하지만 내가 보살피고 먹이도 챙겨주면 달라질 수도 있잖아."

"비켜! 이런 일로 시간 끌고 싶지 않다."

키엑!

천우룡의 사나운 기세에 놀랐는지, 무언가 낌새를 차렸는지 인면지주들은 불안한 듯 눈을 굴리다가 동굴 안으로 재빨리 도망쳐 버렸다.

"엇!"

천우룡은 사라지는 인면지주들을 쫓으려고 발을 내디뎠다.

"어이! 구하러 왔다."

그때 아이들의 귀를 의심하게 하는 목소리가 들려왔다. 앞쪽을 바라보자 멀리서 다가오는 횃불을 발견할 수 있었다. 인면지주의 새끼들 일로 옥신각신하고 있는 사이 구조대가 당도한 것이다.

"사람이다!"

"살았다!"

백환과 방민준은 기뻐서 펄쩍펄쩍 뛰어올랐다. 그러나 설천과 천우룡은 굳은 얼굴로 인면지주 새끼들이 사라진 동굴 안쪽으로 시선을 두고 있었다.

"별일없는 거냐?"

설천은 자신을 찾으러 온 세 의부를 보고 의아한 얼굴이 되었다. 역용으로 바꾼 얼굴이지만 설천은 대번에 의부들을 알아봤다.

"의부들이 어떻게? 게다가 그 얼굴은?"

"자세한 건 나중에 이야기하자꾸나."

독마군이 설천의 어깨에 손을 올리며 조용히 이야기했다.

"고생이 많았구나."

마의도 설천의 머리를 토닥이며 말했다. 설천은 동굴이 무너진 후 처음으로 안도한 표정을 지으며 의부들의 품에 안겼다. 그동안은 피곤한 줄도, 힘든 줄도 몰랐는데 의부가 안아주자 스르륵 잠이 밀려왔다.

"많이 피곤했나 보군."

설천은 백환과 방민준이 놀란 눈으로 바라보는 것도 모르고 검마의 품에서 잠에 빠져들었다.

第五章
세 마두의 꼼수

마도
공자

야귀에게서 지도를 강탈하다시피 빼앗아온 검마와 두 마두는 비영검을 닦달해 구조대를 조직했다.

"상비약은 챙길 필요 없네. 내가 전부 챙겨왔네. 식량과 물, 그리고 함께 움직일 사람들만 구해주게."

마의가 품 안에서 기다란 목함을 꺼내 들었다. 아마도 엄청난 효력을 지닌 영약이 가득할 것이다.

"직접 가실 겁니까?"

"앞으로 두 시진 정도만 함께할 것이네."

"위험하지 않겠습니까?"

비영검은 세 마두의 정체가 들킬까 싶어 물었다.

"위험해도 할 것이네."

독마군의 말에 두 마두가 고개를 끄덕였다.

'달라졌구나.'

비영검은 검마가 확실히 변했다는 것을 알아차렸다.

"지도를 살펴보니 생각보다 훨씬 복잡합니다. 과연 아이들을 제시간에 찾을 수 있을지 모르겠습니다."

동평의 말에 세 마두가 인상을 와락 찡그렸다. 알아보는 사람이 있을까 싶어 역용으로 얼굴을 바꿔 어색해 보였지만, 기분 나쁘다는 것을 한눈에 알 수 있을 정도로 인상이 일그러졌다.

"무슨 헛소리야!"

동평은 흉흉한 기세를 뿌리는 세 마인 때문에 좌불안석이었다. 학장인 비영검이 회의에 참석시켰으나 정체를 알 수 없으니 더욱 난감했다. 게다가 그들의 의견을 전적으로 수용하여 회의를 진행하고 있었다.

검마가 탁자에 내려놓은 지도를 독마군 앞으로 끌어당겼다.

"영감, 무너진 동굴과 가장 가까우면서 밖으로 가장 빨리 나올 수 있는 곳이 어디요?"

"이곳이군."

"그럼 이곳으로 가면 되겠군."

"확실히 그렇겠군."

검마의 말에 두 마두가 찬성했다. 설천의 능력을 알고 있는 세 마두는 기감을 통해 무너진 곳에서 가장 빠른 탈출구를 설천이 찾아낼 것이라 굳게 믿고 있었다.

"그럼 그곳과 몇몇 다른 동굴로 조를 나눠 움직이겠습니다."

"아니, 그럴 필요 없다. 이곳으로 전원이 간다."

검마가 동평의 말을 깡그리 무시하며 말했다.

"하지만……."

"닥치고, 따르기나 해."

동평은 머리털이라도 쥐어뜯고 싶었다. 도대체 무엇 때문에 그리 확신하는 건지 궁금했다.

"왜 그리로 구조대가 움직여야 하는지 알고 싶습니다."

비영검의 조심스러운 물음에 동평은 만세라도 부르고 싶었다.

'역시 학장님! 제가 묻고 싶었던 말입니다.'

"수많은 동굴이 연결되어 있는 동굴입니다. 아이들의 능력으론 가장 빠르게 그곳에서 벗어날 수 있는 길을 찾았을 리 없습니다. 그런데 확률이 낮은 그곳으로 구조대 모두를 파견해야 한다니 이해가 가질 않습니다."

비영검은 조목조목 따져 가며 물었다.

"여기라면 여기야!"

검마가 윽박지르듯 말했다.

"됐네. 내가 설명하지."

독마군이 검마를 말리며 앞으로 나섰다.

"우리가 너무 채근한다고 기분 나쁘게 여기지는 말게. 동굴 안에 하나뿐인 혈육이 갇혀 있어서 마음이 조급해진 탓이니까. 그리고 왜 이곳으로 구조대 전원을 보내야 하냐면, 아이들 중에 기를 감지할 수 있는 능력을 지닌 아이가 있기 때문이네."

독마군의 말에 잠시 모두들 멍한 표정을 지었다.

"그 기를 감지하는 것이 큰 관련이 있습니까?"

다른 사람들은 모르겠다는 표정이었다.

"기는 모든 만물의 성질을 보여주는 것이지. 내가 동굴 안에 갇혔다면 가장 먼저 주변의 기를 살폈을 것이야. 기의 흐름을 감지한다면 외부와 통하는 가장 가까운 길을 찾아내는 것은 식은 죽 먹기지."

독마군의 설명에 모두들 이해했다는 듯 고개를 끄덕였다.

"그런데 아이들이 상처를 입거나 해서 정신을 잃었으면 어쩝니까?"

무공 교두 하나가 가능성이 있는 의문을 제기했다.

"다쳤어도 그놈은 나올 방법을 찾았을 거야."

검마의 말에 두 마두는 고개를 끄덕였지만, 나머지 사람들은 이해할 수 없다는 표정이었다.

"일단 이 세 분의 의견에 따라 구조대를 파견하겠소. 그러니 빨리 움직이시오."

비영검이 자리를 박차고 일어나며 말했다. 다른 사람들은 아직 의문에 찬 얼굴이었지만 비영검의 지시에 모두 재빨리 움직였다.

"그 아이를 꽤나 믿으시는군요."

비영검의 말에 밖으로 나가려던 검마의 걸음이 우뚝 멈췄다.

"하나뿐인 아들이니 당연하지."

"그리 뛰어난 아이입니까?"

"가르침없이 내 독문무공까지 깨우친 아이다."

검마의 말에서 자랑스러움이 엿보였다.

"정말 많이 바뀌셨군요."

"사람은 바뀌게 마련이다."

검마가 쑥스러운 듯 말하고 밖으로 나갔다.

'설천이란 아이에게 감사할 일이군. 부디 아무 일도 없어 야 할 텐데.'

검마의 의견에 따라 구조대를 급파한 비영검은 솔직히 반 신반의했다. 그러나 사형의 의견에 반대해 봤자 소용이 없을 것이라는 것을 알았기에 허락한 것이다. 게다가 사형의 옆에 는 마의와 독마군이 있다. 어울릴 것 같지 않은 세 마두가 적 절한 타협과 조율을 통해 움직이는 모습이 비영검의 눈에는 신기해 보이면서도 확실히 아이들을 구해올 것이라는 믿음이 생겼다.

"아이들을 발견했다고 합니다."

"뭐? 벌써?"

구조대가 움직인 지 두 시진도 지나지 않았다.

"그것이… 아이들이 이미 탈출로를 찾아 움직인 탓인지 금방 찾았다 합니다."

"아이들은 어떤가? 다친 아이는 없는가?"

"다리를 심하게 다친 아이가 하나 있고, 나머지 아이들은 기력이 쇠해서 정신을 잃은 상태이긴 하지만 모두 별탈은 없다고 합니다."

"그럼 구조대와 함께 움직였던 그분들은?"

비영검은 그토록 찾던 아들을 찾았으니 세 마두가 어찌 나올지 궁금해 물었다.

"그분들은 찾던 아이를 데리고 가셨다고 합니다."

그토록 아끼는 설천에게 위해가 가해졌으니 선선히 당하고만 있을 사람들이 아니다. 지금 당장은 설천을 찾아 돌아갔지만 앞으로 어찌 나올지 알 수 없었다. 게다가 설천에게 위해를 가한 자들이 아직 마림원에 남아 있다면 세 마두는 확실히 정리하려 들지도 모르는 일이었다.

비영검이 마림원에 수장으로 임명되면서 세력 다툼이 정면으로 일어나진 않았지만 암암리에 장로파와 교주파가 대립하고 있었다. 이런 상황에서 두 세력 모두를 못마땅하게 여기고 있는 세 마두가 당장 마림원을 요절낼지도 모른다.

"앞으로 어찌 될지 걱정이로군."

비영검은 잠시 생각에 잠겼다.

"그분들은 대체 누구십니까?"

정체를 드러내지 않기 위해 역용을 했지만 아무리 봐도 수상한 마인들이었다. 게다가 기도까지 범상치 않아 더욱 위험하게 느껴졌다.

"내가 잘 아는 분들이네."

비영검이 더 이상 이야기하고 싶지 않다는 듯 입을 다물자, 동평은 비영검의 속을 짐작하고 다른 이야기를 꺼냈다.

"이번 일로 장로 쪽과 교주 쪽 둘 다 마림원을 예의 주시하게 되었습니다. 어찌하실 작정입니까?"

동평의 목소리엔 걱정이 가득했다. 동평 또한 비영검처럼 마림원이 정치적 알력으로 인해 휘둘리는 것은 원치 않았기 때문이다.

"우선 아이들을 먼저 안정시키고 썩은 부분은 도려내야겠지."

아이들을 의료각으로 보낼 것을 지시한 비영검은 은밀하게 감찰부의 사람들을 불러들였다.

"이번 일을 벌인 자를 찾아내게."

"꼬리는 잡아뒀습니다."

"누군가?"

"한수철이라는 자로 글을 가르치고 있습니다."

동평의 보고에 비영검의 얼굴이 굳었다.

"그자의 연줄은 누군가?"

"최영달입니다."

"역시 그자였군."

비영검이 침음을 삼키며 말했다.

"어찌 처리할까요? 이번 일로 교 내에서도 꽤나 시끄럽습니다. 아마 학장님을 경질하자는 움직임까지 보일지도 모릅니다."

"내가 다치는 것은 상관없지만 후회가 되네. 내가 섣불리 움직여 아이들을 위험에 처하게 한 것이 아닌가 싶어서 말일세."

동평은 비영검의 말에 가슴이 아팠다.

"그것이 어찌 학장님의 책임이겠습니까?"

동평의 말에도 비영검의 얼굴은 펴질 줄을 몰랐다.

"내 이번 일로 느낀 것이 많았네. 사람은 세월이 지나면 변해야 한다는 것도 깨달았지."

"무슨?"

"그동안 마림원 내의 몇몇 스승들이 장로파와 교주파로 나뉘어 알력 다툼이 있었다는 것을 알고 있네."

"그것은……."

동평은 부끄러운 마음에 어쩔 줄을 몰라 했다. 비영검이 묵인하고 있어도 자신이라도 나서서 그 알력 다툼을 말렸어야 했다.

"자네라고 편할 리가 없었겠지."

"송구합니다. 제가 불민하여 해결하지 못했습니다."

"그 문제를 어찌 자네 혼자 처리할 수 있었겠나? 그래서 내이번에 두 세력의 입김이 닿지 않는 사람들을 모을 것이네."

"네?"

동평은 비영검의 선언을 듣고 순간 자신의 귀를 의심했다.

"양쪽 모두에 속하지 않는 사람을요?"

"그렇다네. 배움의 터전이 권력으로 얼룩지는 것을 막고 싶네."

"어려울 것입니다."

한숨을 내쉬며 말하는 동평의 모습에 비영검이 희미하게 미소 지었다.

"하지만 자네가 나를 도울 것 아닌가?"

동평은 큰일을 앞두고도 농을 건네며 미소 짓는 비영검의 모습이 의아했다.

'뭔가 심경의 변화를 일으키셨구나.'

동평의 머릿속엔 아이들을 구출하던 날 찾아온 세 마인의 모습이 떠올랐다. 더 이상 제자를 잃고 무기력하게 스스로를 자책하던 비영검이 아니었다.

"뼈가 가루가 되도록 돕겠습니다."

"응? 뼈가 가루가 되면 어찌 일을 한다는 말인가. 하하하!"

비영검이 시원하게 웃었다.

"그렇다면 새로 아이들을 가르칠 분들을 생각해 두셨습니까?"

"내 대강 생각해 뒀네. 하나 그분들이 허락을 해주실지 모르겠군. 여기 명단을 만들어뒀으니 이분들께 연락을 넣도록 하게."

"알겠습니다."

동평은 명부를 받아 들었다.

"그리고 아이들 치료가 끝나면 곧바로 입학식 준비를 해주게."

"그 열네 명 모두 합격입니까?"

"그렇다네. 생사의 기로에서도 살아남았으니 마림원에 입학할 자격은 충분하네."

"그런데 마설천이라는 아이는 어찌할까요? 따지고 보면, 이번 일의 모든 원인은 그 아이에게 있지 않습니까?"

"이번 일이 그 아이 때문이라니 당치 않네. 그 아이 문제가 단초가 된 것은 사실이나 언젠가는 터질 문제였네. 그건 자네가 가장 잘 알고 있지 않나?"

"알고 있습니다. 하나 그 아이가 명문가 자제가 아니라 고아라는 사실은 언제고 문제가 될 소지가 있습니다."

동평 또한 천마신교의 명문가 출신이라 자연스레 설천의 한미한 출신 배경에 대한 이야기를 꺼냈다.

"자네까지 그런 말을 하다니 실망이로군. 무릇 사람이란 출신 배경과 가문보다 본인의 능력이 중요한 것 아니겠나?"

"물론 맞는 말씀입니다. 하나 문제는 다른 이들이 그리 생각하지 않는다는 것이겠죠."

동평의 딱 부러지는 대답에 비영검은 잠시 생각에 잠겼다.

"가문이 변변치 못한 것이 문제가 되었으니 반대 의견을 누르려면 그 아이의 실력을 알리는 것이 좋겠지."

"그것이 무슨 말씀이신지……."

"아이들 전부를 구했다고 했으니 마설천 그 아이가 수석이 되는 것이 옳겠군."

동평은 비영검의 말에 놀라 입을 쩍 벌렸다.

"정말 그 아이를 수석으로 입학시키실 겁니까?"

"어린아이가 다른 아이들까지 챙기며 사지를 헤치고 나왔으니 응당 받아야 할 대우라 생각하네."

비영검의 결정으로 설천은 아이들의 목숨을 구했다는 점을 인정받아 수석이 되었다. 비영검은 앞으로 바뀌게 될 마림원의 모습을 상상하며 흐뭇해했다.

'그 아이가 사형을 바꿔준 것처럼 이곳도 바꿔줄 것이다.'

구조대로 파견되었던 사람들의 보고를 들은 비영검은 미소를 지었다. 지쳐서 잠이 든 설천을 업은 검마의 모습은 예전엔 상상도 할 수 없었다. 게다가 두 마인 또한 설천이 다치지 않았나 전전긍긍하는 모습이 아기 새를 돌보는 어미 새의 모습이었다고 한다.

'그 무시무시한 세 마두가 그리 쩔쩔매다니…….'

가문이 초라하다 반대하던 작자들에게 설천이 누구를 의

부로 됐는지 알면 놀라서 오줌이라도 지릴 것이라 생각하자 통쾌한 기분이 들었다.

"마림원을 바꿔줄 새로운 사람들이 필요하네. 설천, 그 아이는 그 시작이고."

비영검과 대강의 회의를 마친 동평은 학장실을 나섰다. 동평은 달라진 비영검의 모습에 기뻐해야 할지 걱정해야 할지 갈피를 잡을 수 없었다. 물론 마림원을 개혁하는 것은 찬성할 일이다. 그러나 앞으로 장로파와 교주의 노골적인 감시를 어찌 헤쳐 나가야 할지 머리가 아팠다.

'마림원에 새로운 바람이 불겠구나.'

머리는 아파도 비영검이 바꿀 새로운 마림원이 은근히 기대되는 동평이었다.

'그나저나 도대체 누굴 뽑으신 걸까?'

동평은 비영검이 만들어준 새로 영입할 스승의 목록을 보고 자신의 눈을 의심했다.

'태상노군이라니… 대체 무슨 생각으로……'

동평의 한숨이 깊어졌다. 비영검의 사형인 검마와는 최악의 관계인 태상노군이 과연 제의를 받아들일지 걱정이 앞섰다.

*　　　*　　　*

설천과 함께 봉마곡으로 돌아온 세 마두는 조용히 잠든 설천을 복잡한 얼굴로 내려다봤다.

"다행히 크게 다친 곳은 없소."

마의는 설천의 몸 상태를 살펴보고 말했다.

"도대체 이 어린것이 무슨 죄가 있다고 이런 일을 겪은 거요?"

검마가 열이 뻗친다는 투로 말했다.

"출신이 문제가 된 것 같소."

검마가 야귀를 찾아가서 지도를 가져오는 동안 마림원의 동태와 상황을 파악한 독마군이 말했다.

"뭐요? 출신? 내 이 자식들을 그냥! 분명 장로파 녀석들 짓거리겠지?"

"정확히 말하면 최영달이라는 자가 손을 쓴 것 같더군."

"최영달 그 자식이 누군데?"

차분히 선발 시험에 얽혔던 이야기를 들은 검마와 마의는 씁쓸한 얼굴이 되었다.

"장로파 쪽 인물인 것 같아. 마림원이 복마전이 되어가는군."

"비영검도 그 점을 우려하는 것 같았네."

"그런 곳에서 설천이가 계속 생활해야 한다는 거요?"

검마의 물음에 독마군과 마의도 시름에 잠겼다. 평소에는 약한 모습을 보이지 않는 아이다. 그런데 오늘 동굴 안에서 자신들을 보고 달려와 안긴 설천의 모습에 안쓰러운 마음을 금할 길이 없었다.

"불쌍한 놈. 그 안에서 얼마나 고생을 했겠소."

검마가 잠이 든 설천의 이마 위에 흐트러진 머리칼을 쓰다듬어 주었다.

"다른 아이들까지 건사한 것 같더라고."

마의가 부상을 입었던 아이들의 상처를 떠올리고 말했다.

"무슨 소리요?"

"상처 입은 아이의 환부에 설천이가 합기로 치료한 흔적이 있었다네."

"제 한 몸 건사하기도 힘들었을 텐데, 미련한 녀석."

검마가 혀를 차며 말했다. 그러나 그 안에는 자랑스러워하는 마음이 고스란히 담겨 있었다.

"설천이가 아이들을 도운 것은 대견한 일이지만, 설천이의 능력이 알려지면 곤란할 수도 있네."

"설천이를 자신의 편으로 끌어들여 이용하려 들지도 모르지."

마의가 독마군의 말에 찬성하며 말했다.

"게다가 장로파가 원래 비영검의 일이라면 사사건건 방해했는데, 이번에 이런 대형 사건이 터졌으니 꼬투리를 잡아 비영검과 마림원을 들쑤시려 할지도 모르네."

"도대체 비영검 그 자식은 왜 참고만 앉았는지 모르겠소. 나 같았으면 그 꼴도 보기 싫은 장로파 녀석들, 혼꾸멍을 내

졌을 텐데……."

검마가 화를 내며 말했다.

"그리 화낼 것 없네. 자네 사제가 뭔가 큰 결심을 한 듯 우리에게 한 가지 부탁을 하더군."

"무슨 소리요? 그 자식이 왜 나한테는 말도 없이 영감들한테 부탁을 했다는 말이오?"

"파벌로 나뉘어 마림원의 물을 흐리는 자들을 몰아내겠다고 하더군. 그리고 그것을 도와달라고 말이야."

"흥, 헛소리. 뭘 한다는 거요? 제 놈 제자도 구하지 못한 녀석이."

"자신의 제자는 지키지 못했으니, 사형의 아들은 지키고 싶다고 하더군."

독마군의 말에 검마가 말을 잊은 듯 눈을 깜빡였다.

"정말 그리 말했단 거요?"

"그렇다네."

마의가 독마군 대신 대답을 했다.

"뭘 도와달라 했소?"

검마가 한결 누그러진 태도로 말했다.

"장로파와 교주파 중 어느 쪽에도 연이 닿지 않는 스승을 들이고 싶다고 하더군."

"장로파와 교주파 입김이 닿지 않는 사람이라……. 중도파는 찾기 힘들 텐데? 그래서 뭘 도와주면 되는 거요?"

"그 중도파의 실세가 누군지 아는가?"

"그게 누구요?"

"자네도 잘 아는 사람이지, 아마?"

마의가 느물거리며 말했다.

"도대체 누군데 그러는 거요?"

"아마도 기운이 다해서 쉬어야 하는 사람이겠지."

"그게 무슨 소리요?"

"태상노군이네."

"망할."

독마군의 대답에 검마가 혀를 차며 욕을 내뱉었다.

"그래서, 뭐요. 내가 그 영감한테 사과라도 해야 한다는 거요?"

"뭐, 그럴 것까지 있나. 검이나 돌려주면 될 것을."

"흥! 싫소. 게다가 그 검은 이미 내 것이 아니라 설천이한테 주었소."

"그러니 설천이한테 전후 사정을 이야기하고 검을 태상노군에게 돌려주라 하시오."

"무슨 소리요. 패자는 목숨을 잃어도 할 말이 없거늘. 검을 목숨 값 대신 내놓았으면 싸게 먹힌 거지."

"생각하고는, 쯧쯧!"

마의가 그럴 줄 알았다며 혀를 찼다.

"하면, 마림원에 장로파와 교주파가 흉계를 꾸미게 내버려

둘 참이오? 그렇게 되면 설천이가 또다시 위험에 빠질 수도 있소."

"그건 내가 생각해 둔 것이 있소."

검마가 독마군의 말에 대답했다.

"뭘 말이오?"

마의가 궁금하다는 듯 물었다.

"오랜만에 야귀 녀석을 만나고 나니 잊고 있었던 게 떠올라서 말이오."

"그게 뭔가?"

"뒷골목 왈패 녀석이지만, 야귀 놈이 나한테 신세진 게 있어서 언제든지 돕겠다고 했단 말이오."

"그래서?"

"그놈 조직을 이용해서 설천이의 안전을 지켜달라 할 생각이오."

"고작 그런 좀도둑한테 설천이를 부탁한다?"

마의가 심사가 뒤틀린다는 듯 말했다. 좀도둑이라 폄하했지만 사실 야귀는 천마신교 안에서 꽤 알아주는 무인이자 대도였다. 그런데 봉마곡의 세 마인 앞에서는 좀도둑 수준으로 전락하고 만 것이다.

"더러운 암계는 오히려 그런 녀석들이 더 잘 처리할 거요."

"명검이 그리 중요한가? 설천이보다 더?"

독마군의 물음에 검마가 움찔했다.

"명검이 설천이보다 중하다는 게 아니오. 무인이라면 명검에는 그에 걸맞은 사람이 주인이 되어야 한다고 여길 것이오. 그 검의 주인은 설천이오. 태상노군보다 더 그 검에 맞는 능력을 지녔으니 말이오."

"허허허, 명검에 미친 검마의 입에서 다른 게 더 중하다는 말이 나온 것은 놀랄 일이군. 하나 태상노군이 과연 자네의 생각과 같을까? 태상음양합검을 가진 설천이를 본다면 어찌 나올지 생각하기도 싫군."

"그 영감이 성격이 꽁하긴 해도 눈이 먼 건 아니니 자신보다 뛰어난 설천이에게 검을 빼앗을 순 없을 거요."

검마는 자신있다는 투로 당당하게 말했다.

"이놈이 보통 놈은 아니잖소?"

검마는 잠이 든 설천의 코를 살짝 꼬집으며 장난스럽게 말했다.

"으응."

설천이 귀찮은 듯 손을 휘저었다.

"망할 놈. 걱정하게 만들다니……."

검마의 말에 독마군과 마의도 잠이 든 설천을 바라봤다.

"내 평생에 이렇게 마음 졸여보긴 처음이오."

검마의 목소리가 낮아졌다.

"그건 나도 동감이오."

독마군이 검마의 말에 고개를 끄덕였다.

"말해서 뭘 하겠소."

마의도 이해한다는 듯 거들고 나섰다.

"그래서 말인데, 우리도 가끔은 바깥출입이 가능해야 설천이 놈을 지켜줄 수 있을 것 아니오."

빙옥석으로 만든 팔찌는 이미 산산이 부서진 후였다. 금거폐쇄진의 기운을 이기지 못하고 부서진 것이다.

"빙옥석 이상의 강도를 가지고 있으면 출입할 수 있는 시간이 길어질 것이오."

"만년한철로 만들면 어느 정도나 버틸 수 있소?"

마의가 품에서 만년한철을 꺼내놓으며 물었다.

"만년한철 정도면 완전히 이곳에서 벗어날 수 있을 거요."

"그게 정말이오?"

검마가 반색하며 물었다.

"그렇지만 만년한철을 제련할 수 있는 기술이 내겐 없소."

"제기, 좋다가 말았군."

"하지만 천기자라면 가능하겠지."

"천기자? 그 영감이 아직도 살아 있나?"

마의가 깜짝 놀란 얼굴로 물었다.

"천기자와 친분이 있소?"

"뭐, 나보다는 독마군이 더 친하겠지."

마의가 머리를 긁적이며 말했다.

"설천이한테 준 교룡피갑이랑 이 망할 금거환이 그 사람

작품이네."

"참 내, 고맙다고 해야 할지 욕을 해야 할지 알 수 없는 양 반이구만."

"좀 애매한 사람이지만 뛰어난 장인인 것은 확실하지. 그런데 요즘은 어디에 있는지 행방을 알 수가 없네. 그래서 내가 완벽하게 금거폐쇄진을 벗어날 수 있는 기물을 만들지 못했던 것이네."

"흠, 그렇군. 그럼 우선은 천기자의 행방을 알아보고, 완벽하진 않겠지만 금거폐쇄진을 벗어날 수 있는 팔찌를 몇 개 더 준비해 주게."

"만약을 위해서인가?"

"그렇다네."

마의가 빙옥석으로 팔찌를 몇 개 더 만들어달라 이야기하자, 독마군이 순순히 고개를 끄덕였다.

"천기자 영감의 행방은 내가 알아보겠소."

"방법이 있나?"

독마군이 물었다.

"야귀 놈이 날 알아봤소."

"뭐야!"

마의와 독마군이 놀라서 펄쩍 뛰었다.

"그럼 낭패가 아닌가?"

"걱정 마시오. 함부로 입을 나불거리고 다닐 놈은 아니니.

대신 은밀히 나를 찾아올 거요."

"도대체 야귀와는 어떤 관계인가?"

독마군이 궁금하다는 듯 물었다.

"내가 노리던 검을 먼저 슬쩍한 인연으로 만난 적이 있소."

"자네가 노리던 검을 먼저 슬쩍했다고?"

마의가 어이없다는 듯 물었다.

"살아 있는 게 용하군."

독마군도 놀랍다는 듯이 말했다.

"야귀 그놈이 보기보단 맷집이 좋거든."

"그리 당했는데 도움을 준다고?"

독마군이 믿을 수 없다는 듯 물었다.

"야귀가 눈치 하나는 바싹한 놈이라 내가 제 놈을 살려줬다는 것을 알고 나를 은인이라 여기거든."

"허허, 은인이라 여긴다?"

독마군이 어이없어 헛웃음을 흘렸다.

"애초에 자네 때문에 목숨이 위태로웠는데 그게 말이 된다고 생각하나?"

"그게 뭐 대수요. 내가 살려줬으니 은인인 거지."

검마의 대답에 두 마인은 어이없다는 듯 헛웃음을 삼켰다. 그러나 다음날 은밀히 봉마곡을 찾은 소야차를 보고 조용히 입을 다물 수밖에 없었다.

"검마 어르신을 뵙습니다."

소야차는 검마 앞에 가지고 온 선물을 내려놓으며 고개를 조아렸다.

"보는 눈이 많을 텐데 어찌 왔나?"

"암영대를 풀어 주변에서 감시하는 자들을 따돌리고 왔습니다."

"역시 눈치가 빠르군."

"감사합니다."

"그런데, 무슨 일인가?"

"어르신께서 직접 방문하실 정도로 다급하신 일이 뭔지 몰라 저희가 소홀했습니다. 부디 기분 상하시지 않으셨으면 한다고 저희 회주님께서 전하라 하신 물건입니다."

소야차는 내려놓았던 선물의 보퉁이를 풀었다.

그가 가져온 선물은 푸른 예기가 감도는 한 자루의 검이었다. 검마가 감탄을 내뱉으며 멍한 표정을 지었으나 이내 날카로운 눈으로 소야차를 노려봤다.

"호오! 야귀 놈이 보는 눈이 높아졌군. 하지만 나는 이곳을 벗어난 적이 없네."

"예, 죄송합니다. 소인이 착각한 모양입니다."

"그럼, 착각이고말고."

소야차는 검마의 날카로운 눈초리에 몸을 움츠리며 선물로 가져온 검에 대한 이야기로 말을 돌렸다.

"한빙쇄옥검입니다. 북해의 궁주의 보검입니다."

"하하하, 야귀가 제법 기특해졌군."

검마는 오랜만에 새로운 명검을 손에 쥐자 입이 귀에 걸렸다.

"그런데 이제 운신이 자유로워지신 겁니까?"

소야차가 다시 뭔가를 떠보려는 듯 묻자, 검마의 요란스러운 웃음소리가 뚝 멈췄다.

"그딴 걸 물으러 온 거냐?"

'이크!'

소야차는 자신의 물음에 살기까지 풍기는 검마의 기세에 몸을 덜덜 떨었다.

"그, 그것이 아니오라, 움직이시려면 혹여 필요한 것이 있으신지 궁금해 여쭤본 것입니다."

'세상에서 제일 무서운 사람이 회주님인 줄 알았더니 그분의 기세는 장난이었구만.'

소야차는 땀을 뻘뻘 흘리며 변명을 늘어놓았다.

"혹여 그분의 심기를 거스르는 일이 없어야 할 것이다. 만약 그분의 심기를 거스르면 너는 물론이고 나까지도 불귀의 객이 되는 건 순식간이다. 알겠느냐?'

봉마곡으로 향하는 소야차에게 야귀가 신신당부했던 일이 떠올랐다.

"흠, 그건 알 것 없고, 부탁할 것이 있다."

"최선을 다해 돕겠습니다."

"우선 천기자의 행방을 알아봐라."

"천기자라 하시면, 무구 장인인 천기자를 말씀하시는 겁니까?"

"그렇다."

"알겠습니다."

"그리고 한 가지 더 있다. 이번에 마림원에 입학한 마설천이라는 아이를 보호해 줬으면 한다."

검마의 말에 소야차의 눈이 반짝였다. 이 소동의 원인이 바로 마설천이라는 아이 때문이라는 것을 이미 알았기 때문이다.

'도대체 검마와 무슨 관계지?'

"네, 알겠습니다. 헌데 그 공자와는 어떤 관계이신지?"

"그것도 네가 상관할 바가 아니다."

'젠장! 까다로운 영감 같으니. 단물만 빨아먹겠다는 건가?'

소야차는 속으로 욕을 퍼부었다. 그러나 검마가 만족한 모습을 보이자 안도의 한숨을 내쉬며 봉마곡을 벗어났다.

第六章
태상노군의 결심

마도
공자

경부, 서웅의 거처를 다시 찾은 대막심은 풍비호가 대력살신을 만났다는 것을 알아냈다.

　"대력살신이라……. 몇몇 무가 집안을 도륙낸 살인귀라 들었습니다."

　"자세한 건 잘 모르시는 모양입니다. 그래서 제가 대력살신에 대해서도 조사를 좀 했습니다."

　서웅은 대력살신에 대한 서류를 대막심에게 넘겼다.

　"그 서류를 살피면 아시겠지만, 대력살신은 무공도 뛰어났지만 비전과 비술에 해박한 지식을 가지고 있었습니다."

　"비전과 비술?"

"무엇을 연구하고 있었는지 모르겠지만, 대력살신은 무언가를 찾기 위해 강호를 주유했다고 합니다."

"도대체 무엇을 찾았단 말입니까?"

"글쎄요."

서옹은 애매하게 웃으며 차를 홀짝였다. 대막심은 서옹이 더 이상 자신의 일과 관계하고 싶지 않아 한다는 것을 간파했다.

"도움에 감사드립니다."

대막심은 서옹에게 포권을 취하며 감사의 말을 전했다.

"부디 몸조심하십시오. 요즘 들어 꽤나 시끄러운 일이 많습니다."

서옹의 말에 대막심이 고개를 끄덕였다.

"그런데 혹 심부름꾼이 하나 필요하지 않습니까?"

서옹의 완곡한 축객령에 자리를 털고 일어나던 대막심이 뒤를 돌아보았다.

'심부름꾼?'

서옹의 얼굴엔 아무 감정도 없었다.

"심부름꾼이라뇨?"

"위험한 일을 하시는데 약간의 도움을 드리고 싶습니다."

대막심은 서옹이 무슨 바람이 불어 자신에게 도움을 주겠다는지 알 수 없었다.

"감사합니다. 이왕 신세진 거 조금 더 폐를 끼치겠습니다."

대막심은 서웅의 도움을 마다하지 않았다. 비록 이용당할 지라도 능력이 일천한 자신에게 도움이 될 것이라 생각했기 때문이다.

"들어오너라."

서웅이 외치자 작은 체구의 사내가 안으로 들어섰다.

"처음 뵙겠습니다. 백귀라 합니다."

사내는 대막심에게 꾸벅 인사를 했다.

"도움이 되실 겁니다. 수족처럼 부리십시오."

서웅이 백귀를 대막심에게 딸려 보내며 말했다. 뇌옥의 정보로 영패를 차지한 백귀는 이번 일에서 돈 냄새를 맡았다. 귀령사까지 잃은 마당에 큰돈이 필요했던 백귀는 대막심의 일에 참가하기로 했다.

'뇌옥 수감자 명단은 꽤나 짭짤했어. 몇 탕만 더 하면 귀령사를 다시 마련할 수 있을 정도가 되겠지. 위험하긴 했지만 위험할수록 짭짤한 건수가 많지.'

백귀는 쓰게 웃으며 대막심을 따라 움직였다.

'게다가 자식을 잃은 아비의 복수라, 뭐 도와줘도 나쁠 건 없겠지.'

백귀는 이미 대막심의 신상 정보를 모두 파악하고 있었다. 대막심의 정보력보다 경부를 주름잡는 그의 정보력이 더 뛰어난 탓이었다.

"자네가 서웅의 아들인가?"

대막심은 뒤도 돌아보지 않고 담담하게 물었다.

'우습게 볼 자는 아니군.'

백귀는 얕보고 있었던 대막심의 입에서 자신의 신상에 대한 이야기가 흘러나오자 크게 놀랐다.

"저는 그저 일개 심부름꾼에 불과합니다."

백귀는 대막심의 말을 슬쩍 부정했다.

"그래? 의외로군. 서옹을 꼭 닮았다고 생각했는데 말이야."

'뭣?'

어디서 정보가 흘러나갔는지 고심하던 백귀는 대막심의 말에 어이가 없었다.

'단순히 비슷하다는 걸로 지레짐작한 건가?'

"내 아들 녀석도 나를 꼭 닮았었지……. 나를 따라나선 것은 자네의 뜻인가, 아니면 서옹의 뜻인가?"

대막심의 사연을 알고 있는 백귀는 그가 자신을 배려해 주고 있다는 것을 알아차렸다.

"조장님이 신경 써주시는 것은 감사합니다. 하나 이번 일은 제 의지였으니 염려하실 일은 없을 겁니다."

"다행이로군. 나 때문에 서옹이 아들을 이용하는 것은 아닌가 싶어 불편했거든."

대막심은 끝까지 백귀를 바라보지 않고 총총히 걸음을 옮겼다.

"이제 어딜 조사하실 겁니까?"

백귀의 물음에 대막심의 걸음이 잠시 멈췄다.

"대력살신, 그가 쫓던 것이 무엇인지 알아봐야겠지."

*　　　*　　　*

"어디서 뭐가 왔다고?"

주은아의 목소리엔 반가움과 생기가 가득했다.

"흑풍 마림원에서 어르신께 서찰을 보냈답니다."

유모의 말에 주은아의 머리가 맹렬하게 돌아갔다.

"왜 보냈을까?"

"글쎄요. 어르신께서 인맥이 넓으시니 청을 했을 수도 있고, 아니면 다른 일로 왔을 수도 있겠죠."

"이번 합격생들 이야기 들었어?"

"그럼요. 요즘 장안에 그 이야기로 떠들썩한 걸요. 어린 나이에 대단들 하죠. 그 동굴에서 스스로 빠져나오다니 역시 인재는 인재들인 모양이에요."

주은아의 눈에 열기가 퍼졌다. 자신과 비슷한 또래의 소년들이 그 위험한 곳에서 누구의 힘도 빌리지 않고 스스로 탈출한 것이다. 얼마나 뛰어날까? 주은아도 그 아이들처럼 되고 싶었다.

"무슨 일인지 알아봐야겠어."

주은아는 당장 뛰어나갈 듯 벌떡 자리를 박차고 일어났다.

"어머, 아기씨. 철웅 도련님이 기다리고 계세요."

유모의 말에 생기와 호기심으로 반짝이던 주은아의 얼굴이 괴상하게 일그러졌다. 유모는 주은아의 그 모습에 저런 하며 속으로 혀를 찼다.

"그 바보는 왜 또 왔는데?"

"아기씨, 철웅 도련님이 그리 싫으세요?"

"당연히 싫지. 바보를 누가 좋아하겠어. 나는 그 바보랑은 절대 혼인 못해."

유모는 주은아의 단호한 모습에 순진한 철웅의 얼굴이 떠올라 안타까웠다.

"아기씨, 사람은 좋아하는 사람 앞에서는 바보가 될 수도 있답니다."

"좋아하는 사람 앞에서 바보가 될 수도 있다고? 무슨 말도 안 되는 소리야? 좋아하는 사람 앞에서는 더 예뻐 보이고 멋있어 보여도 모자랄 판에 바보가 되면 어쩌겠다는 거야?"

아직 어린 소녀인 주은아에게 유모는 괜히 어려운 말을 한 게 아닐까 싶었다. 그러나 주은아도 분명 나이를 먹고 안목을 키운다면 자신의 말을 이해할 수 있을 것이다.

"사람을 좋아하는 것엔 여러 종류가 있어요. 한눈에 좋아하는 것도 있지만 자꾸 만나다 보면 그 사람의 좋은 점을 발견하고 점점 좋아지는 경우도 있죠."

"혹시 그 바보를 내가 좋아할 거라 생각하는 거야? 절대 그럴 일은 없을 거야."

장담하는 주은아의 말에 유모는 철웅이 딱하게 여겨졌다.

"그래도 아기씨를 만나기 위해 오셨으니까 만나주세요. 그게 예의랍니다."

"알았어, 알았다구."

주은아는 귀찮다는 듯 고개를 내두르며 말했다. 주은아는 정원의 정자에서 초조하게 왔다 갔다 하는 소년을 발견하고 인상을 잔뜩 찡그렸다.

"무슨 일이야?"

"은, 은아야."

주은아는 자신을 발견하는 순간 불타는 고구마처럼 새빨개지는 철웅의 얼굴을 보고는 한심하다는 생각이 들었다.

"저기, 그러니까, 그게……."

한참을 말도 제대로 못하고 버벅거리는 몰골이 본론을 꺼내려면 얼마나 더 기다려야 하나 싶어서 답답했다.

"할 말 있으면 빨리 말해."

주은아는 흑풍 마림원에서 보낸 서신의 내용이 너무 궁금해서 좀이 쑤실 지경이었다.

"저, 그러니까, 그게… 이, 이번 달 말에 저자에서 야시가 열리는데 거기 같이……."

"싫어! 이제 더 할 말 없지?"

철웅은 어렵게 말을 꺼냈으나, 끝까지 듣지도 않고 주은아는 단칼에 거절해 버렸다. 철웅은 안타까운 얼굴로 발을 동동 굴렸다.

"하지만 이번 야시엔 서역의 상인들과 진귀한 장신구도 판다고 하던데……."

철웅은 평소 주은아가 좋아하는 장신구를 들먹이며 다시 매달렸다.

"서역에서 온 상인? 진귀한 장신구를 판다고?"

등을 돌려 내당으로 향하던 주은아의 발걸음이 잠시 주춤하자 철웅은 필사적으로 머리를 굴리기 시작했다. 머리 쓰는 일보다 무공 수련하는 일이 더 많은 소년이었지만 좋아하는 사람과 함께 있고 싶은 생각에 잘 굴러가지도 않는 머리를 핑핑 돌렸다.

"그리고 구슬로 점복을 쳐주는 점술사도 있다고 하더라고. 그러니까 혹 관심이 있으면……."

"구슬로 점복을 쳐준다고?"

주은아는 철웅의 말에 솔깃했다.

"좋아, 그럼 한번 가볼까?"

주은아의 말에 철웅의 얼굴이 환해졌다.

"그, 그럼 꼭 가는 거다?"

"알았어. 나중에 보자."

주은아는 귀찮다는 듯 대충 대답했다. 그러나 철웅은 마치 세상이라도 다 가진 듯 얼굴이 환해졌다.

"흥, 좋아하기는."

주은아는 혀를 차며 외당에 자리 잡은 태상노군의 방으로 걸음을 옮겼다.

태상노군 주혁진은 다탁 위에 놓인 구겨진 서신을 잡아먹을 듯 노려보고 있었다. 그의 얼굴엔 분노, 씁쓸함 등의 여러 감정이 복잡하게 얽혀 있었다.

"할아버지, 저 들어가도 돼요?"

깜찍함이 묻어나는 귀여운 목소리가 문 너머에서 들리자 태상노군의 표정은 거짓말처럼 환하게 바뀌었다.

"우리 공주께서 오셨구나. 어서 들어오너라."

허락이 떨어지기가 무섭게 문이 벌컥 열리며 주은아가 태상노군에게 쪼르르 달려와 안겼다.

"할아버지, 저 오늘은 공부하기 싫어요."

태상노군은 하얀 얼굴에 앙증맞은 두 눈을 반짝거리는 자신의 손녀 주은아를 바라보며 껄껄 웃었다.

"어제는 아파서 못하겠다고 하더니 오늘은 싫은 게냐?"

주은아 때문에 속이 타다 못해 시꺼멓게 변했을 문 서생이 불쌍하게 느껴졌다. 문 서생은 주은아에게 글을 가르치는 스승이다.

"시 짓고 글 쓰는 건 너무 지루해요. 게다가 수놓는 건 더 싫어요."

주은아는 지긋지긋하다는 듯 진저리를 치며 말했다.

"그럼 또 검술이라도 가르쳐 주랴?"

태상노군의 말에 주은아의 눈이 반짝 빛났다.

"네, 가르쳐 주세요. 저번에 가르쳐 주신 기본 검법은 다 익혔어요."

주은아의 대답에 태상노군이 깜짝 놀랐다.

"기본 검법을 다 익혔다고?"

"네. 처음엔 많이 어려웠지만 하루에 천 번씩 열심히 연습했더니 이제는 눈 감고도 펼칠 수 있어요."

주은아는 자랑스레 말했다. 태상노군은 당당하게 말하는 은아의 모습에 곤혹스러웠다. 검술을 가르쳐 달라고 떼를 쓰는 주은아가 포기하도록 검술에 처음 입문하는 사람에겐 조금 어려운 중급 검법을 섞어서 기본 검법이라 속여 가르쳤다. 그리하면 손녀가 검술이 힘들고 어렵다는 생각에 자연스레 그만둘 것이라 생각했기 때문이다.

그러나 결과는 어처구니없게도 중급 검법을 섞은 기본 검법을 다 익혔다는 대답인 것이다.

"진짜 다 익힌 게냐? 어렵거나 힘들지는 않았고?"

뭐든 금방 싫증을 잘 내고 변덕스러운 손녀의 성정을 아는 태상노군은 설마하는 생각에 다시 물었다.

"아뇨. 너무 재미있어서 빨리 다른 검법도 익히고 싶어요."

은아의 반짝이는 눈동자에 태상노군은 끙 하고 앓는 소리를 속으로 삼켰다. 하나밖에 없는 금지옥엽의 손녀가 과격한 검을 배우겠다고 나섰을 때는 무조건 반대하며 말렸다. 그러나 주은아의 성정은 하지 말라면 더욱 하고 보는 청개구리 심보였다. 태상노군도 그것을 알았기에 어쩔 수 없이 손녀에게 검법을 가르쳤다.

그러나 결과는 엉뚱하게도 더 배우고 싶다는 열의에 찬 대답이었다.

"검을 더 배우면 근육도 생기고 손에 굳은살도 생길 거다. 그래도 괜찮겠느냐?"

아직 어린 소녀지만 여자다. 외모에 신경을 쓰는 것은 당연한 일. 주은아도 그럴 것이라 여겨 태상노군이 머리를 써서 다른 방법으로 검술 수련을 포기하도록 구슬렸다.

"그래요? 하지만 주안술을 익히거나 반로환동의 경지에 이르면 더 예뻐질 수 있잖아요?"

"그렇긴 하다만……."

태상노군은 은아의 조리있는 반론에 할 말을 잃었다. 교양 있는 아기씨의 필수 덕목은 배우기 싫어서 이리저리 꾀를 쓰고 피하는 녀석이 검술은 기를 쓰고 배우려는 이유를 태상노군은 이해할 수 없었다.

"검술은 배워서 무엇 하려고 그러느냐?"

"멍청한 녀석을 혼내주려구요."

은아는 싫다는 듯 미간을 찡그리며 어깨를 파들 떨었다. 그 반응에 태상노군이 헛웃음을 쳤다.

"허허, 그리도 철웅이가 싫더냐?"

태상노군의 말에 은아의 인상이 대번에 찡그려진다.

"그 바보 얘긴 하지 마세요."

'큰일이로군. 아직 어리긴 해도 정혼자인데 이리 싫어하다 니…….'

은아만 보면 얼굴이 벌게져 허둥거리던 철웅의 모습이 떠올라 실소를 금할 수 없었다.

철웅과 은아는 태중혼약이 되어 있었다. 두 집안이 워낙 친할 뿐만 아니라, 태상노군은 철웅의 아버지인 환검의 인격과 무공을 높이 샀다. 뛰어난 실력과 인품에 남을 돌보는 착한 심성까지 갖춘 훌륭한 사람이었다.

그의 아들인 철웅 또한 착한 심성에 근골이 튼튼한 소년이다. 그러나 숫기가 너무 없어서인지 정혼자인 은아만 보면 어쩔 줄을 몰라 하며 쩔쩔맸다. 은아는 그런 모습을 한심하게 여기며 철웅을 우습게 여겼다.

"착한 녀석이다. 그리 미워하지 말거라."

"착하면 뭐 해요? 그런 바보가 정혼자라니 정말 싫어요. 제 짝은 제가 찾을 거예요."

눈을 반짝이며 발그레 얼굴을 붉히는 은아의 모습에 태상노군은 철웅이 불쌍하게 느껴졌다. 좀 더 숫기가 있다면 좋으

런만 은아를 너무 좋아해서 무시당하는 철웅이 안쓰러웠다.

"이 서찰은 어디서 온 거예요?"

은아는 탁자 위에 구깃구깃 구겨진 서찰을 살피며 물었다.

"흠, 흑풍 마림원에서 온 서찰이다."

내키지 않는 투의 태상노군의 대답과는 달리 은아는 열기가 담긴 눈으로 서찰을 다시 살폈다.

"흑풍 마림원이요? 그곳에서 무슨 일로 서찰을 보낸 거죠?"

은아는 호기심과 설렘으로 서찰을 꼼꼼히 살폈다.

"우와! 할아버지, 아이들에게 가르침을 달라고 하네요. 그럼 그곳에서 아이들을 가르치실 건가요?"

은아의 자부심과 기쁨이 담긴 목소리에 태상노군은 인상을 찡그렸다.

"아이들을 가르치는 것은 기쁜 일이지만, 흑풍 마림원에 적을 두는 일은 별로 내키지 않는구나."

"왜요?"

태상노군의 대답에 은아는 이해할 수 없다는 듯 물었다.

"흑풍 마림원의 학장인 비영검과는 조금 불편한 관계란다."

"불편한 관계요?"

은아는 모르겠다는 듯 태상노군을 바라봤다.

"비영검의 사형이 검마란다."

"검마!"

은아는 놀란 얼굴로 외쳤다. 자세한 내용은 모르지만, 검마가 태상노군의 검을 빼앗아간 나쁜 사람이라는 것을 언뜻 지나는 말로 들었기 때문이다.

"그럼 거절하실 거예요?"

"거절할 생각이다. 하나 비영검은 사형인 검마와는 사이가 좋지 못한데다가 검마는 지금 봉마곡에서 죗값을 치르고 있으니 내가 거절하면 오히려 속 좁은 사람으로 보일지도 모르지."

태상노군은 사형제 둘이 자신을 다른 방법으로 괴롭힌다고 여겼다. 혹은 비웃고 있는 걸지도 모른다는 꽁한 생각에 입맛이 썼다. 비무로 검마에게 진 것도 치욕스러운데, 검마는 당연하다는 듯 낄낄거리며 태상음양합검을 가져가며 자신을 한껏 비웃었다.

비무의 승패를 떠나 패자를 비웃으며 검까지 챙겨간 검마는 무인의 예라는 것을 찾을 수 없는 잔인무도한 인간이었다. 그러나 그의 무공만큼은 진짜배기였다. 패도적인 기운과 그 기운을 자유자재로 부리며 자신을 압박하던 날카로운 검세가 떠오르자 호승심이 일었다.

'그때는 검마의 마지막 일격을 막을 수 없었다. 하나 지금은 다르다.'

검마의 마지막 공격을 떠올리며 절치부심했던 시간들이 떠올랐다.

'그때는 태상음양합검의 묘리를 다 사용할 수 없었지만,

지금은 양과 음의 조화를 통한 공격의 운용을 모두 익혔다. 다시 검마와 비무를 한다 해도 두려울 것이 없다.'

태상노군은 이번에 검마와 비무를 벌인다면 지지 않을 자신이 있었다. 그러나 문제는 자신의 깨달음을 완성시켜 줄 검이 검마의 손에 있다는 것이다.

"할아버지."

은아가 애교 섞인 목소리로 태상노군을 불렀다.

"응? 왜 그러느냐?"

"제가 세상에서 제일 존경하는 사람이 누군지 아세요?"

"글쎄다?"

"바로 할아버지세요."

은아는 싱긋 웃으며 태상노군에게 말했다.

"저에게는 세상에서 제일 멋지고 강한 분이 할아버지세요. 그러니까 흑풍 마림원에서 가르침을 주십사 청한 것이 당연하다고 생각해요. 그리고 검마라는 나쁜 놈이 덤비면 음양조화검법으로 혼내주면 되잖아요?"

태상노군이 수련하는 모습을 늘 옆에서 지켜봐 온 은아였다. 새벽이나 늦은 밤에도 할아버지의 수련 시간에는 대견하게 졸린 눈을 비비며 늘 옆에 붙어 있었다. 수제자도 하지 못하는 일을 어린 은아는 늘 해왔다. 그리고 수련이 끝나면 기특하게도 시원한 물이나 따뜻한 차를 내와 태상노군을 흐뭇하게 만들었다.

"그래, 고맙구나."

태상노군은 은아의 반짝이는 두 눈에서 자신에 대한 존경과 믿음을 읽고 자신감을 회복했다. 검마가 탈마에 이른 고수라 해도 천지의 기운을 담고 있는 음양조화검법이라면 이길 수 있을 것이다. 어린 손녀도 자신을 믿고 있지 않은가.

검마에게 패한 후 너무 움츠러들었던 자신을 발견한 것이다. 게다가 검마의 사제인 비영검이 아이들을 가르쳐 달라 청한 것은 자신을 인정하고 있다는 반증이라 여겨졌다.

"그럼 흑풍 마림원에서 해온 청을 다시 생각해 봐야겠구나."

태상노군은 인자한 미소를 지으며 말했다. 태상노군은 눈에 넣어도 아프지 않을 은아의 기특한 말에 뿌듯해하고 있었다. 그러나 정작 여우같은 은아의 꿍꿍이를 알 리 없었다.

'됐다!'

태상노군의 말에 은아는 쾌재를 불렀다. 은아는 요즘 세간에 유행하고 있는 이야기책에 푹 빠져 있었다. 가냘픈 여주인공이 상승무공을 배워 강호를 주유하고, 강하고 멋진 공자를 만나 사랑에 빠지는 줄거리였다.

태산을 가르고 여주인공을 구출하는 멋진 공자들의 이야기에 어린 소녀의 마음이 한껏 들떴다. 그러니 은아만 보면 얼굴이 벌게져 말까지 더듬는 철웅이 한심해 보이는 것은 당연지사였다.

철웅은 아직 어렸지만, 또래 아이들에 비해 뛰어난 무공 실력과 아이답지 않은 심성을 지녔지만 은아만 보면 검으로 자신의 발등을 찍을 정도로 부끄러워했다. 그러니 이야기책에 등장하는 멋진 공자를 꿈꾸는 은아에게는 성에 차지 않았다.

'내 짝은 내가 찾겠어. 흑풍 마림원에 할아버지께서 사부로 초빙되어 가시면 나도 떼를 써서 시험을 봐야지.'

은아의 노림수는 그것이었다. 천마신교의 인재들만 모인다는 흑풍 마림원에 들어가면 분명 자신이 꿈꾸는 멋진 공자를 만날 수 있을 것이다. 은아의 볼이 발그레 달아올랐다. 그러나 태상노군은 은아가 자신이 흑풍 마림원의 사부로 초빙되었다는 것이 자랑스러워 그러는 줄 알고 더욱 기꺼워했다.

태상노군은 은아가 돌아간 후 지필묵을 꺼내 들었다. 흑풍 마림원에 띄우는 답신이었다. 이제는 검마라는 그림자를 벗어날 자신감을 얻은 듯해 태상노군의 마음은 가벼웠다.

그러나 태상노군은 흑풍 마림원에서 만나게 될 누군가에 의해 다시 한 번 검마의 그림자를 발견하게 될 줄은 꿈에도 모르고 있었다.

第七章

제자? 노예?

마도
공자

봉마곡에서 몸을 추스르고 돌아온 설천은 백환, 백운과 함께 마림원 숙소에서 수강할 시간표를 짜고 있었다. 철저히 능력제인 마림원은 학년과는 상관없이 수업을 신청할 수 있었다.

"흐음, 검법은 중급 검법을 듣는 게 좋겠지? 너는 어떤 수업을 신청할 거야?"

백운이 설천에게 물었다. 백운과 백환은 동굴에서 벗어난 후 설천과 친구가 되었다. 그러나 설천의 도움을 받은 다른 아이들은 설천을 껄끄러워했다. 우습게도 자신을 도와준 사람에게 심적인 부담감과 시기 어린 질시의 감정을 가지게 된 것이다.

그것은 방민준도 마찬가지였다. 설천을 만나면 어색하게 웃으며 말을 아꼈다. 그러나 방민준의 경우는 질시보다는 천우룡의 이상한 태도 때문에 설천을 멀리하게 된 것이다.

"동굴 안에서 뭔가 이상한 일은 없었어?"

"무슨 이상한 일?"

"너는 우리와 동행하지 않고 마설천 녀석이랑 함께 움직였 잖아?"

천우룡은 동굴에서 돌아온 뒤에도 계속 감응하는 영성석 을 통해 함께 동굴에 있던 아이 중 하나가 영성석의 나머지 부분을 가지고 있다고 확신했다. 자신과 함께 움직인 아이들 의 행보는 알고 있다. 그렇다면 설천과 함께 움직인 아이들 중에 하나일 것이라 여기고 방민준에게 물었다.

"돌에 깔린 운이 구하고 난 후 설천이는 우리랑 따로 움직 여서 자세한 건 잘 몰라."

방민준은 천우룡이 무엇을 노리는지 걱정과 함께 의아한 생각이 들었다.

"중간에 마설천이 따로 움직였어?"

천우룡의 눈초리가 날카로워졌다.

"운이가 사라졌었거든. 너희 쪽 상황도 마찬가지였잖아?"

방민준이 왜 묻느냐 식으로 물었다.

"그럼 마설천은 백운을 구하려고 인면지주를 찾아간 건가?"

천우룡은 어리석은 행동이라고 생각하며 물었다.

"그래."

"수상한 건 없었나?"

방민준은 천우룡의 물음에 뭐라 대답을 해야 할지 망설였다.

"수상하다니 어떤 걸 말하는 거야?"

"녀석이 숨기거나 감추려고 하려는 게 있었냐는 말이다."

방민준은 순간 얼굴을 찡그렸다.

'이거 골치 아프게 생겼는데……'

다른 녀석들이 설천을 비방하고 뒤에서 수군거리는 것은 달리 신경 쓰이지 않았다. 그러나 천우룡은 교주의 손자였고, 앞으로 교주가 될지도 모르는 권력의 핵심이다. 그런 천우룡이 설천에게 좋지 못한 감정을 가지고 있다는 것을 알게 된 것이다.

'마설천은 좋은 녀석이지만, 당분간 가까이하지 않는 게 좋겠어.'

방민준은 그리 생각하고 설천과 거리를 뒀다. 이러한 아이들의 적반하장식의 태도에 화를 내며 따진 것은 백운이었다. 설천의 적절한 응급조치로 백운은 다리에 큰 흉터가 남긴 했지만 기력을 찾은 후 큰 이상은 없었다.

"도대체 왜 그러는 건데? 생명의 은인이잖아. 짐승도 구해주면 은혜를 아는데 너희는 고작 이거냐?"

백운의 말에 아무도 대꾸하지 못했으나, 그 이후로 아이들은 백운과 백환까지 피하게 되었다.

설천은 아이들이 부담을 느끼든 아니든 간에 별로 상관하지 않았다. 딱히 도와주려고 했던 것도 아니고, 그저 시험을 함께 봤고 같이 일에 휘말린 마림원의 학생 정도로 생각하고 있을 뿐이었다.

"네가 그렇게 나오니까 녀석들이 기어오르는 거야."

백운이 오히려 화가 난다는 듯 말했지만, 설천은 신경 쓰지 않았다. 마림원은 다만 마입관으로 가기 위한 과정으로 생각했기 때문이다. 설천이 살 곳은 봉마곡이고, 의부들만 있으면 된다고 생각했다.

설천의 그런 생각을 아는지 모르는지 백운과 백환은 설천에게 찰싹 달라붙어 들어야 하는 수업을 정하고 있었다.

"이제부터 우리는 너와 생사를 함께하기로 했어."

백운이 진지한 얼굴로 말했다.

"왜?"

설천은 이해할 수 없어서 물었다.

"네가 우리를 구해줬잖아?"

"그것 때문에 마음 쓸 것 없어. 뭔가를 바라서 도와준 게 아니거든."

설천의 대답에 백환과 백운은 꿀 먹은 벙어리처럼 할 말을 잃었다.

"그것 때문에 마음 쓰는 게 아니라, 우리는 너에게 도움을 받기만 했잖아. 꼭 도움이 되고 싶어."

한참을 고민한 백운이 말했다. 원래 조금 내성적이었던 백운은 설천에게만은 툭 터놓고 이야기를 했다.

"너도 중급 검법 들어라. 같이 수련하면 좋잖아?"

백운은 설천을 살살 꾀었다. 같이 수업을 듣고 싶은 마음 때문이다. 백환도 설천과 같이 듣고 싶은지 귀를 쫑긋 세우고 있었다.

"그래. 중급 검법 듣지, 뭐."

설천의 말이 떨어지자 백운이 환하게 웃었다.

"잘 생각했어. 이번에 검법 가르칠 사부가 대단한 분이라 후회는 없을 거야."

"누군데?"

"놀라지 말라고. 마선으로 통하는 태상노군이라고!"

"태상노군? 그게 누구야?"

설천의 반응에 백환과 백운은 눈이 튀어 나올 정도로 놀랐다.

"정말 모르는 거야?"

"응. 난 모르겠는데?"

설천의 모르겠다는 표정에 백환과 백운은 김이 샌 얼굴이었다. 그러나 곧 다시 생기를 되찾고 열을 올리며 설명했다.

　"천마신교에는 오대고수와 삼대마선, 그리고 일곱 명의 초인이 존재해. 고수와 마선, 그리고 초인은 명칭은 다르지만 모두 어마어마한 고수들이야."

　"고수? 마선? 초인?"

　설천은 낯선 단어들에 호기심이 동해 백환을 바라봤다.

　"우선 다섯 명의 고수는 각자 다루는 무기가 달라. 도마, 검마, 편마, 부마, 봉마로 각각의 무기를 사용하는 자들 중에서 최고로 꼽혀."

　"검마?"

　설천은 낯익은 호칭에 귀를 쫑긋 세웠다.

　"아, 너도 아는구나?"

　백환은 설천이 알고 있다는 사실에 반가워 말했다.

　"검마는 오대고수와 삼대마선, 그리고 일곱 명의 초인 중에서도 최고로 꼽히는 인물이야."

　"그래?"

　백환은 자신의 말에 관심을 보이는 설천의 모습에 의기양양해져 말했다. 설천은 일반 사람들과는 조금 다른 태도와 사고를 가지고 있어 웬만한 일엔 관심이 없었기 때문이다.

　"나도 검마에 관해서 알아. 귀한 검을 가진 사람들에게 검마는 꿈에 나올까 두려운 사람이었대."

"귀한 검?"

"아, 검마의 취미가 보검이나 명검을 가진 사람 트집 잡아 혼내주고 검 빼앗기였거든."

백환의 말에 설천이 피식 웃었다. 검마 의부다웠다. 검마가 들으면 펄펄 뛰며 아니라고 오리발을 내밀 것이지만 설천은 능히 그랬을 거라 생각했다.

백환과 백운은 설천의 미소에 속으로 놀랐다. 다른 사람 일에는 관심없어 보이던 녀석이 검마의 이야기에 슬며시 웃음을 보였기 때문이다.

'고수들의 이야기를 좋아하나 보다.'

"그건 그렇고, 검마는 천마신검을 어디에 숨겼을까?"

마인이라면 누구나 궁금해하는 사항을 백환이 물었다.

"천마신검?"

"너, 그것도 모르는 거야? 검마가 천마신교의 신검인 천마신검을 훔쳐서 봉마곡에 유폐된 건 정말 유명한 이야기인데."

'그랬구나.'

설천은 검마가 왜 봉마곡에 유폐된 건지 짐작은 하고 있었지만 그런 사정이 있었던 것이다.

"응, 난 산에서 살아서 그런 건 잘 몰라."

설천의 담담한 대답에 두 소년은 그런가 하고 넘어갔다.

"검마도 유명하지만 나머지 세 명의 마선과 일곱 명의 초인도 대단해."

"세 명의 마선은 훌륭한 인품과 무공 실력으로 정파에게도 인정받고 있는데, 그중의 한 명이 바로 여기 학장인 비영검이야."

"응? 나는 비영검이 오대고수인 줄 알았는데?"

백운이 이상하다는 듯 고개를 갸웃거렸다.

"그래서 비영검이 대단하다는 거야. 그 사람은 오대고수와 마선의 칭호를 가지고 있거든. 요즘은 비영검 대신 다른 마인이 오대고수의 자리를 대신하고 있지만… 비영검이 오대고수 반열에 끼는 걸 극도로 싫어한다는 소문도 있고 하니까."

"아니, 왜? 남들은 오대고수에 끼려고 안달을 할 텐데."

백운은 이해할 수 없다는 얼굴로 물었다.

"뭐, 사형인 검마와 사이가 나빠서 같은 오대고수로 불리는 것 자체도 싫어한다고 하는데 뭐가 진짜인지는 알 수 없지."

"진짜 사형인 거야?"

비영검의 이야기만 나오면 펄펄 날뛰던 검마를 떠올리며 설천이 물었다. 솔직히 검마의 반응을 봐선 사제라기보다는 철천지원수가 아닐까 하는 의심을 지울 수 없었다.

"응. 놀랍지? 마선이라 불릴 정도로 뛰어난 인품의 소유자와 보검이라면 물불을 가리지 않고 날뛰던 검마가 사형제라니 놀라운 일이긴 하지."

백환의 말에 설천은 잠시 검마의 기행을 떠올렸다. 검에 대한 집착이 심한 줄은 알았지만 천마신교의 모든 사람이 알 정도였다니 꽤나 심각한 수준이라 여겨졌다.

하지만 손수 자신이 아끼는 검까지 설천에게 내줬던 검마가 아니던가. 광적으로 명검에 집착하는 것 같았지만, 설천이 보기엔 큰 문제는 아니다 싶었다.

"그럼 그 태상노군이라는 사람도 뭔가 있는 건가?"

"그분의 검법이 대단히 특이하다고 할까?"

"검법?"

"그분은 극양과 극음의 기운을 함께 쓸 수 있는 음양조화 검법을 사용할 수 있는 분이라고!"

백환의 말에 설천이 의아한 생각이 들었다.

"그거 대단한 거야?"

설천의 물음에 백환과 백운은 잠시 할 말을 잃었다. 하긴 설천은 이미 두 기운을 사용할 줄 알았다.

"대단한 거야. 기를 한기와 열기로 변환해 검에 실을 수 있는 무인은 강호에 아무도 없거든."

"기를 직접 한기와 열기로 바로 변환시킨다고?"

설천은 백환의 말에 호기심이 생겼다. 사실 설천이 극양과 극음의 기운을 직접 만들어내는 것은 아니었다. 태상음양합 검이 설천의 기를 한기와 열기로 바꿔주는 것이었기 때문에 태상노군의 무공에 흥미가 생겼다. 거기다 설천이 자유자재로 사용할 수 있는 기의 성질은 합기가 전부였기에 더욱 흥미가 생겼다.

"그래. 그런 대단한 분이 우리 검법 사부가 되는 거야. 그러니까 검법 수업은 꼭 들어야 해."

"그럼 다른 수업은 뭘 들을 거야?"

백운이 궁금하다는 듯 물었다. 다른 수업도 설천과 함께 듣고 싶었기 때문이다.

"흠, 상급 심법이랑 중급 진법, 그리고 약초학이랑 야수 육성법, 천안통 수련법."

"뭐? 약초학? 야수 육성법? 게다가 천안통 수련법이라고?"

설천의 말에 백환과 백운의 눈이 커졌다. 강자지존의 법칙을 따르는 천마신교에서 야수를 기르는 이유는 한 가지였다. 무기 대신 야수를 이용하는 것이다. 그러나 천마신교에서 야수를 이용하는 무인의 수는 거의 전무했다. 무공을 갈고닦을 시간도 부족한 판에 야수 따위를 길러봤자 하등 도움이 되지 않는다는 것이 마인들의 일반적인 생각이었다.

그리고 설천이 듣겠다는 또 다른 수업인 천안통은 앉은 자리에서 천리를 내다본다는 천리안의 수련법이다. 인간의 한계를 뛰어넘어 탈마의 경지에 이른 무인들이 존재하지만 그들도 어디까지나 무공의 범주 안에서만 인간의 영역을 벗어난 것이다.

천리안을 가진다는 것은 무공을 갈고닦는 것과는 무관한

일이라 천마신교 안에서도 허무맹랑한 소리로 치부했다. 그런데 그걸 수련하는 수업을 듣겠다니 백운과 백환은 순간 자신의 귀를 의심했다.

"정말 그 수업을 들을 거야?"

"응. 집에서 기르는 동물이 많거든. 어떻게 길러야 하는지 알아두면 좋을 것 같아."

하긴 설천은 새끼 인면지주까지 기르려고 했던 녀석이다. 백운과 백환은 질린 얼굴로 수긍했다.

"그리고 천안통이면 멀리 있는 것도 잘 볼 수 있으니까 사냥하는 데 도움이 될 것 같아."

설천의 해맑은 대답에 백환과 백운은 뭐라 대꾸할 말이 없었다.

"그래."

"에휴~"

백환과 백운은 설천이 듣는 수업을 꼭 같이 들어야지 마음먹었지만, 야수 육성법과 천안통 수련법 같은 허무맹랑한 수업을 도저히 들을 자신이 없었다. 게다가 백환은 외공에, 백운은 암기술에 관심이 있어서, 검법과 심법 외에는 같은 수업을 들을 수 없게 되었다.

결국 백환은 외공 수련법과 중급 검법, 중급 심법과 축기법, 중급 도법과 내외공 조화 수련법을 듣게 되었다. 그리고 백운은 초급 검법과 암기술, 초급 내공 수련법, 비도술, 은신법, 초급 보법 수련, 초급 심법의 수업을 신청했다.

초급과 중급, 고급으로 나뉘는 바람에 백환과 백운은 설천과 같은 수업을 들을 수 없게 되어버렸다. 특히나 설천은 수석이었기에 고급 과정에 있는 수업을 들을 수 있었다.

"재미있을 것 같아."

수업에 대한 기대감으로 눈을 반짝이는 설천의 모습에 백환과 백운은 고개를 설레설레 흔들었다. 이름부터 수상쩍어 보이는 수업들이었지만 설천이 듣기로 했으니 반대할 수도 없었다. 게다가 설천은 아이들 중 가장 강하니 요상한 수업을 들어도 큰일은 없을 것이라 여겼다.

야수 육성법 수업을 듣기 위해 설천은 마림원 내의 사육장 쪽으로 발길을 옮겼다. 수업 과정이 생긴 후 수강한 학생이라곤 고작 셋뿐인 있으나마나 한 수업이었다. 그나마 그 세 명 중 둘은 사고로 수강을 포기했다. 그럼에도 아직도 폐강되지 않은 것은 수업을 지도하는 강언석의 명성 덕분이었다.

동물들, 특히 맹수와 말에 정통한 그는 흑야왕이라 불리고 있을 정도였다. 그러나 말이 좋아 야수 육성법이었지 강의를 담당하고 있는 교사 강언석은 말[馬]에 미쳐 있었다. 특히 명마에 미쳐 있는 흑야왕은 사육장을 떠나지 않고 침식을 같이 하는 말에 환장한 위인이었다. 그에게 학생은 가르칠 대상보다는 공짜로 일을 시킬 수 있는 종이나 일꾼으로 여겨졌다.

푸르르릉!

사육장의 말들이 사납게 콧김을 뿜으며 투레질을 했다. 명마답게 사람을 가리며 아무나 태우지 않는 고고한 존재들이다. 흑야왕도 기르고 있었지만 한 번도 안장을 얹어본 일이 없다. 흑야왕에게는 그림의 떡이나 마찬가지인 말들이었다.

"자, 많이 먹어라."

흑야왕은 비싼 약재가 섞인 풀을 구유에 넣어주며 말했다. 배가 남산만 하게 부른 월다마는 털빛이 붉고 갈기가 멋진 암말이다. 탄탄하고 날렵한 다리와 균형 잡힌 몸체는 다른 말들과는 달라 우아하고 멋있었다.

게다가 얼마 전 천리마라 불리는 은갈마와 짝짓기를 한 후 배가 불러오고 있어 흑야왕이 각별히 신경 쓰고 있는 말이었다. 그러나 월다마는 그 까다로운 성격처럼 먹이를 잘 먹지 않아 흑야왕을 초조하게 만들고 있었다.

"왜 먹질 않는 거야? 먹어야 새끼를 낳을 것 아니냐."

흑야왕은 말에게 하소연이라도 하듯 애처롭게 말했다.

"여기서 야수 육성법 강의를 하나요?"

그때 흑야왕은 갑자기 들려온 설천의 목소리에 발끈해서 뒤를 돌아보았다. 가뜩이나 예민한 명마들이 가득한 마구간에 겁 없이 들어선 소년에게 화가 치민 것이다.

"네놈은 누군데 여길 함부로 들어온 것이냐!"

"수업 들으러 왔는데요?"

혹야왕은 순간 멍해졌다. 명목상 강의를 진행하긴 하지만 아무도 듣지 않는 강의였다.

"강의를 듣겠다고?"

혹야왕은 어이가 없어 헛웃음이 흘러나왔다.

"네."

설천은 당연하다는 듯 고개를 끄덕였다.

"그렇단 말이지."

혹야왕은 말들에게 받은 짜증을 풀 상대를 찾은 것 같아 음흉한 미소를 지으며 머릴 굴렸다.

'이놈을 어떻게 혼내서 쫓아버린다?'

아직 연약해 보이는 설천의 모습에 혹야왕은 좋은 생각이 번뜩 스쳤다.

"그래, 오늘은 사육장에 있는 동물들과 친해지는 걸로 첫 수업을 시작해 보자. 어떤 동물이든 친해지려면 가까이에서 지내야 하는 법이다. 그러니 사육장 청소부터 시작해라."

사육장 청소는 쉬운 일이 아니었다. 오십 마리에 달하는 명마가 쉬고 있는 마구간과 각종 야수들을 기르고 있는 우리는 이백 개가 넘었다. 워낙 많은 수라 혹야왕도 보살피는 것이 힘겨웠던 적이 한두 번이 아니었다.

게다가 말들은 사나운 성질답게 주인인 혹야왕에게도 발길질을 해댔고, 야수들은 먹이라도 주려 하면 손목이라도 물어뜯을 듯 으르렁거렸다. 그런 녀석들과는 친해지기도 전에 크게 다치거나 잘못하면 죽을 수도 있는 일이었다.

'뭐, 이 녀석이 다치면 엄살을 부리면서 수업을 포기하겠지. 운이 좋아 계속 수업을 들으면 일꾼 하나 생기는 것이고.'

흑야왕이 음흉한 생각을 하면서 흐흐 웃었다.

교사 관리가 엄정한 흑풍 마림원에서 아이들을 가르치지 않는 흑야왕이 아직까지 교사로 남아 있는 것은 공정한 비영검의 기준에 맞지 않는 일이었다.

하나 흑야왕은 천마신교 안에서 짐승을 다루는 독보적인 존재로 모든 이들의 인정을 받고 있었다. 흑야왕이라는 호칭답게 그는 모든 동물을 잘 다뤘다. 그의 명성과 능력 때문에 비영검도 그를 마림원에서 몰아낼 수 없는 처지였다. 한마디로 그는 계륵과 같은 존재로, 비영검의 속을 썩이고 있었다.

그러나 말에 대한 열정만은 남달랐다. 이런 열의가 천마신교 전마각의 부각주라는 명예직이지만 무시할 수 없는 지위를 가지고 있는 이유이기도 했다. 이토록 말에 미쳐 있었기에 학생들을 가르치는 건 뒷전일 수밖에 없었다.

'월다마와 은갈마 사이에서 최고의 명마가 태어날 텐데 괜히 수업 듣겠다고 찾아오는 녀석이 더 없어야 할 텐데…….'

"그것만 하면 되는 건가요?"

"그래, 이쪽 마구간과 저쪽 우리까지 싹 다 청소해 둬라."

"알겠어요."

설천은 고개를 끄덕였다.

'흥, 네 녀석이 무슨 재주로 청소를 해. 말들이 날뛰면 발
발 떨다가 돌아가겠지.'

알았다고 대답하며 안쪽으로 사라진 설천의 존재는 곧 흑
야왕의 뇌리에서 사라져 버렸다.

"말들 먹일 풀이나 더 뜯어와야겠군."

흑야왕은 설천의 일을 머릿속에서 깨끗하게 지워 버리고
풀을 뜯으러 휘적휘적 밖으로 향했다.

설천은 사육장의 규모와 동물들의 숫자를 전체적으로 살
펴봤다.

"흠, 말은 오십 필 정도에 맹수는 육십 마리 정도고, 그 외
에 희귀 동물들이 사십 마리쯤 되는구나."

야수안으로 살펴본 사육장에는 진귀한 동물들이 아주 많
았다. 그 동물들 하나하나는 까다롭고 신경질적이며 고고한
성격들이었다. 때문에 설천의 등장에 민감하게 반응하며 이
를 드러내거나 날카로운 울음소리로 경계했다.

"지금 한번 해보자는 거야?"

설천은 자신을 사납게 노려보는 짐승들의 눈초리에 갈무
리해 둔 기운을 폭사시켰다. 백호와 맞서도 밀리지 않는 거센
기운이 사육장 안을 감돌자 짐승들이 공포에 떨며 잠잠해졌
다.

"역시 기선 제압이 중요하지."

설천은 호랑이들과 툭탁거리며 쌓아온 내공이 있어 이런 상황에서는 기선 제압이 중요하다는 것을 알고 있었다. 특히나 맹수에 가까운 짐승들에게는 약해 보여서는 안 된다는 것을 잘 알고 있었다.

"청소라……."

사육장은 한 번도 청소를 한 일이 없는 듯 짐승들의 배설물과 오물로 쌓여 있어 설천의 이맛살을 찡그리게 만들었다.

"어딜 가나 일복이 넘치는구나."

설천은 봉마곡에서 여기저기 어지르길 좋아하는 의부들을 떠올리며 쓰게 웃었다.

"뭐, 덕분에 이제 청소 정도는 가뿐하지. 이럴 줄 알았으면 봉마곡에서 쓰던 청소 도구나 챙겨올 걸 그랬나?"

설천은 아쉬운 듯 입맛을 다셨다.

"청소 도구 없어도 대강 깨끗하게 만들 수는 있겠지."

크르르르!

설천이 맹수 우리로 다가서자 날카로운 송곳니를 드러내며 설표가 사납게 으르렁거렸다. 하얀 털로 덮인 몸체에 날렵한 다리와 보석처럼 빛나는 눈동자가 멋진 녀석이었다.

"시끄러! 깨끗하게 청소해 준다는데 고마운 줄 알아야지!"

설천이 기세를 뿜어내며 소리치자 설표도 조용히 꼬리를 말고 쭈그리고 앉았다. 설천은 우리에 쌓인 오물과 음식 찌꺼

기에 인상을 찡그렸다.

"이거 너무한 거 아니야?"

설천은 지독한 냄새에 이맛살을 찡그리다가 설표의 몸을 보고 얼굴이 더욱 일그러졌다.

"아니, 이게 뭐야? 너, 도대체 언제 씻은 거냐?"

설천의 놀란 목소리에 설표가 몸을 파드득 떨었다. 동물이라 설천의 뜻을 정확히 이해할 순 없었지만, 자신으로 인해 심기가 불편해졌다는 것을 알아차렸기 때문이다.

"윽! 드러! 너, 피부병 생긴 것 같다."

설표는 씻지 못해 흰 털이 얼룩덜룩 더러워지고 군데군데 털이 숭숭 빠져 버린 것이 피부병까지 앓고 있는 듯했다.

"안 되겠다. 우선 씻고 보자."

설천은 팔을 걷어붙였다. 설표 외에도 우리 안에 갇혀 있는 동물들은 모두 크고 작은 병을 앓고 있었다. 흑야왕이 말들에게 신경을 쓰느라 미처 맹수들을 관리하지 못한 탓이었다.

"아니, 도대체 여기는 어떻게 관리를 하기에 이 모양인 거야?"

어이없어하는 설천의 목소리가 사육장 안에 울렸다.

설천은 우선 각 우리 안을 물로 말끔히 닦아냈다. 어마어마하게 넓은 우리 안을 하나하나 직접 닦을 수가 없었기 때문에 합기를 이용했다. 적당한 양의 물을 바닥에 뿌리고 그 물에 기를 주입해 움직여 말끔하게 우리 안을 청소했다.

크르릉! 푸르르! 카악!

우리 안의 동물들은 처음엔 기의 유입으로 불안해하며 우왕좌왕했지만 곧 깨끗하게 우리 안이 청소되자 만족한 듯 조용해졌다. 합기를 이용해 움직이는 물은 먼지 한 톨 일으키지 않고 말끔하게 오물들을 쓸어내렸다.

대대적인 물청소를 끝낸 설천은 동물들을 씻기기 시작했다.

설표는 북해 근처에서 나고 자랐기에 차가운 얼음물에 씻겼다. 얼음물에 몸을 담근 설표는 만족한 듯 눈을 감고 설천의 솔질에 몸을 맡겼다. 잘 씻기고 몸을 말려주자 숭숭 털이 빠졌던 설표의 몸체가 반질반질 윤기가 흘렀다.

"역시 씻고 나니 훨씬 좋구나."

털이 빠져 보기 흉한 부분에는 설천이 직접 만든 연고를 발라줬다. 호랑이들이 털갈이를 할 때 발라줬던 연고다. 털갈이 전후 호랑이들은 신경이 매우 날카로워지고 수시로 온몸을 북북 긁어댔다. 그렇게 몸을 긁어대던 호랑이들이 앉아 있던 자리엔 털 뭉치가 수북하게 쌓여 있었다. 그런 상황을 보다 못한 설천이 마의에게 물어가며 만든 연고다. 털이 자라는 것을 돕고 피부를 진정시키는 효능이 있었다.

크릉!

시원하고 기분이 좋은지 설표는 설천의 손에 머리를 비볐다. 설천은 뿌듯함에 설천의 머리를 쓰다듬어 주고 다음 우리로 움직였다.

"너는 너무 먹어서 탈이 난 것 같구나."

몸집이 비대해 움직이지도 못하고 바닥에 누워 있는 흑웅을 보고 설천은 한숨을 내쉬었다. 너무 비대해진 몸집 때문에 숨 쉬기도 힘든 듯 헐떡이는 흑웅을 보자 설천은 이 과목을 들어도 배울 것이 별로 없을 것 같다는 생각이 들기 시작했다.

"그래도 어쩔 수 없지. 기왕 듣기로 한 거 제대로 하는 수밖에. 우선 이것부터 먹여야겠다."

설천은 흑웅에게 향심초를 먹였다. 향심초는 체하거나 과식으로 인해 속이 불편할 때 먹는 약초다. 설천의 처방이 맞았는지 거친 숨을 내쉬던 흑웅은 한결 편해진 숨소리를 내었다.

"과체중이니 운동 좀 하고."

설천은 흑웅이 일어나 움직이도록 먹이를 우리의 천장에 매달아뒀다. 먹이에 대한 집념이 강한 곰인지라 비대한 몸을 이끌고 일어나 천장으로 발을 들어 올렸다.

휘이이이익~!

하품이 나올 정도로 느린 동작으로 흑웅이 천장에 대롱대롱 매달린 먹이를 향해 발을 뻗었다.

헉! 헉!

움직이는 것이 힘든 듯 흑웅이 입가에 침을 질질 흘리면서 바닥으로 쓰러졌다. 하지만 천장에 매달린 먹이를 보고 다시 몸을 일으켰다.

'됐어. 저 정도면 금방 건강해지겠지.'

설천은 흑웅이 움직이는 모습에 다른 우리로 걸음을 옮겼다.

꾸엑! 꾸엑!

"음? 멧돼지도 있네?"

설천이 반가운 듯 우리 안을 살폈다. 설천은 단순하게 멧돼지라 여기고 있지만 흑야왕이 기르는 야수 중에 평범한 동물은 하나도 없었다. 태산이라도 지탱할 수 있을 튼튼한 다리와 도병에도 흠집 하나 나지 않는 털가죽을 가진 금강피저라 불리는 특별한 멧돼지였다.

금강피저도 흑야왕의 허술한 보살핌 때문에 고질병을 앓고 있었다. 주둥이 위로 멋지게 솟은 엄니의 뿌리 부근에서 고름이 줄줄 흘러나오고 있었던 것이다.

야생의 멧돼지가 우리 안에 갇혀 있다 보니 성질을 이기지 못해 창살을 엄니로 들이받으며 날뛰는 일이 다반사였다.

결국 금강피저의 엄니에 쇳독이 올라 푸르게 썩어가면서 고름이 흘러내렸다. 흑야왕도 처음에는 걱정스러운 마음에 직접 약을 발라주고 먹이에도 농을 가라앉히는 약재를 섞어서 먹였다. 그러나 문제는 금강피저의 성질머리였다.

하루도 거르지 않고 창살에 엄니를 박아 넣고 화풀이를 하니 상태가 호전되기는커녕 점점 악화되었다. 흑야왕도 별별 수를 다 짜내어 금강피저를 달래봤으나 소용이 없었다.

"젠장! 모르겠다. 망할 돼지새끼! 네놈 마음대로 해라."

흑야왕도 결국엔 참다못해 화를 폭발시키고 포기해 버린 것이다.

"흠, 계속 그러네?"

설천도 성질을 못 이겨 씩씩대며 창살을 엄니로 쑤석이는 모습을 바라봤다. 검푸르게 변한 금강피저의 엄니 아래로 고름이 뚝뚝 떨어져 내렸다.

"할 수 없지. 별로 사용하고 싶지 않지만 이걸 쓰는 수밖에."

설천은 부스럭거리며 품 안에서 약초 한 뿌리를 꺼내 들었다.

꾸에엑!

금강피저는 설천의 손에 들린 약초를 보고 흠칫 물러서며 힘이 빠진 소리로 꽥꽥거렸다.

"한동안은 날뛰지 못하겠지?"

설천은 뿌듯한 마음으로 치료가 끝난 엄니를 바라봤다. 설천이 준비한 연고를 바르고 먹이에도 농을 가라앉히는 약재를 섞어 먹이자 화농이 가라앉았다. 게다가 설천이 창살 위에 발라둔 사독초가 풍기는 냄새 때문에 금강피저는 최대한 몸을 웅크리고 창살 주변에는 얼씬도 하지 않았다.

"뭐, 당분간은 얌전히 있겠지."

설천은 그렇게 사육장 안의 동물들을 하나씩 살펴봤다. 사육장 안의 동물들은 모두 한 가지씩 문제를 안고 있었다. 평범한 사람이 보면 알아챌 수 없는 문제점이었지만 설천은 단번에 알아차렸다.

백호의 품에서 성장한 경험과 마의의 어깨너머로 배운 의술이 빛을 발하고 있었다 설천은 모든 우리를 돌아보며 약이 필요한 짐승에게는 약을, 적절한 먹이나 보살핌이 필요한 짐승에겐 부족한 것을 채워줬다.

다른 이라면 한 달도 더 걸릴 일이었지만, 봉마곡에서 청소하고, 밭 갈고 호랑이들을 돌보는 일까지 한 번에 했던 설천이라 오랜 시간이 걸리지 않았다.

"뭐, 이만하면 처음치곤 괜찮겠지. 다음은 마구간인가?"

설천은 만족한 듯 뿌듯한 웃음을 지으며 마구간으로 발길을 옮겼다.

흑야왕은 월다마에게 먹일 풀을 정성들여 베어왔다. 새끼를 가진 후로 민감해진 월다마는 먹는 것까지 까다롭게 굴어 흑야왕의 애간장을 다 태우고 있었기에 더욱 정성을 다했다. 흑야왕은 베어온 풀에 입맛을 돋우는 향초를 섞어 월다마의 구유에 넣어주었다.

푸르릉~!

월다마는 내키지 않는다는 듯 몇 번 콧김을 뿜어내곤 구유에서 돌아서 버렸다.

"이런 젠장! 왜 먹질 않는 거냐! 응?"

흑야왕은 이제 머리털까지 쥐어뜯으며 비명을 질렀다.

"망할 자식, 먹기 싫으면 관둬라! 젠장!"

흑야왕은 툴툴거리며 마구간을 나섰다.

'이럴 때는 사육장에 있는 다른 녀석들이나 보러 가야겠다.'

힘이 넘치는 명마들도 좋아했지만, 흑야왕은 날카로운 기세를 뿜어내는 맹수들도 아꼈다. 마치 명검이 뿜어내는 살기처럼 위험하지만 아름다운 맹수들의 모습은 보는 사람의 눈길을 사로잡는 매력이 있었기 때문이다.

'응? 뭔가 이상한데?'

흑야왕은 사육장이 평소와는 다른 기운을 풍긴다는 것을 알아차렸다. 날카로운 투기를 뿜어내며 으르렁거리던 맹수들이 마치 모두 잠든 듯 고요하고 은은한 풀 냄새와 푸근한 기운이 감돌았다.

'풀 냄새? 그럴 리가?'

흑야왕은 천마신교에서 손에 꼽을 정도로 맹수와 짐승에 관한 해박한 지식과 사육 능력을 가지고 있었다. 하지만 너무 많은 맹수와 짐승들을 사육하고 있었기에 하나하나 정성을 들여 키울 수는 없었다. 그래서 사육장은 지저분하고 맹수들은 주인인 흑야왕에게도 날카롭게 으르렁거렸다.

그런데 지금은 마치 사육장의 맹수들이 모두 배불리 먹고 잠이 든 것처럼 고요하기만 했다. 게다가 사육장의 바닥이 윤이라도 낸 듯 반들거리고 있었다.

"이럴 수가!"

십 년이 넘은 사육장의 바닥엔 온갖 오물과 먼지가 뒤범벅이 되어 있었다. 그런데 한 시진 만에 마치 새로 바닥이라도 깐 듯 반짝거리고 있었다.

"내가 귀신에 홀린 건가?"

흑야왕은 자신의 뺨을 꼬집었다.

"분명 꿈은 아니군."

깨끗한 사육장 안을 살피며 감탄하던 흑야왕은 우리 안의 맹수들을 보고는 더욱 놀랐다.

"흑웅이 움직이고 있다!"

흑야왕은 귀신을 봤다 해도 이보다 더 놀라지 않았을 것이다. 거친 숨을 몰아쉬며 당장에라도 죽을 것 같았던 흑웅이 느릿한 동작으로 움직이고 있었다. 이런 모습은 흑야왕이 상상도 못했던 일이다. 흑웅에 놀란 흑야왕은 그 옆 우리의 설표의 모습을 보곤 더욱 기겁을 했다.

"설표의 탈모가 호전되었다니!"

북해에서 어렵게 사로잡아 온 설표는 성격이 팔팔해 갇혀 있는 것을 견디지 못하고 사납게 날뛰었다. 그래서 목욕은커

녕 먹이 주는 것도 어려웠다. 흑야왕도 반쯤 자포자기한 상태로 키우고 있었던 것이다. 할 수 있는 것이라곤 먹이나 틈틈이 챙겨주는 일뿐이었다.

결국 환경이 바뀐 탓인지 아니면 제 성질을 못 이긴 탓인지 설표의 털이 숭숭 빠지기 시작했다. 먹이에 탈모에 좋다는 약을 섞어서 먹여봤으나 차도가 없었던 설표다. 그런데 지금 설표의 털은 기름이라도 바른 듯 매끄럽고 윤기가 좔좔 흘렀다. 게다가 털이 빠졌던 부분도 도홧빛으로 아물어가고 있었다.

홀린 듯 설표를 바라보던 흑야왕은 골칫덩이인 금강피저가 너무도 조용하다는 것을 알아차렸다.

"설마 망할 멧돼지 녀석도 상태가 호전된 건가?"

흑야왕은 두근거리는 마음으로 금강피저 우리로 걸음을 옮겼다. 고름을 줄줄 흘리며 검푸르게 썩어가던 엄니에선 더이상 누런 고름을 찾아볼 수 없었다. 게다가 당장에라도 창살을 부술 것처럼 난리를 치던 녀석이 창살이 무서운 듯 몸을 웅크리고 얌전하게 앉아 있는 모습에 흑야왕은 꿈을 꾸는 것 같았다.

"이게 대체……."

쓱싹! 쓱싹! 쓱싹!

귀신에라도 홀린 듯 멍하니 서 있던 흑야왕의 귓가로 희한한 소리가 들려왔다. 흑야왕은 자신도 모르게 소리가 들리는 마구간을 향해 움직였다. 마구간에는 빗자루를 들고 바닥을 쓸고 있는 설천이 보였다. 어떻게 쓸어낸 것인지 티끌 하나 없는 깨끗한 마구간 바닥과 사흘을 굶은 듯 허겁지겁 풀을 먹고 있는 월다마의 모습에 흑야왕의 턱이 떡 벌어졌다.

"청소랑 먹이 주는 건 대충 끝났는데 오늘은 이 정도면 되나요?"

설천의 목소리에 흑야왕의 혼이 돌아왔다. 이 모든 조화의 중심에 설천이 있다는 것을 눈치챈 그의 눈엔 지금까지 볼 수 없었던 새로운 불길이 타올랐다.

"도대체 뭘 어떻게 했기에 월다마가 저리 잘 먹는 거냐?"

"월다마요?"

설천은 모르겠다는 듯 흑야왕에게 되물었다.

"저 말이 바로 월다마다. 뭘 준 거냐?"

"별것없는데요. 향초 대신 콩을 좀 섞어 줬는데요."

"향초 대신 콩을?"

"향초는 향이 강해서 말들이 좋아하지만 저 말은 새끼를 가졌더라구요. 새끼를 가지면 신경이 예민해져서 향이 강한 건 잘 먹질 않아요. 대신 구수한 냄새가 나는 콩을 더 좋아하죠."

"크하하! 그래, 아주 간단한 문제였구나."

흑야왕은 별것 아닌 것으로 마음고생하며 속을 끓였던 것이 사라지자 후련한 듯 크게 웃었다.

'이놈 물건일세. 이런 놈은 써먹을 일이 많겠지.'

흑야왕은 설천을 바라보며 음흉하게 웃었다. 한 번도 제대로 가르쳐 본 적이 없는 수업이었지만 앞으로 재미있어질 듯했다. 더불어 써먹을 수 있는 일꾼까지 생겼으니 일석이조라 생각했다.

第八章

약왕의 내기

마도
공자

온갖 약재와 침술에 능한 약왕은 수업에 참가하는 아이들의 자질에 불만이 많았다. 그래서 아이들을 가혹할 정도로 닦달하곤 했다. 약왕은 이번 수업에 가르칠 아이들이 캐온 약초를 보고 눈살을 찌푸렸다.

"이게 도대체 발로 캔 거냐, 손으로 캔 거냐?"

약왕은 볼살을 부들부들 떨며 화를 냈다. 뿌리는 뭉텅 잘려진 것처럼 너덜너덜하고 몸통엔 상처가 잔뜩 생긴 약초가 약왕의 손끝에서 대롱거렸다. 도라지 한 뿌리도 정성을 다해 가꾸고 캐는 약왕에게 있어서 엉망으로 다뤄진 약초는 곧 자신을 모욕하는 일과 같았다.

"멍청한 놈들! 깨끗하게 다듬어라!"

약왕의 호통에 아이들이 모두 움찔거리며 몸을 사렸다. 약초에 대한 지식을 배우고자 해도 무섭다 못해 살벌한 수업 방식에 약초학 수업을 듣는 아이들은 극히 소수였다.

야수 육성법은 이 년에 한 명 정도 수강하는 사람이 있다면 약초학은 일 년에 한두 명 정도였다. 지금도 단 두 명의 소년이 약왕의 분노를 온몸으로 받고 있었다.

"죄송합니다. 많이 늦었습니다."

약왕은 이건 또 뭔가 싶어 두 소년에게서 시선을 돌려 설천을 바라봤다.

"많이 늦어? 한 식경이나 늦게 오고 그런 말이 나오나?"

약왕이 사납게 물었다. 그러나 설천도 나름의 이유가 있었다. 흑야왕이 설천에게 온갖 잡일을 시키고 이것저것 캐물으며 수업 시간이 끝나도 놔줄 생각이 없었기 때문이다.

"죄송합니다. 앞 수업이 조금 늦게 끝났습니다."

"다른 수업이 늦게 끝나? 도대체 무슨 수업을 들었지?"

약왕은 다른 수업이 조금 늦게 끝났다는 말에 특별 수업이라도 있었나 싶어 물었다.

"야수 육성법 수업입니다."

"뭐?"

약왕은 놀란 얼굴로 설천을 바라봤다. 근 오 년이 넘게 수강생이 없던 수업이다. 자신 못지않게 괴팍한 성미인 흑야왕이 순순히 가르쳤다는 말인가? 약왕은 설천에게 흥미가 생겼다.

"앞으론 늦지 말도록! 대신 너는 오늘 벌로 백영초를 다듬어라."

약왕은 커다란 광주리 가득 담긴 백영초를 안겨줬다.

'이놈, 한번 고생 좀 해봐라.'

흑야왕에게 잔뜩 골탕을 먹느라 수업에 늦었겠지만, 흑야왕뿐만 아니라 자신도 만만치 않다는 것을 보여줘야 했다.

'모든 건 기선 제압이 먼저지.'

약왕은 설천이 사육장에서 내뱉던 말을 속으로 중얼거렸다.

백영초는 감기와 수족 냉증 등에 효과가 탁월한 약초다. 그러나 맨손으로 다듬으면 피부에 물집이 잡힐 정도로 강한 화기 때문에 손질하기 힘들다. 그런 약초를 아무것도 모르는 설천에게 맡긴 것이다.

'이 녀석, 고생 좀 해봐라.'

약왕의 얼굴에 심술궂은 미소가 피어올랐다.

정작 약왕에게 백영초를 받아 든 설천은 대수롭지 않게 여겼으나 두 소년은 약왕의 살벌한 눈초리에 잔뜩 긴장하고 있었다.

"네 녀석 둘도 약초를 엉망으로 만들었으니 같이 다듬어라."

약왕의 말에 두 소년의 얼굴이 하얗게 질렸다. 귀하게 자란 소년들은 손에 검과 붓 외에는 잡아본 일이 없었다. 산더미같이 쌓여 있는 백영초를 보고 기가 질린 듯했다. 그러나 약왕은 환절기 감기 환자에게 먹일 감기약을 짓기 위해서 백영초가 필요했던 참이다. 가르치는 것도 겸해서 공짜로 일꾼을 부려먹을 수 있는 기회를 놓치지 않는 약왕이었다.

'내일은 아무도 수업을 들으러 오지 않겠군. 요즘 녀석들은 근성이라는 것이 없어요.'

약왕은 요즘 아이들이 근성이라곤 찾아볼 수 없다면서 속으로 투덜거렸다. 자신이 처음 사부인 능통자에게 약초와 의에 대해 배울 때 얼마나 당했는지 떠올렸다.

'약초 다듬기와 사부님 수발은 물론이고, 환단 만들기와 환자 진료까지 전부 도맡아했지.'

약왕은 강퍅한 능통자 아래서 수련하며 고생했던 시절이 떠올랐다.

'요즘은 어린것들을 너무 약하게 키워. 쯧쯧.'

질린 얼굴로 백영초를 흘끔거리던 소년 하나가 약왕의 눈치를 살피며 천천히 백영초로 손을 뻗었다.

"맨손으로 그 약초 만지지 마."

설천은 소년이 맨손으로 약초를 만지려 하자 말렸다.

'이 녀석 보게?'

약왕은 학생 하나가 맨손으로 약초를 다듬으러 덤비자 말릴까 말까 망설이고 있는 참이었다. 알려주는 것도 좋지만 몸소 직접 체험해 보고 느끼는 것이 진정한 배움이라 생각한 탓이다. 약왕의 입장에서는 가르침을 주기 위해 망설인 것이라 할 수 있지만, 피부병으로 고생할 아이들의 입장에서는 가혹한 가르침이었다. 그러나 약왕 나름의 배려(?)를 설천이 막아선 것이다.

'뭘 좀 아는 놈인가?'

"맨손으로 하지 않으면 어쩌겠다는 거냐?"

약왕은 설천에게 시비조로 물었다.

"백영초를 어찌 그냥 다듬습니까? 하다못해 보호구라도 주셔야 하는 거 아닙니까?"

설천도 지지 않겠다는 듯 삐딱하게 말했다.

'이 노인네들이 전부 날로 일꾼을 부리려고 하는구나.'

설천은 이미 흑야왕의 태도로 보아 다른 사부들의 시꺼먼 속셈을 알아차린 것이다. 물론 사부들은 아이들에게 기선 제압과 인생의 쓴맛(?)을 알려주겠다는 계산이었지만 설천의 입장에서는 괜한 심술로 여겨졌다.

"약초 다듬는 데 보호구가 왜 필요한 거냐?"

"몰라서 물으십니까? 백영초는 화기가 있는 약초라 맨손으로 다듬으면 손이 화끈거리고 심하면 화상을 입을 수도 있다는 것을 잘 아시지 않습니까?"

설천의 말이 떨어지자 약초에 손을 뻗던 소년이 움찔거리며 손을 거둬들였다.

'이놈 봐라? 약초에 대해 좀 아는 녀석인가?'

"뭐라? 지금 네놈이 날 가르치려 드는 거냐?"

"그럴 리가 있겠어요. 그저 일을 빨리 끝내려면 보호구나 설영고가 있으면 편하다는 말이죠."

봉마곡에서 화기가 있는 백영초를 만지기 전에 바르던 설영고를 기억해 낸 설천이 말했다. 설영고는 화기를 막아주는 연고로, 약초를 오래 다룬 사람들은 잘 알고 있는 약품이다.

'설영고를 알고 있다? 그냥 맹탕은 아닌 모양이군. 잘하면 오랜만에 제대로 된 녀석을 하나 건질지도 모르겠구나.'

"설영고가 있으면 일이 빨리 끝난다고? 그래, 얼마나 빨리 끝낼 수 있다는 거냐?"

광주리에 켜켜이 쌓인 백영초는 이틀 내내 다듬어도 다 못할 정도로 많았다. 약초 다듬는 일이라면 자면서도 할 수 있는 약왕이 한다 해도 하루를 꼬박 투자해야 할 정도의 양이었다.

"두 시진 정도면 될 것 같은데요."

약왕은 설천의 말에 어이가 없었다.

"두 시진? 고작 두 시진 만에 다 할 수 있다는 말이렷다?"

설천의 말에 약왕보다 두 소년의 얼굴이 경악으로 물들었다.

"그, 그게 무슨 말도 안 되는 소리야?"

"두 시진이라고?"

"설영고만 주면 두 시진 안에 끝낼 수 있다는 거냐?"

약왕은 설천의 대답에 재미있는 생각이 떠올랐다.

"네. 설영고가 없어도 크게 상관없지만 주시면 두 시진 정도면 될 것 같네요."

"그 말에 책임질 수 있느냐?"

약왕의 꿍꿍이가 담긴 물음에 두 소년이 펄쩍 뛰었다.

"말도 안 돼요!"

"불가능합니다."

설천의 돌발적인 대답에 당황한 두 소년은 약왕의 물음에 필사적으로 부정했다.

"같이하면 두 시진이면 충분해."

설천은 당황하는 두 소년에게 대수롭지 않게 말했다.

"말도 안 돼! 저 많은 약초를 어떻게 두 시진 안에 다 다듬어?"

"그런 게 가능할 리 없잖아!"

"아니, 할 수 있어. 셋이 하면 충분히 가능해."

'이놈 봐라? 뭘 믿고 이리 큰소리지?'

약왕은 조금만 힘들면 수업을 포기하고 불이 나게 도망치는 녀석들만 보다가 조금 허황되긴 하지만 자신감이 넘치는 설천이 신기하게 여겨졌다.

"좋다. 그럼 내기하자. 어떠냐?"

"무슨 내기요?"

"내가 설영고를 내줄 테니 두 시진 안에 백영초를 모두 다 듬는 거다. 해내면 내 너희에게 영단 하나씩을 주마. 대신 그렇지 못할 경우엔 내 약재 창고 정리를 하는 거다."

약왕이 쉽게 약재 창고라 말했지만, 마림원 안에서 가장 큰 창고를 가지고 있는 사람이 바로 약왕이다. 약왕 스스로도 창고 안에 뭘 넣어뒀는지 기억조차 가물가물할 정도로 넓은 곳이 그곳이었다.

"알겠어요."

"뭐?!"

"난 못해!"

두 소년이 설천의 대답에 펄쩍 뛰었다.

"어떤 영단이죠?"

"최고급은 못 돼도 중급 정도의 영단으로 주마."

약왕이 설천의 물음에 답했다.

"그 정도면 너희 둘 다 축기하는 데 도움이 될 것 같은데?"

"아무리 그래도 불가능한 걸 할 순 없잖아?"

영단에 욕심이 생겼는지 필사적으로 반대하던 두 소년의 기세가 조금 누그러졌다.

"어릴 때부터 약초를 자주 캐서 백영초 빨리 다듬는 법을 알고 있어. 그러니까 나를 한번 믿어봐. 그리고 내 몫으로 돌아오는 영단은 너희 둘이 나눠 가져도 돼."

설천은 이미 영약으로 만든 탕약을 복용한 일이 있었기에 영약에 대한 미련이 없었다. 그래서 망설임없이 두 소년에게 양보를 한 것이다. 그 말에 두 소년은 사정없이 흔들렸다. 중급 정도의 영단을 하나 이상 섭취하면 못 되어도 일 갑자의 내공을 쌓을 수 있을 것이다. 이런 기회가 흔치 않다는 것을 두 소년은 잘 알고 있었다.

"정말 할 수 있는 거지?"

"무슨 소리야! 지금 저 녀석 말만 믿고 해보겠다는 거야?"

두 소년의 말이 엇갈렸다.

"어차피 저희에게 창고 정리를 시킬 생각이셨죠?"

해사하게 생긴 소년이 약왕에게 물었다.

"무슨! 험험, 그럴 리가!"

약왕은 아니라고 부정했지만, 뭔가 찔끔한 듯한 목소리로 말했다.

'어린놈들이 단체로 눈치만 늘었구나.'

약왕은 속으로 욕을 뱉었다. 사실 아이들에게 약초 창고 정리를 시킬까 고민하고 있는 차였기 때문이다.

"내기를 하든 하지 않든 어차피 해야 할 일이었으니 우리가 내기를 한다고 손해 볼 건 없을 것 같은데?"

약왕의 강한 부정을 바라본 다른 소년도 약왕의 속내를 짐작한 듯 조용해졌다.

"그럼 내기하는 거지?"

설천이 두 소년을 바라보며 물었다. 두 소년은 대답없이 약왕만 빤히 바라봤다. 약왕은 세 소년과의 내기가 성립된 것을 알아차렸다.

"허허, 열심히 해봐라. 내 설영고는 넉넉하게 내줄 테니."

약왕은 어린것들이 괜한 고집을 부려 고생을 사서 자초하는 모습이 꽤나 즐거웠다.

'이놈들, 세상이 그리 호락호락한 게 아니라는 걸 오늘 뼈저리게 깨달아봐라.'

약왕은 오랜만에 괴롭힐 만한 녀석들이 나타났다며 즐거워했다.

"무슨 비장의 수라도 있는 거야?"

약왕이 설영고를 꺼내놓고 사라지자 해사한 얼굴의 소년이 걱정스러운 듯 물었다.

"비장의 수? 그런 거 없는데?"

설천의 말에 두 소년의 입이 떡 벌어졌다.

"그럼 아무 수도 없이 내기하자고 한 거야?"

"응. 그냥 평소처럼 하면 될 것 같아서 그러자고 한 건데."

두 소년의 눈에 절망의 빛이 어렸다.

"평소처럼 해서는 절대 저 많은 걸 두 시진 안에 다 못 끝내."

"아니, 할 수 있어. 분업만 잘하면 효과가 좋거든."

"분업?"

두 소년이 모르겠다는 얼굴로 물었다.

"두 시진이면 끝나니까 설영고나 빨리 발라."

설천의 재촉에 두 소년은 홀린 듯 설영고를 손에 발랐다. 한기가 감도는 손으로 화기를 뿜어내는 백영초를 집어 들자 미지근한 느낌이 들었다.

"껍질은 내가 벗길 테니까 너는 잎을 뜯어내고 너는 잔뿌리를 잘라내."

백영초에서 가장 어려운 작업은 껍질을 벗기는 일이었다. 껍질이 워낙 두껍기도 하고 화기가 껍질에 집중되어 있어 설영고를 바른 손이라도 자칫 화상을 입기 쉽기 때문이다. 그러나 마의의 연구실에서 온갖 종류의 약초를 다듬으며 잔뼈가 굵은 설천에게 껍질 벗기기는 누워서 떡 먹기보다 쉬웠다.

일을 나누기 전 설천은 야수안으로 두 소년을 살폈다. 설천이 잎을 뜯어내는 일을 맡긴 소년은 손끝에 기가 파랗게 집중되어 있었다. 응조수를 수련한 아이 같았다. 검이나 권과 달리 응조수를 수련했으니 손가락으로 뜯어내는 작업을 손쉽게 해낼 수 있을 것이다.

응조수를 수련하기 위해서는 손과 손가락으로 보내는 기의 운용을 집중적으로 수련했을 것이기 때문이다. 그런데 자세히 살피니 팔뚝 부분의 협백혈과 손목 근처의 내관혈에 축기된 기의 양이 달랐다. 작은 환단 정도의 기가 협백혈에 축

기되어 있었으나 내관혈에는 그 반에도 미치지 못하는 기가
모여 있었다.

'아직 기 운용이 원활하지 못하구나. 기만 잘 운용할 줄 안
다면 작업에 도움이 되겠어.'

"손 좀 내밀어봐."

설천이 응조수를 사용하는 소년에게 말했다.

나계환은 약초학 수업에서 알게 된 설천 때문에 정신이 하
나도 없었다. 내기야 진다 해도 손해 볼 것이 없었다. 약왕이
워낙에 괴팍한 성정이라 이번 일이 아니라도 다른 일로 꼬투
리를 잡을 것이 확실했기 때문이다. 그런데 설천이란 녀석은
뭘 믿고 저리 당당하게 두 시진 안에 일을 끝마칠 수 있다고
자신하는 것인지 도통 이해가 되질 않았다.

게다가 자신에게 손을 내밀어보라니, 뭘 하려는 건지 짐작
조차 할 수 없었다. 무슨 일을 벌일지 몰라 약간 저어되긴 했
으나 이미 내기는 시작되었고, 지금도 시간은 흐르고 있었다.
최대한 괴상한 녀석이 시키는 대로 일을 처리하는 것이 가장
좋을 것 같았다.

나계환은 천천히 손을 내밀었다. 설천은 나계환의 내관혈
에 수혈을 짚고 기를 흘려보냈다.

'도대체 뭘 하는 거야!'

나계환은 깜짝 놀랐지만, 이미 제압된 혈을 통해 어마어마

한 양의 기가 흘러들자 함부로 입을 열 수도 없었다.

'으윽! 괴물 같은 놈.'

엄청난 양의 기는 내관혈과 그 주위의 혈맥을 확장시키고 있었다. 저릿한 팔에 나계환은 입술을 깨물었다. 본능적으로 설천이 혈맥을 확장시키고 있다는 것을 알아차렸기 때문이다. 대주천이나 소주천을 하지 않고 원하는 부분의 혈맥만을 확장시키는 방법에 대해 들어본 적이 없었기 때문에 불안하기는 했다. 그럼에도 내관혈로 기의 유입이 훨씬 편해졌다는 것을 몸으로 느낄 수 있었다.

"흠, 이 정도면 웅조수를 사용할 때 기 운용이 훨씬 수월할 거야."

설천이 만족스럽게 고개를 끄덕이며 수혈을 풀었다. 나계환은 천천히 기를 운용해 봤다.

'이럴 수가!'

일다경 사이에 원하는 혈만 골라서 혈맥을 넓힐 수 있다니 놀라운 일이었다.

"이제 약초 다듬는 일을 두세 배는 빨리 할 수 있을 거야."

설천의 말은 맞았다. 평소의 나계환이라면 백영초의 잎을 뜯어내는 데 네다섯 번은 손을 움직여야 했다. 백영초는 껍질도 두껍지만 잎도 질겼다. 게다가 백영초의 잎은 따로 약으로 사용하기 때문에 칼로 잘라내지 않고 손으로 직접 뜯어내야 했다. 검에 있는 금(金)의 기운이 약초 잎의 생기를 떨어뜨리기 때문이다. 나계환은 신기한 듯 응조수를 펼쳐서 잎을 다듬었다. 설천이 혈맥을 넓혀준 덕분에 한 번의 손놀림으로 잎을 훑어낼 수 있게 된 것이다.

'대단하다!'

설천이 무슨 조화를 부렸는지 한 번에 잎을 훑어내는 나계환을 보고 유은수는 눈을 반짝였다. 설천이 자신에게는 잔뿌리를 잘라내는 일을 맡겼으니, 나계환처럼 무언가를 해주리라 생각했기 때문이다.

설천은 유은수의 검지에 굳은살이 박인 것을 보고 단검을 주로 사용하는 아이라는 것을 짐작할 수 있었다. 검이나 도처럼 큰 무기를 사용하지 않고 단검을 사용하니 잔뿌리를 잘라내는 미세한 작업을 잘해낼 것이다.

야수안으로 유은수의 단전과 혈맥을 살핀 설천은 별다른 특이점을 찾을 수 없었다.

"한번 다듬어봐."

설천은 껍질을 벗긴 백영초를 유은수에게 내밀었다. 유은수는 기대에 찬 눈을 반짝이며 단검으로 뿌리를 말끔하게 다듬었다.

"흠. 너는 호흡법이 문제인 것 같아. 검법에 맞춘 호흡법을 굳이 단검을 사용하는 네가 쓰는 이유가 뭐야?"

설천의 말에 유은수는 뒤통수를 한 대 맞은 것 같은 기분이 들었다.

"하지만 청해 호흡법은 상승의 호흡법이야."

"상승의 호흡법이지만 검법에 맞춘 호흡법이지."

"그렇긴 하지만……."

"그럼 이렇게 하자. 우선 기본 호흡법인 제마 호흡법을 쓰면서 뿌리를 다듬어봐."

왠지 믿을 수 없다는 유은수의 태도에 설천은 기본 호흡법을 쓰면서 작업을 해보라고 말했다.

"그래도 괜찮을까?"

설천과 유은수의 대화를 듣고 있던 나계환이 물었다. 두 시진 안에 끝내야 하는데 기본 호흡법으로 가능할까 싶은 염려가 담겨 있었다.

"상승의 검법과 호흡법이라고 모두 좋은 것은 아니야. 각자 자신에게 알맞은 방법이 가장 좋은 거니까."

설천의 말에 유은수는 맥이 빠졌다. 나계환은 순식간에 기세가 달라진 것을 느낄 정도로 바뀌었는데 자신은 고작 기본 호흡법으로 바꿔보라니 실망이 컸다.

'뭐, 저 녀석과 둘이 해도 가능하다고 생각하는 건가.'

유은수는 나계환까지 밉살맞다는 생각이 들었지만 설천이 말한 대로 기본 호흡법을 운용하며 일을 시작했다.

슥, 슥, 슥.

'응?'

유은수는 손에서 자연스럽게 움직이는 단검을 바라보며

설마하는 생각이 들었다. 평소엔 단검을 움직이다가도 뭔가 불편하다는 느낌에 자주 손을 멈추곤 했다. 그런데 지금은 마치 몸의 일부인 양 너무도 편안했다.

'진짜 호흡법 때문에 바뀐 건가? 그럴 리가⋯⋯.'

유은수는 자연스럽게 움직이는 단검을 홀린 듯 바라봤다.

각각 알맞은 작업을 배분한 설천은 백영초 다듬는 작업에 박차를 가했다. 나계환은 잎을 뜯어내며 자신에게 일을 지시한 설천을 바라봤다.

'이 녀석, 내가 응조수를 수련한 것을 어떻게 알았지?'

검에 성취가 더딘 나계환은 남들 몰래 응조수를 수련하고 있었다. 검에 비해 성취도 빠르고 재미도 느껴져 뿌듯하게 여기고 있었던 차에 설천의 말에 혹 들킨 것이 아닌가 하고 깜짝 놀란 것이다.

'다른 사람의 무공을 파악하려면 그 사람보다 몇 수 이상의 실력을 지녀야 한다.'

나계환은 설천의 앳된 얼굴과 아직 근육이 잡히지 않은 여려 보이는 몸에 고개를 흔들었다.

'이 녀석이 그 정도의 고수라고? 그럴 리는 없어. 게다가 한 번에 혈을 넓혀준 실력이라면 초절정을 넘는 고수라는 건데⋯⋯. 그럴 리가 없지. 그 정도의 성취라면 적어도 삼십대 이상이 되어야 가능하니까. 딴생각 말고 백영초 다듬는 일이

나 신경 쓰자.'

　나계환은 묵묵히 백영초 잎을 떼어내는 작업에 몰두했다. 나계환이 속으로 놀라고 있을 때, 잔뿌리 처리를 맡은 유은수는 자연스레 유영하는 단검을 바라보며 다시금 놀라고 있다.

　'역시 이번에 수석을 거저 한 건 아니로군.'

　수련동에 갇혔던 학생들에 대한 소문 중에는 믿기 어려운 이야기도 많았다. 학생들이 모두 기연을 얻어 무사히 탈출했다는 말도 있었고, 천마사조의 전인이 나타나 출입구를 찾아주었다는 소문까지 있었다.

　그런 믿기 어려운 소문까지 생길 정도로 이번 사건은 세인들의 주목을 받았다. 그런 뜨거운 관심 속에서 무사히 탈출한 수험생 모두 마림원에 입학할 자격이야 충분했다. 그러나 생사의 기로에서 살아난 수험생들 중에서도 수석으로 선발된 마설천이 예사롭게 보이지 않았다.

　그런데 단번에 자신의 무공과 실력을 알아보았다. 뿐만 아니라 유은수의 문제점까지 바로잡아 준 것이다. 그러니 설천을 바라보는 눈빛이 달라질 수밖에 없었다.

　"어떻게 내가 단검을 사용하는지 알았어?"

　"그거야 허리춤에 검이 없고, 자주 옷소매를 만졌잖아."

　"옷소매?"

　"옷소매를 자꾸 만지는 건 안에 넣어둔 단검을 확인하는 거였지? 단검을 사용하는 무인들은 대분은 옷소매 안에 단검을 넣어두잖아."

유은수는 자신의 무공을 정확하게 파악하고 있다는 사실에 깜짝 놀랐다. 그것도 단순히 버릇으로 알아차렸다는 사실에 더욱 놀랄 수밖에 없었다.

"그런 걸로 알 수 있단 말이야?"

"뭐, 대충은 알 수 있어."

설천은 손을 쉬지 않으며 덤덤하게 대답했다. 어찌나 빠르고 정확하게 백영초의 껍질을 벗기는지 마치 백영초가 스스로 훌렁훌렁 껍질을 벗고 있는 것 같았다. 두 소년도 질 수 없다는 생각에 이를 사리 물고 열심히 손을 놀렸다. 설천이 껍질을 벗기는 속도라면 두 시진 만에 백영초를 모두 다듬는 것도 가능해 보였다.

쓱쓱쓱.

손짓 한 번에 검붉은 껍질이 벗겨지고, 하얀 백영초의 속살이 드러났다. 유은수와 나계환은 설천의 실력이 어느 정도나 될까 궁금했지만 당장 백영초 다듬는 일이 급했기에 질문은 미뤄두기로 했다.

약초밭에서 약초 몇 뿌리를 캐고 김을 맨 약왕은 산등성이 너머로 사라지고 있는 해를 바라봤다.

"벌써 두 시진이 지났나? 녀석들, 아직도 땀을 뻘뻘 흘리고 있겠군. 어디, 슬슬 가볼까?"

약왕은 약초에 대해 아무것도 모르는 햇병아리 녀석들이 두 시진 안에 일을 끝마쳤을 것이라곤 추호도 생각하지 않았다. 아이들 중에서 조금 약초에 대해 아는 듯한 마설천이라는 녀석이 있었지만, 백영초를 두 시진 안에 다 손질하는 것은 불가능했다. 몇십 년의 수련과 반복 작업으로 터득한 약초를 다루는 기술이 없다면 불가능한 일이기 때문이다.

"아무것도 모르는 녀석들이니 불가능한 일에 그리 고집을 피우는 것이겠지."

약왕은 설천이 자신과 내기한 것은 단순한 무지에서 생긴 고집이라 여겼다. 무공을 수련하는 아이들이 보기엔 백영초 다듬기는 전혀 어려운 일이 아니었다. 약왕은 이번 기회에 약초학이 만만한 학문이 아니라는 것을 알게 해주리라 마음먹었다.

약초학은 무공 수련을 하는 아이들에겐 생소하면서 하찮게 여겨졌다. 그러나 생사의 기로에 놓인 순간, 한 뿌리의 약초가 목숨을 구할 수도 있었다. 무인은 불분명한 생사의 길을 걷는 자들이다. 강자지존의 세계에서 자신의 목숨을 지키는 것은 무공이 전부가 아니었다.

"에잉, 무식한 것들. 그저 칼이나 휘두르는 것이 제일이라 여기겠지."

약왕은 검법이나 보법에 학생들이 구름처럼 몰려드는 것

을 아니꼽게 여겼다.

"자고로 머리에 든 것이 있어야 칼도 잘 휘두를 것이 아닌가."

무인들이 약초의 귀함을 모르고 함부로 홀대하는 것이 약왕은 어리석게 느껴졌다.

'이번에 녀석들에게 약초의 신묘함을 똑똑히 깨닫게 해주마.'

약왕은 사악한 미소를 지으며 자신의 약전으로 움직였다. 아마도 세 녀석은 물집이 잡힌 손으로 쩔쩔매고 있을 터이다. 설영고를 발라도 그 많은 백영초를 다듬었다면 화기를 이기지 못해 벌겋게 물집이 잡혀 있을 것이다. 그런 손으로 그 많은 약초를 다 다듬었을 리가 없다.

'창고 정리 시키면서 약초 정리까지 한꺼번에 시키면 저절로 약초에 대해 배우게 되겠지.'

약왕은 학생들이 들으면 진저리를 칠 계획을 세우며 흐뭇해했다. 그러나 미소를 띤 약왕의 입술은 약전의 문을 들어서는 순간 놀라서 쩍 벌어졌다.

"이게 어찌 된 거냐?"

"다 끝났는데요."

약왕이 돌아오길 기다렸는지 세 아이는 깨끗하게 정리까지 다 마친 상태였다. 차곡차곡 쌓여 있던 백영초 다발은 이제 눈이 부실 정도로 하얗게 변해 있었다.

'정말 다 끝냈다.'

'내가 하고도 믿기질 않아.'

나계환과 유은수는 자신이 일을 다 마치고도 믿기지 않는 듯 약초들을 돌아봤다. 약왕은 한동안 턱이 빠져라 입을 벌리고 멍하니 바라보다가 믿을 수 없다는 듯 콧김을 씩씩거리며 약초 다발에 달려들었다.

"이 녀석들, 대강대강 한 것 아니냐?"

약왕은 시간에 맞추려고 대강대강 일을 한 것이라 여기고 열을 올리며 씩씩거렸다. 그러나 확인해 본 약초는 정갈하게 잘 손질되어 있어 넋이 나갈 지경이었다.

일 갑자가 넘는 세월 동안 약초와 함께한 약왕도 할 수 없을 정도로 말끔하게 껍질이 벗겨져 있었다. 뿐만 아니라 따로 사용하는 잎까지 잘 갈무리되어 있었고, 잔뿌리도 일정한 길이로 다듬어져 있어 상급의 약재로 변모한 것이다.

"정말 네놈들이 한 것 맞냐?"

약왕은 믿을 수 없어서 시비조로 물었다.

"당연하죠."

"두말하면 입 아프죠."

나계환과 유은수가 당당하게 외쳤다.

'이놈들 봐라?'

약왕은 뿌듯한 표정을 짓고 있는 두 아이의 기도가 달라졌다는 것을 느꼈다. 내공이 증진되었다거나 기세가 날카로워진 것도 아닌데, 좀 전의 아이들이 환골탈태라도 한 듯 풍기는 기운부터 달랐다.

'흠, 저놈 짓이겠지?'

뿌듯한 얼굴로 약전을 기웃거리는 설천의 뒤통수를 흘끔거리며 약왕은 생각에 잠겼다.

'이번 수업은 가르칠 만한 녀석들이 들어온 것 같군.'

약왕은 희미한 미소를 지으며 아이들을 바라봤다.

"그럼 내기는 저희가 이긴 거죠?"

설천이 약왕이 깜빡 잊고 있는 내기를 들먹였다.

"그래, 놀랍구나. 두 시진 안에 끝냈으니 활영단 세 개를 주마."

"우와! 영단이라니!"

"활영단!"

나계환과 유은수는 신이 나 펄쩍펄쩍 뛰었다. 약왕은 공짜로 일 좀 시켜먹고 골려주려던 계획이 틀어져 아끼던 영단까지 내주게 생기자 심사가 뒤틀렸다.

"어린것들이 영단 좋아하면 못쓴다. 내공은 직접 수련해서 쌓는 것이 가장 좋은 방법이다."

약왕은 쓰린 속을 다독이며 활영단 세 개를 내놓았다.

"정말 우리가 가져도 되는 거야?"

두 소년은 설천의 눈치를 살피며 물었다. 설천 덕분에 내기에 이겼고, 무공의 진전을 이뤘으니 고맙기도 하고 기쁘기도

했기 때문이다.

"응, 난 쓴 약은 별로거든."

설천은 마의가 실험 대상 삼아 이것저것 먹였던 기억 때문에 약을 좋아하지 않았다. 두 소년은 잠시 망설이다가 영단을 갈무리했다. 약왕은 정성을 다해 만든 영약을 해맑은 얼굴로 꿀꺽하는 소년들의 모습에 오기가 발동했다.

'이렇게 되면 확실히 굴려주마.'

약왕은 체면 때문에 인자한 미소를 띠며 속으로 굳은 결심을 했다.

'확실히 굴리려면 도장을 찍어두는 게 좋겠지.'

"백영초를 다듬는 솜씨를 보니 약초학에 재능이 있는 것 같구나. 앞으로 약초에 대한 연구를 계속해 볼 생각은 없느냐?"

두 아이는 깜짝 놀라 약왕을 바라봤다. 약왕이 수업 외에도 가르침을 줄 수 있는 제자가 되는 것이 어떠냐는 제의를 해온 것이기 때문이다.

마림원의 각 스승들은 직전제자에 버금가는 원제를 받아들일 수 있었다. 원제는 마림원에 적을 두고 있는 동안 책임지고 지식을 직접 전수하는 제자를 뜻한다.

더군다나 이런 제의를 해온 상대는 약왕이다. 천마신교 안에서도 세 손가락 안에 드는 뛰어난 의술을 가진 고수다. 다른 아이들이라면 신이 나서 두말없이 하겠다고 대답했을 것이다.

그러나 나계환과 유은수는 슬그머니 설천의 눈치를 살폈다. 약왕이 무엇 때문에 이런 제의를 하는지 잘 알고 있기 때문이다. 약왕도 두 소년이 설천의 눈치를 살피고 있다는 것을 알아차렸다.

"어떠냐? 생각이 있느냐?"

"음, 하지만 다른 수업도 들을 게 많은 걸요."

설천은 잠시 망설이는 듯하다가 냉정하게 보일 정도로 빠르게 거절했다.

"도대체 왜 싫은 거냐?"

약왕은 자존심도 상하고 내기에 지는 바람에 속도 쓰린 상황에서 설천이 거절하자 발끈해서 물었다.

"하지만 약초밭에 있는 약초만 해도 삼백 종에, 지금 약전에서 손봐야 할 약초와 약만 해도 오백 종이 넘고, 창고 안에 모아둔 약재는 정리가 하나도 되어 있지 않겠죠. 그걸 다 정리하려면 다른 수업을 못 들을지도 모르거든요."

"그걸 어떻게 알았지?"

약왕은 자신도 정확히 모르는 세세한 부분까지 파악하고 있는 설천의 말에 소스라치게 놀라고 말았다.

"그냥요. 보면 대충 알거든요."

설천은 어깨를 으쓱하며 별거 아니라는 듯 말했다. 설천의 야수안은 기의 성질과 흐름을 살피는 데 많은 도움을 준다.

게다가 약초들은 각기 다른 기운들을 포함하고 있어 특정한 색으로 보인다. 그렇기 때문에 대충 한 번 스윽 둘러봐도 보이는 색깔이 몇 종류인지 셀 수만 있으면 가능한 일이었다.

'이놈, 정말 쓸 만한 놈이군. 하긴, 그러니까 백영초도 두 시진 안에 다 다듬었겠지. 놓치면 안 되겠어. 이런 일꾼을 어디 가서 찾는단 말인가.'

약왕은 설천의 심드렁한 태도에 속이 탔다. 일 잘하고 영약도 남에게 턱턱 내놓는 욕심없는 녀석은 찾아보기 힘들다.

"내 가르침을 받으면 영약 제조법을 알려주마."

약왕은 설천을 잡기 위해 수제자에게만 알려준다는 영약 제조 비법을 전수해 주겠다고 말했다.

'이래도 싫다고 하진 못하겠지.'

약왕의 말에 두 소년은 헉 하며 헛바람을 내뱉었다. 영약 제조법은 무인으로 치면 상승의 무공을 알려주겠다는 것과 같았다. 두 소년은 어마어마한 상황에 놀란 토끼눈을 하고 약왕과 설천의 대화에 귀를 기울였다. 약왕의 제의가 자신들이 아닌 설천을 향하고 있다는 것을 알았기 때문이다.

"흠, 영약 만드는 법은 필요없는데요."

설천의 대답에 약왕은 물론 두 소년까지 딱딱하게 굳어버렸다.

"도대체 왜 필요없다는 거냐?"

"밥 잘 먹고 열심히 수련하면 굳이 영약이 필요없다고 하시던 걸요."

영약 복용 후 아파서 끙끙거리던 설천을 지켜본 검마는 영약보다는 밥이 최고라는 멋대로의 지론을 자주 펼쳤다. 물론 서로를 잘 인정하지 않는 세 마두였기에 마의의 속을 긁어놓으려는 수작이었다. 하나 마의도 설천이 영약 때문에 고생한 것을 알고 있어 검마의 빈정거림에도 대강 넘어가 줬다.

"뭐라?"

그러나 약왕은 자신의 영단 제조 비법이 설천에게 무시당하자 화를 참지 못했다.

"영단의 가치를 모르다니… 어리석은 녀석. 내 너의 무지를 가르침을 통해 벗어나게 해주마."

약왕은 설천의 대답에 화가 치밀었으나, 혼내봤자 마음을 바꿀 것 같지 않았다. 그래서 회유 작전으로 나갔다.

"귀한 건 알지만 영단은 저도 만들 줄 알아요."

"뭐라고?"

약왕은 이번에야말로 진짜 얼이 빠진 듯했다.

"자세히는 모르지만 만들 줄은 알아요."

설천은 마의의 어깨너머로 의술의 모든 것을 접했다. 그러니 영단은 물론 다른 약들도 만들 수 있었다.

"네 녀석이 영단을 만들 수 있다고?"

약왕은 자신도 십 년이 넘게 걸려 배운 비법을 어린 녀석이 알고 있을 것이라곤 생각하지 않았다.

"그럼, 한번 만들어봐라."

약왕은 코웃음을 치며 말했다.

'이놈, 어디서 거짓말을! 내 밑에서 배우기 싫으니 얕은 꽤를 썼다만 쉽게 도망가게 둘 성싶으냐.'

약왕은 자신의 말에 설천이 당황하거나 긴장할 것이라 여겼다.

"만들 수는 있는데, 밥 좀 먹고 하면 안 될까요? 그리고 숙소에서 찾을 텐데……."

설천은 약왕의 말에 긴장하기는커녕 밥과 숙소 걱정을 했다. 마림원 내의 숙소는 수업과 식사가 끝나면 일정 시간 전까지 입소해야 했다. 그렇지 않으면 벌점과 함께 벌을 받아야 했다.

"밥이라면 내가 약선 요리를 주마. 그리고 숙소엔 내가 미리 연락을 해놓을 테니 어디 한번 영단을 만들어봐라."

약왕은 설천이 빠져나갈 구멍을 만들어주지 않기 위해 말했다.

"정말요?"

설천의 눈이 반짝반짝 빛났다. 약선 요리라니, 봉마곡에서만 살았던 설천에게 약선 요리는 한 번도 먹어본 적이 없는 낯선 음식이었다.

영약을 준다고 해도 마다하던 녀석이 음식이란 소리엔 눈을 반짝인다. 약왕은 설천이란 녀석을 종잡을 수 없다고 생각했다.

설천은 약왕이 밥을 준다는 소리에 후다닥 일어나서 약재들을 골라 모았다. 백영초와 단궁, 상피와 율정까지 찾아내는 설천을 보고 약왕의 얼굴이 딱딱하게 굳었다.

'설마? 그럴 리가……'

귀신같이 최상급의 재료들만 골라내는 모습에 약왕은 경악했다. 게다가 모으고 있는 재료들은 약왕도 알고 있는 정향단이라는 영단을 만들 수 있는 약재들이었다. 영단치고는 하품이지만 내상 치료와 기 안정에는 도움이 되었다.

나계환과 유은수는 약왕이 어찌하라는 말이 없었지만, 설천과 약왕의 실랑이를 끝까지 지켜보고 싶어 눈치를 살폈다.

"저희들도 같이 움직이겠습니다."

눈치 빠른 나계환이 약왕이 숙소로 연통을 넣으려 하자 얼른 나서며 말했다.

"흠, 알겠다."

약왕은 숙소에 소식을 전할 시동을 불렀다.

"숙소에 이 아이들은 좀 늦게 간다 이르고, 약선 요리를 아이들 몫까지 준비해 달라 전해라."

약왕이 지시를 내리자 설천의 손놀림이 더욱 빨라졌다.

부글부글 끓어오르는 탕약과 곱게 빻은 약초들과 여러 재료를 앞에 둔 설천의 표정은 진지했다.

"대강 끝났어요. 이제 탕약을 식혀서 빻은 약초들과 섞어서 환단 모양으로 만들면 돼요."

설천의 말에 약왕은 어떤 트집도 잡을 수 없었다. 탕약은 알맞은 온도와 시간에 맞춰 끓였고, 빻은 약초들의 손질법도 나무랄 곳이 없었다.

'이놈은 절대 놓칠 수 없다.'

약왕은 처음엔 오기로 시작되었지만 설천의 뛰어난 능력에 욕심이 났다.

"고생이 많았구나. 시장할 텐데 요기나 하고 계속하거라."

약왕은 시동이 가져다준 약선 요리를 설천과 아이들 앞에 내려놓았다.

"우와!"

"헉!"

나계환과 유은수는 약왕이 내놓은 약선 요리에 감탄했다. 구하기 어렵다는 영초로 맛을 낸 버섯 요리와 백리향으로 장식한 동파육 등은 고급 객잔에서도 맛보기 힘든 진귀한 요리였다.

"어라? 요리 전부에 약초랑 약재가 들어가 있네."

설천이 감탄한 듯 말했다.

"그래, 약선 요리라는 것은 아무나 먹을 수 없는 진귀한 음식이지. 어떠냐? 내 가르침을 받으면 이런 요리를 실컷 먹을 수 있다."

약왕은 하다하다 이제는 음식으로 설천을 꾀어내려고 했다.

"음, 약초 들어간 음식은 자주 먹는 걸요. 그리고 음식은 가려 먹으면 안 된대요."

'망할 녀석! 이렇게까지 해도 싫다고? 할 수 없군. 싫다면 억지로 하게 만드는 수밖에.'

"흠흠, 뭐, 그래도 내가 직접 선별한 약초는 좋은 것이니 걱정할 것 없다. 앞으로도 내 자주 먹을 수 있도록 해주마."

약왕은 인자한 미소를 지으며 빙긋 웃었다.

"네, 감사합니다."

설천은 고개를 숙여 감사 인사를 하곤 요리를 열심히 먹었다. 약왕은 이것저것 부지런히 주워 먹는 설천의 모습을 뿌듯하게 바라봤다.

'저 녀석은 꼭 내 제자로 만들어야 해.'

나계환과 유은수는 약왕의 눈초리에 등골이 서늘했다. 하나 설천은 아무것도 모르는 듯 부지런히 배를 채웠다.

第九章

설천의 스승들?

마도
공자

"별일없었어?"

백운과 백환은 설천이 늦은 시간까지 숙소로 돌아오지 않자 걱정하고 있는 차였다.

"응, 따로 과제를 내주셔서 마치고 오느라 늦었어."

환단 만들기 과제였으니 딴은 맞는 소리였다. 백운과 백환은 설천의 기이한 능력과 특이한 성격 탓에 일이 생겼을지도 모른다는 불안감을 가지고 있었다. 하지만 설천이 저리 태연하게 말을 하니 그러려니 할 수밖에 없었다.

그때 셋이 머물고 있는 숙소로 나계환과 유은수가 찾아왔다.

"잠시 이야기 좀 할 수 있을까?"

나계환과 유은수는 백환과 백운의 눈치를 살피며 물었다.

"무슨 일이야?"

설천은 두 아이가 무슨 일로 자신을 찾았나 싶어 물었다.

"궁금한 게 있어."

물어볼 것이 있다면서 두 소년은 자꾸 백환과 백운을 흘끔 거렸다.

"그냥 말해도 돼."

설천은 덤덤하게 말했다.

"정말 약왕의 가르침을 받을 생각이 없어?"

머뭇거리는 유은수를 밀어내고 나계환이 물었다. 나계환의 물음에 백환과 백운의 눈이 커졌다. 의술로 천마신교 안에서 수위를 다투는 약왕이 설천에게 사승의 관계를 제의했다는 사실이 놀라웠기 때문이다.

"응, 다른 수업도 들어야 하고 할 일이 많거든."

설천이 망설임없이 바로 대답하자 나계환과 유은수의 얼굴이 일그러졌다. 설천이 허락만 한다면 자신들도 끼어서 배울 수 있으리라 여겼기 때문에 실망이 컸다.

"약왕은 천마신교의 의선이라 할 수 있을 정도로 뛰어난 의술을 지닌 분이야. 왜 그런 분이 가르침을 준다는 것을 마다하는 거야?"

나계환은 자신이 가질 수 없는 것을 마다하는 설천에게 부러움 반, 시샘 반이 담긴 목소리로 물었다. 설천 입장에서는 마의의 제자나 다름없는 자신이 굳이 약왕의 제자가 되어야 할 이유가 없었다. 약초학 수업을 듣는 것도 마의가 의술을 멀리하지 말라는 충고와 약초가 지닌 자연의 기운을 설천이 좋아했기 때문이다.

"그분의 가르침을 받는 것도 좋겠지만, 다른 스승의 가르침은 어쩌구?"

"그게 무슨 소리야?"

"그 누구더라? 흑야왕? 그분도 제자가 되라고 하더라구."

동물 다루는 비범한 능력을 파악한 흑야왕은 설천을 무보수 일꾼으로 부려먹기 위해 약왕보다 먼저 사승 관계를 맺자고 슬쩍 말을 흘렸다.

"뭐?"

"헉!"

"아무래도 지금은 여러 수업을 고루 듣는 게 좋을 것 같아서 거절했는데 다른 사부의 제자가 되었다고 하면 미안할 것 같아."

백운과 백환은 그럼 그렇지 하는 생각이 들었다. 설천의 능력을 이미 알고 있는 그 둘은 쉽게 수긍했다. 하나 나계환과 유은수는 약왕에 이어 흑야왕이 설천에게 제자가 되라는 말을 했다는 소리를 듣고 크게 놀랐다. 설천이 수석으로 입학했다는 이야기는 이미 들어 알고 있었지만 이 정도로 뛰어난 줄을 몰랐던 것이다.

"그럼 너는 어찌할 생각이야?"

"음, 지금은 일단 여러 가지 다양한 배움을 얻고 싶어. 그리고 사승 관계는 함부로 맺는 것이 아니라 하셨거든."

설천이 마림원에 입교할 때 검마는 시답지 않은 녀석들이 설천을 제자로 탐낼지도 모른다는 고민 끝에 절대 사승 관계는 함부로 맺는 것이 아니라며 단단히 일러뒀다. 설천은 의부들의 조언과 느긋한 마음 덕분에 별일 아니라 생각했지만, 자신도 모르는 사이에 또다시 마림원에 파란의 불씨가 되고 있었다.

*　　　　*　　　　*

마림원 행정 총관 진무혁은 점심 식사를 마치고 느긋하게 차를 즐기고 있었다.

"어르신, 흑야왕께서 오셨습니다."

"응? 흑야왕?"

진무혁은 잠시 귀가 잘못된 것이 아닌가 싶었다. 흑야왕이라니? 마림원에서 아이들을 지도하기 시작한 이래 단 한 번도 행정관으로 발걸음을 하지 않았던 흑야왕이다. 그런데 갑자기 자신을 찾아오다니 무슨 바람이 분 것일까?

"어서 안으로 모시게."

말이 떨어지기 무섭게 성큼성큼 흑야왕이 안으로 들어섰다. 그 무례할 정도로 서슴없는 모습에 진무혁의 눈가가 찌푸려졌다.

"부탁할 일이 있어 찾아왔소."

흑야왕은 자신의 성정처럼 인사도 없이 곧바로 용건을 말하려고 했다.

"무슨 일이신지요?"

진무혁은 속으로 이를 갈았다. 가르치는 학생이라곤 이삼 년에 한두 명 정도고, 그나마도 다치거나 포기하는 학생이 태반인 수업이다. 맹수에 관해 정통해서 일부러 초빙해 온 스승이었건만 애물단지로 전락한 지 오래였다.

"내가 직접 가르칠 제자를 들이고 싶소."

진무혁은 순간 자신의 귀를 의심했다. 학생들에게 맹수 우리 청소를 시켜 공포에 떨게 만들었던 흑야왕이 제자를 들인다? 그것도 직접 가르칠 수제자와 같은 아이를 들이겠다니 정말 놀라운 일이었다. 잘만 하면 애물단지였던 흑야왕에게 착실하게 수업을 시킬 수 있을 것 같았다.

"흠, 직접 가르치실 제자라니 반길 일입니다. 하나 그동안의 수업 실적이 문제입니다."

"뭐? 수업 실적?"

"흑야왕께서는 모르셨겠지만, 제자를 받을 수 있는 조건은 백 명 이상의 학생을 수료시킨 후에 가능합니다."

진무혁은 언제 또 흑야왕에게 골탕을 먹일 수 있을까 싶어 기회는 이때다 하고 꼬투리를 잡았다. 그동안 가르치는 것에 의욕이라곤 찾아볼 수 없었던 흑야왕이 직접 가르치는 제자를 들인다면 쌍수를 들어 환영할 일이다. 그러나 그동안 흑야왕이 일으킨 사건사고와 학생들을 가르치지 않았던 직무유기 등에 대한 화풀이였다. 더불어 이번 일로 흑야왕이 정신 차리고 아이들을 가르쳤으면 하는 바람이 녹아 있었다.

"백 명이라고?"

흑야왕은 전혀 몰랐다는 얼굴로 물었다. 하긴 스승이라고 이름만 달고 있었지 마림원의 교칙이나 수료 규칙을 전혀 알 리 없는 흑야왕이었다.

'쯧! 무인들은 이래서 안 돼. 도무지 자신의 세계 외엔 아무것도 관심이 없으니…….'

"뭐, 지금 당장 백 명의 아이를 가르치시라는 건 아닙니다. 다만 제자를 들이시면 앞으로 더 열심히 가르치시면 될 일 아닙니까?"

진무혁은 사람 좋은 얼굴로 웃으며 흑야왕에게 말했다.

'이놈이 지금 제자를 받으려면 앞으로 백 명을 군말없이 가르치라는 말이렷다?'

흑야왕은 빙글빙글 사람 좋은 웃음을 짓고 있는 진무혁의 얼굴을 노려봤다.

'제기! 이렇게까지 해서 그놈을 제자로 받아들여야 하는 건가?

　잠시 흑야왕은 멈칫거렸다. 그러나 하루아침에 반짝반짝 빛이 날 정도로 깨끗해진 사육장이며, 걸신들린 것처럼 먹이를 먹던 월다마의 모습이 떠올랐다. 이제 곧 출산을 앞둔 월다마를 관리하려면 설천이 꼭 필요했다.

　'망할! 귀찮기는 하지만 뭐, 그 정도의 수고로 그놈을 수제자 삼아 부려먹을 수 있다면 손해나는 것은 아니겠지.'

　"좋소. 내 앞으로 학생들을 성심껏 지도할 테니 이 아이를 내 제자로 받아들이고 싶소."

　흑야왕은 작성해둔 제자 입적 서류를 불쑥 내밀며 말했다.

　마림원에서 사제의 연을 맺으면 다른 수업보다 할애하는 시간이 비약적으로 많아진다. 다른 수업을 지도하는 스승들도 많이 배려를 해서 과제를 면제해 주기도 하고 수업 시간을 빼주기도 하는 암묵적인 합의가 이뤄진다.

　'오호라, 이것 봐라?'

　진무혁은 흑야왕이 순순히 앞으로 아이들을 가르치겠다고 나서자 꽤나 호기심이 동했다.

　'도대체 어떤 녀석이지?'

　그는 흑야왕이 내미는 서류를 보고 화들짝 놀라고 말았다.

　"정말 이 아이를 제자로 삼으실 작정입니까?"

　진무혁의 목소리가 떨렸다.

　'이거 복잡해지겠는데.'

비영검이 수석으로 선발한 설천을 제자로 삼을지도 모른 다는 소문까지 도는 마당에 흑야왕이 제자로 삼겠다고 나섰 다가는 자칫 두 고수가 시비에 휘말릴 수도 있었다. 게다가 흑야왕은 천마신교 안에서도 괴팍하기로 유명한 자가 아닌 가.

"무슨 문제라도 있소?"

흑야왕이 삐딱하게 물었다. 귀찮은 아이들 지도까지 순순 히 하겠다고 말했는데, 미적거리는 태도가 영 마뜩치 않았던 것이다.

"그것이⋯⋯."

마땅한 대답을 찾을 수 없어 망설이고 있던 차에 문밖에서 기척이 들렸다.

"총관 어르신, 약왕 어른이 뵙자고 하십니다."

"약왕 어른이? 어서 모시게."

흑야왕의 쏘는 듯한 시선에 쩔쩔매고 있던 진무혁은 평소 약초 구입비를 더 내달라며 들들 볶던 약왕의 방문에도 반색 을 했다.

흑야왕은 자신에게 가타부타 말없이 다른 손님을 맞는 진 무혁이 마음에 들지 않았으나 아쉬운 사람은 자신이었기에 조용히 입을 다물고 있었다.

"손님이 계신데 실례가 아닌지 모르겠소. 오랜만에 뵙습니 다."

약왕은 먼저 자리를 잡고 앉은 흑야왕을 보고 인사를 건넸다.

"격조했습니다."

마림원에서 한솥밥을 먹고 있으나, 둘 다 지독히 폐쇄적인 무인들이라 자신의 영역에서 거의 움직이지 않았기에 만날 일이 없었다.

그렇다고 두 사람이 아예 움직이지 않는 것은 아니었다. 흑야왕은 야수들을 잡기 위해 포획을 나가고, 약왕은 귀한 약재를 채취하기 위해 채집을 나가기도 했다.

험하고 인적이 드문 곳으로 자주 움직이는 두 마인이기에 우연하게라도 만날 수 있을 것 같았지만 관심 분야가 다르듯 마주친 일이 없었다.

"무슨 일이신지요?"

진무혁은 흑야왕의 안색이 좋지 못하자 재빨리 약왕에게 용건을 물었다.

"예, 이번에 제가 학생 하나를 거두고자 합니다."

진무혁은 흑야왕에 이어 약왕까지 제자를 거두고자 한다는 말에 불길한 예감이 들었다.

'설마? 그럴 리가 없어.'

진무혁은 제발 아니길 빌었다.

"마설천이라는 아이를 제자로 거두고 싶습니다."

약왕의 말에 흑야왕의 얼굴이 사납게 일그러졌다.

'젠장. 무슨 일이 이렇게 더럽게 꼬이냔 말이다.'

진무혁은 속으로 욕을 내뱉었다. 약왕도 흑야왕의 인상이 일그러지는 것을 느끼고 무언가 잘못되었다는 것을 짐작했다. 순식간에 총관의 집무실엔 한기가 감돌았다.

'수련동 문제만 끝나면 편할 줄 알았는데…… 더 이상 문제를 악화시켜서는 안 된다.'

진무혁은 아파오는 머리를 부여잡았다. 어떻게 해야 할지 눈앞이 깜깜했다. 그러나 진무혁은 전혀 알지 못했다, 흑야왕과 약왕이 으르렁거리는 것은 앞으로 다가올 일의 시작일 뿐이라는 것을 말이다.

*　　　*　　　*

"하늘의 기인 천기와 땅의 기인 지기는 무인이라면 누구나 느낄 수 있는 기본적인 기운이다. 하나 오늘 내가 여러분에게 가르칠 것은 세상 모든 기의 중심이라 할 수 있는 진원진기를 느낄 수 있는 방법이다."

천안통 수업은 꽤 많은 학생들이 옹기종기 모여 있었다. 그러나 수업은 정말 지루했고, 어느 아이도 스승인 황선풍의 말을 듣고 있지 않았다. 황선풍은 천마신교 안에서 경시하는 수련법으로 새로운 무학의 체계를 만들었다고 평가되고 있으나 무인들에게는 비웃음을 사는 존재였다.

"뭐, 천리안을 수련한다고? 장난하나?"

대개 무인들의 반응은 비웃음과 경멸이었다. 그러나 독마군의 천기를 읽어내는 곤륜정의 수련법을 옆에서 지켜봐 온 설천은 아이들의 태도가 참 이상하게 여겨졌다.

'왜 듣지도 않을 수업을 신청했을까?'

"이 수업은 앉아서 듣기만 해도 수료가 되거든."

마림원 이 년차인 나계환이 선선히 알려줬다. 어찌 된 영문인지 나계환과 유은수는 설천과 같이 듣겠다며 똑같은 수업을 신청한 상태였다. 덕분에 흑야왕이 마땅치 않아하겠지만, 넓은 사육장을 함께 청소할 사람이 생겨서 설천은 다행이라 여겼다.

"단지 편하게 수료가 된다는 이유만으로 이 수업을 신청했다는 말이야?"

"마림원 수업이 모두 힘든 편이거든. 대다수의 사부들이 고수들이고. 그래서 학생들이 눈에 차지 않아 힘들게 수련을 시키거든. 그러니까 듣기만 하는 천안통 수업은 휴식 시간 정도로 여기고 있지."

"솔직히 말이 되냐고. 천리안이라니? 그런 게 가능할 리 없잖아."

유은수가 말도 안 된다는 듯 작게 투덜거렸다. 설천은 어느 정도 아이들이 투덜거리는 것이 이해가 되었다.

천기를 읽는 독마군의 수련법은 일반 무인들과는 괘를 달리했다. 단전에 기를 축기하는 것을 중요하게 생각하는 무인들과는 달리 천기를 읽는 독마군은 곤륜정을 타통하는 것을 중요하게 여겼다.

곤륜정은 백회혈을 중심으로 만들어진 제이의 단전이라 할 수 있다. 상륜정, 중륜정, 하륜정 세 부분으로 나뉘며 천지간의 기운을 소통시키고 느낄 수 있는 중요한 창고였다.

검마는 독마군의 수련법을 보고 축기가 되는 것도 아니고 대주천이 가능한 것도 아닌데 그깟 곤륜정은 왜 열려고 고생하느냐며 빈정거렸다. 그러나 독마군은 곤륜정을 타통하여 기를 받아들이면 기감이 날카로워지고 인간이 가진 오감을 넘어서는 새로운 감각을 가질 수 있다고 설천에게 일러주곤 했다.

설천이 가진 능력 중의 하나인 야수안도 곤륜정의 첫 단계인 하륜정을 열고 나서 부터 가능했다. 물론 설천이 의식적으로 이뤄낸 것은 아니었다. 전신의 혈로 축기가 가능한 설천이었기에 알게 모르게 자연스레 곤륜정의 수련이 이루어진 것이다.

"하륜정은 자연의 모든 기운을 알아볼 수 있는 눈을 줄 것이고, 중륜정은 원하는 것을 볼 수 있는 눈을, 상륜정은 앞으로 다가올 일을 볼 수 있는 눈을 줄 것이다."

독마군은 자신만의 수련을 통해 다가올 일을 내다볼 수 있게 된 것이다.

그러나 다른 무인들이 볼 때 독마군이 하는 말은 뜬구름이나 잡는 허황된 소리였다. 지금 천안통 수련을 듣는 아이들도 일반 무인들과 같은 생각이었다.

"하함!"

"쿨쿨!"

아이들은 노골적으로 하품을 하고 꾸벅꾸벅 졸기까지 했다. 그러나 황선풍은 아이들의 성의없는 태도에도 무심하게 계속 수업을 진행했다.

황선풍은 무인이라기보다는 서생에 가까운 인물이었다. 무공을 익히기보다는 학문으로 승화시켜 체계화한 공로를 인정받아 마림원의 스승이 될 수 있었다.

그러나 마림원에는 모든 분야의 정점에 있는 스승들이 존재했고, 황선풍은 그 스승들과는 차별화할 수 있는 자신만의 무공을 원했다. 그래서 선택하게 된 것이 천안통이었다. 천안통은 이론을 중시하는 황선풍과 꽤 잘 맞았다. 몸으로 수련하기보다는 백회혈에 만들어진 곤륜정을 타통하기 위해 늘 사색하고 관조하는 것이 중요했기 때문이다.

"진원진기를 느낄 수 있다면 백회혈에 생성된 곤륜정을 인지할 수 있게 된다. 곤륜정은 상륜정, 중륜정, 하륜정으로 나뉘는데, 하륜정을 타통하면 물체의 기를 눈으로 직접 볼 수 있게 된다. 중륜정을 타통하면 천지간의 거리를 좁혀 원하는 것을 볼 수 있는 눈을, 상륜정을 타통하면 앞날을 예측할 수 있게 된다."

황선풍의 말에 유은수가 작게 한숨을 내쉬었다.

"점복술사가 될 것도 아닌데, 그런 게 왜 필요한지 모르겠어."

유은수가 작게 나계환과 설천에게 속삭였다. 아이들의 무성의한 태도도 무시로 일관하던 황선풍이 유은수의 말을 들었는지 말을 딱 멈췄다.

"정말 그렇게 생각하나?"

'이런, 들었나 보다!'

유은수는 식겁한 표정으로 고개를 숙였다.

"점복술사에게나 필요한 게 천안통이라고 생각하나?"

반쯤 잠에 취해 있거나 딴생각을 하던 아이들이 부스스 현실로 돌아왔다.

"예를 들어보도록 하겠다. 적의 공격을 파악하려면 상승고수는 삼 장 이내, 초절정고수는 십 장 안에 적이 있어야 찾아낼 수 있지. 하나 천안통을 깨달은 자는 거리의 제약 없이 적을 찾아낼 수 있다. 그래도 별 소용이 없을 것 같나?"

아이들의 태도에 전혀 신경을 쓰지 않았던 황선풍의 모습과는 다른 열기가 담긴 목소리였다.

"앉은 자리에서 적을 염탐하는 것도 가능해지니 이보다 뛰어난 공능은 없을 것이다."

"하나 이제껏 아무도 곤륜정을 타통했다는 이야기는 없었습니다."

유은수가 부루퉁한 목소리로 말했다. 그의 말에 황선풍의 열의에 빛나던 얼굴도 순식간에 사그라졌다. 황선풍 또한 이론에만 박식할 뿐 무공은 중간 정도였고, 자신이 가르치는 천안통은 도무지 진전이 없었기에 조용히 입을 다물 수밖에 없었다.

"확언할 순 없지만, 천기를 읽는다고 알려진 독마군이 상륜정을 타통했다는 이야기가 있다."

설천은 유은수와 황선풍의 이야기를 듣고 눈을 반짝였다. 검마 의부에 관한 이야기는 들었지만, 독마군 의부에 관한 이야기는 처음이었기 때문이다.

"마선이라 일컬어진 독마군이 가능했다면 너희들도 할 수 있다. 그러니 집중해서 듣도록 해라."

황선풍은 변명이라도 하듯 아이들에게 말하고 이내 지루한 이론 수업으로 돌아갔다. 설천은 독마군에 관한 이야기를 더 듣고 싶었지만, 황선풍은 곤륜정 수련법을 주절주절 늘어놓고 있었다.

"자, 이제 곤륜정 수련법은 대강 숙지했을 것이다. 그러니 수련법을 연습해 보자."

아이들이 다시 꿈나라로 빠져들 무렵 황선풍은 나뭇잎을

한 장씩 아이들에게 쥐어주었다.

"자, 나눠 준 잎의 기감을 느껴보고 종이에 잎에서 느껴지는 기의 색이나 모양을 그려보도록."

황선풍은 곤륜정의 타통까지는 이뤄내지 못했지만, 부단한 연구와 노력으로 기를 어느 정도 읽어내는 데에 성공했다. 때문에 아이들이 얼마나 기감을 파악하고 있는지 평가할 정도는 되었기에 나뭇잎을 나눠 준 것이다.

"이건 정말 시간낭비야."

유은수가 다시 한 번 푹 한숨을 내쉬며 종이에 삐뚤삐뚤 엉망으로 나뭇잎을 그려 넣었다.

"후회되면 다른 수업을 들어."

설천은 신중하게 나뭇잎을 그리며 말했다.

유은수는 잠시 손을 멈추고 설천을 빤히 바라봤다.

"아니, 그냥 들을래."

"시간낭비라며?"

"그러는 넌 왜 이 수업을 듣는 건데?"

유은수의 물음에 나계환도 궁금했는지 설천을 바라봤다.

"음, 천리안이 생기면 편할 것 같거든."

"단지 그 이유냐?"

유은수가 허탈하다는 표정으로 물었다. 설천이 아무 말 없이 고개를 끄덕이자, 유은수는 다시 땅이 꺼져라 한숨을 내쉬며 엉망으로 그린 나뭇잎 위에 철퍽 푸른빛을 칠해 버렸다.

"와! 한 번에 맞혔네?"

설천은 유은수가 칠한 색이 잎이 뿜어내는 기의 색과 비슷한 것에 감탄하며 말했다.

"맞히긴 뭘 맞혀?"

유은수는 모르겠다는 얼굴로 대답했다.

"이 색 말이야. 지금 잎에서 뿜어내는 색과 비슷한데 어떻게 알았어?"

설천의 말에 유은수와 나계환, 그리고 가까이에 있던 아이들까지 몸이 굳었다.

"지금 기가 눈에 보인다는 말이야?"

유은수가 경악한 얼굴로 물었다.

"응? 대강 그런 셈이지."

"누가 지금 기가 보인다고 이야기한 거냐?"

설천과 유은수의 대화에 황선풍의 흥분한 목소리가 끼어들었다.

"정말 기가 보이는 거냐?"

황선풍은 떨리는 목소리로 설천에게 물었다. 설천은 괜히 귀찮은 일에 휘말린 것 같아서 잠시 망설였다. 그러나 이미 황선풍은 유은수와의 이야기를 모두 들은 후였다. 지금에 와서 변명해 봐도 통할 것 같지 않았다.

"기가 보일 리가 없죠."

설천의 대답에 황선풍이 실망한 듯 어깨가 축 처졌다. 사실 설천은 기를 눈으로 보는 것이 아닌 파악하는 것이었다. 기의 존재를 느끼고 파악하기 전까지는 기를 볼 수 없으니 이론상으로 대답이 거짓은 아니었다.

"그럼 아까 이야기는 무슨 뜻이지?"

"기를 파악한 것입니다."

"파악한 것과 보는 것이 무슨 차이지?"

"보는 것은 그냥 자연히 되는 것이지만, 파악하는 건 그것이 있다는 것을 알고 느끼려고 하는 의지가 담긴 거죠."

황선풍은 설천의 말에 곰곰이 생각에 잠겼다. 설천은 독마군이 들려줬던 이야기를 그대로 써먹으며 불안감에 빠졌다.

'사실 보이는 게 맞긴 맞지. 하지만 독마군 의부가 파악해야 볼 수 있다고 하셨으니 이렇게 대답하는 게 맞겠지?'

"의지라……."

설천이 불안해하는 것도 모르고 황선풍은 그의 말에 깊이 생각에 잠겼다.

황선풍의 천안통 수업의 첫날은 그렇게 마무리되었다. 설천은 잎사귀에서 뿜어져 나오던 기를 그려 넣고 색을 칠해서 제출했다. 혹 황선풍이 이것저것 물으면서 보내주지 않을까 싶어서 허둥지둥 교실을 벗어났다.

"마설천이라……. 분명 수석으로 입학했다 했지."

황선풍은 멀어지는 설천의 뒷모습을 바라보다가 설천이 제출한 그림을 바라봤다.

"확실히 뭔가를 숨기고 있군."

황선풍은 자신이 파악한 기와 일치하는 설천의 그림을 바라보며 말했다.

"뭔가가 있다면 먼저 신청한 사람이 임자겠지?"

황선풍은 히죽 웃으며 제자 입적 서류를 찾아서 작성하기 시작했다.

진법 스승인 당상문은 그늘진 얼굴로 강의실에 들어섰다.

"오늘은 첫날이니 진법의 원리를 배우도록 하겠다."

나무와 쇳조각, 촛불과 흙, 물이 담긴 그릇을 아이들에게 나눠 줬다.

"오행의 원리에 따라 나눠 준 것들을 순서대로 놓도록 해라."

아이들은 오행의 원리에 따라 방진형으로 재료들을 늘어놓았다.

"진법은 거창한 것이 아니다. 자연의 성질을 대표하는 것들로 지표를 삼고 그것에 시전자의 의지를 투사하는 것이 진법의 기본 원리다."

당상문은 아이들에게 나눠 준 기본 재료들을 늘어놓고 그안에 기를 불어넣었다.

팟!

당상문이 기를 불어넣자 방진으로 늘어놓은 기본 재료들

이 희미하게 빛을 뿜어냈다.

"진이 발동했다. 기본 진법이라 안에 있는 물질을 보이지 않게 하는 단순한 기능만 발동하게 만들었다."

당상문은 아이들에게 보여주기 위해 손가락을 진 안으로 넣었다.

"우와!"

"이야!"

진 안으로 넣은 손가락이 감쪽같이 시야에서 사라지자 아이들이 탄성을 토해냈다. 학관에서도 진법에 대해 배웠다. 하지만 진법의 종류나 역사 등 기본적인 이론 수업만 이루어졌다. 때문에 본격적인 진법의 설치와 파훼를 배우는 중급 진법 수업은 실습이 위주가 되어 진행되었다.

"오늘은 내가 만들어낸 이 무형진을 만들어보도록 해라."

당상문이 피곤한 듯한 목소리로 아이들에게 말했다. 아이들은 당상문의 말에 신이 나서 기본 재료들을 만지작거렸다.

당상문은 뒷짐을 지고 천천히 아이들 사이를 걸으며 작업 모습을 살폈다. 촛불에 머리카락을 그을리는 것도 모르고 작업에 빠진 아이도 있었고, 흙을 집어서 만지작거리며 장난을 하는 아이도 있었다.

'피곤하군.'

당상문은 흐릿해지는 시야를 바로잡기 위해 눈을 몇 번 깜빡였다. 벌써 며칠째 잠을 이루지 못했다. 공간과 공간을 연결해 이동할 수 있는 이동진법을 연구하고 있지만 도무지 진척이 없었다.

'애초에 불가능한 일인지도 모르지.'

당상문은 자신이 하는 연구에 회의를 느끼고 있었다. 연구 기간만 십 년이 넘어가고 있었다. 최근에는 기본적인 속성 배열에 문제가 있나 싶어 밤을 새워가며 검토했지만 문제점을 찾을 수 없었다.

'진법의 연동에서 실수를 했을지도 모르겠군.'

당상문은 연구하는 진법의 문제점을 다시 한 번 곰곰이 생각해 봤다.

그가 자신의 진법에 대해 고심하고 있을 때, 설천은 기본 재료들로 무형진을 만들고 있었다.

'해봤던 거다.'

독마군에게서 사냥에 써먹으라며 배웠던 진법이라 설천은 재미가 없었다.

'다른 거 해볼까?'

설천은 호기심이 발동해 배열을 다르게 하여 두 개의 진을 만들었다. 두 진법이 하나의 기로 연동하게 만든 진법이었다. 한쪽의 진에 기를 불어넣으면, 다른 쪽에는 기를 주입하지 않아도 발동되는 형식이었다.

'이거 재미있네.'

설천은 독마군에게서 배운 내용들도 사용하면서 진법을

더 정밀하게 조작해 보았다. 오행에 해당하는 기본 재료였지만 꽤 다양한 진법이 가능했다. 설천은 혼자 신이 나서 재료들을 이것저것 배열하면서 즐거워했다.

"뭐 하는 게냐?"

설천이 신이 나서 작업에 열을 올리고 있을 때, 아이들을 둘러보던 당상문이 다가왔다.

'아차! 무형진을 만들라고 했지.'

설천은 아차 싶어서 작업한 진법을 해체하려고 했다.

"멈춰라!"

당상문은 처음엔 학생 하나가 되지도 않는 이상한 진법을 만들고 있는 모습에 코웃음을 쳤다. 그러나 곧 그 진법이 천천히 완성되어 가자 눈을 깜빡이며 다시 살필 수밖에 없었다.

'기본 재료들로 저런 진법이 가능하다는 말인가?'

당상문은 도무지 믿을 수 없었다. 기가 연동되는 두 개의 진법은 고급 과정에 있는 학생들도 만들지 못하는 고난위의 진법이다. 게다가 기본 재료들로만 만들 수 있다니, 진법을 가르치는 자신도 알지 못했던 놀라운 경지였다. 당상문은 피곤이 확 달아나는 기분에 설천에게 다가가 자신도 모르게 큰소리를 내고 말았다.

"죄송합니다."

설천은 재빨리 고개를 숙여 당상문에게 사죄했다. 아이들의 시선이 설천과 당상문에게 쏠렸다.

"도대체 너, 무얼 한 거냐?"

당상문이 떨리는 소리로 물었다.

"죄송합니다. 다시는 이런 일이 없도록 하겠습니다."

설천이 다시 고개를 조아리며 말했다.

"아니다. 나는 그게 아니라……."

당상문은 당장 아까 그 진법을 어찌 만들었는지 보여달라 말하고 싶었다. 그러나 아이들의 호기심 어린 시선이 집중되자 입이 떨어지지 않았다.

"흠, 잘못을 알았으니 수업이 끝난 후 남도록 해라."

당상문은 떨리는 목소리로 조용히 말했다.

진법 수업이 끝난 후 설천은 자리에 조용히 남아 있었다.

"네 이름이 뭐지?"

당상문은 기대감이 어린 목소리로 물었다.

"마설천입니다."

"마설천?"

당상문은 그 이름이 귀에 익었다.

"이번에 입학한 것이냐?"

"네. 이번에 입학했어요."

당상문은 이번 입학생 중에 수석이 바로 이 아이라는 것을 알아차렸다.

'역시 학장님의 혜안은 놀랍구나.'

몇몇 사부들이 마설천이라는 아이를 수석에 어울리지 않

는다면서 반대했던 것이 떠올랐다. 당상문은 비영검을 존경하고 있었지만, 이번 선정은 무리한 일이었다고 여겼다. 그러나 비영검은 마설천의 뛰어난 능력을 일찌감치 알아본 것이 분명했다.

"이번 수석이 너냐?"

당상문의 말에 설천이 곤란한 표정을 지었다.

"그건 학장님이 마음대로 정하신 거예요."

설천은 사실 수석이라는 수식이 부담스러웠다. 아이들을 구해준 것은 뭔가를 바라고 했던 일이 아니었기에 더더욱 그랬다.

"나는 지금 너를 꾸중하는 게 아니다. 아까 수업 시간에 만든 진법을 다시 보여주겠니?"

"죄송해요. 하지만 그건 다시 보여 드릴 수 없어요."

"아니, 왜?"

당상문은 애가 타서 물었다.

"그건 의부님이 알려주신 거라서요."

독마군이 알려준 진법은 천마신교에서 수위를 다툴 정도로 빼어난 것들이 많았다. 그래서 독마군이 다른 사람에게 진법의 묘리를 일러줘서는 안 된다고 말해뒀기 때문이다.

"뭐?"

당상문은 망연자실했다. 풀릴 듯 풀리지 않는 진법의 묘리를 설천이라는 아이가 쥐고 있었기 때문이다. 그러나 다음 순간 자신이 진법의 묘리를 아이에게 캐물었다는 것을 깨달았다.

'이 무슨 짓이란 말인가!'

당상문은 연구의 진척이 없자 해서는 안 되는 일까지 했다고 자책했다.

"미안하구나. 훌륭한 의부님을 뒀구나. 앞으로도 더 열심히 노력하도록 해라."

당상문은 설천을 보내고 난 후 고민에 빠졌다.

'그 아이에게 묘리를 캐묻는 것은 옳지 못하다. 하나, 내가 그 아이에게 가르침을 주고 그 아이가 내게 다른 것을 알려준다면 서로에게 도움이 되는 것이다.'

당상문은 그렇게 자신을 합리화했다.

"그래, 그리하면 될 것을 고민했군."

당상문은 뿌듯한 얼굴로 설천을 제자로 들이기로 마음먹었다.

第十章
발각! 태상음양합검

마도
공자

마림원 행정 총관 진무혁은 요즘 최악의 나날을 보내고 있었다.

"총관 어르신, 검토하실 서류들을 가져왔습니다."

시종들이 검토할 서류를 올리는 것은 익숙한 풍경이었다. 그러나 그 서류들 틈에서 진무혁이 두려워하는 서류는 단 한 가지였다.

"혹 제자 입적 서류가 있느냐?"

진무혁이 떨리는 목소리로 물었다.

'마신이시여! 제발 더 이상의 말썽은 없게 해주십시오.'

진무혁은 마음속으로 빌고 또 빌었다.

"아, 예. 그리 말씀하시니 두어 장 있었던 것 같습니다."

시종의 말에 진무혁의 심장이 덜컥 떨어졌다.

"어떤 사부께서 제출하신 것이냐?"

"정확히 기억이 나질 않지만, 아마도 황 사부님과 당 사부님이었던 것 같습니다."

"황 사부와 당 사부?"

시종의 말에 진무혁은 일단 안도했다. 두 사부는 마림원의 수업 규칙을 준수하고 있는 모범적인 사부였기 때문이다.

'그 둘이라면 흑야왕이나 약왕과 같은 무리한 요구는 하지 않을 것이야. 아마도 마음에 드는 착실한 학생을 제자로 들이겠다는 서류겠지.'

진무혁은 마음을 푹 놓고 서류를 집어 들었다. 그러나 제자 입적 서류를 확인한 순간 진무혁의 얼굴이 하얗게 굳어버렸다.

"또 마설천이란 말인가!"

진무혁은 넋이 빠진 듯 멍하니 서류를 바라봤다. 입학 순간부터 수석으로 학장인 비영검의 관심을 받고 있는 것은 알고 있었다. 하지만 다른 사부들까지 보이는 폭발적인 관심은 거의 재앙에 가까웠다.

지금까지 마설천을 제자로 받아들이고 싶다는 스승이 모두 네 명. 앞으로 마설천이 듣는 다른 수업의 사부들이 어떻게 나올지는 알 수 없지만, 제자로 받아들이고 싶다는 사부가 더 나올 수도 있었다.

마림원에는 제자를 받는 규칙이 따로 마련되어 있는 것이 아니었다. 게다가 한 학생을 놓고 여러 명의 스승이 다투게 되는 상황은 사상 초유의 사태였다.

모든 것을 규칙에 따라 판단하고 결정하는 행정 총관으로서도 해결할 수 없는 복잡한 문제였다.

"이 일은 내가 결정할 수 있는 문제가 아니다. 학장님께 보고를 올리고 지시를 기다리는 것이 좋겠어."

진무혁은 속이 쓰렸다. 자신의 업무 처리 능력에 자부심을 가지고 있었기에 더더욱 속이 불편했다.

'이런 문제로 학장님의 심기를 어지럽혀야 하다니……'

학장실로 걸어가는 그의 발걸음이 무거웠다.

칙칙하게 가라앉은 얼굴로 진무혁은 비영검의 집무실에 들어섰다.

"무슨 일인가?"

"네, 제자 입적에 관한 사소한 문제가 생겼습니다."

"사소한 문제?"

비영검이 의아하다는 얼굴로 진무혁이 내민 서류를 받아 들었다.

팔랑팔랑.

의아한 얼굴로 서류를 넘겨보던 비영검의 입가에 희미한 미소가 감돌았다.

'웃으시다니? 대체 이게 무슨 영문이지?'

"전부 설천이를 제자로 들이고 싶다는 말이로군."

비영검은 마치 자신의 아들을 대견해하는 아버지처럼 뿌듯한 미소를 짓고 있었다.

"네? 네, 그렇습니다."

진무혁은 어찌 된 영문인지 몰라 얼떨떨한 심정으로 대답했다.

"그럼 말이야, 이번에 사부들의 의욕을 되찾아줄 수 있는 기회를 마련해 보는 것은 어떨까?"

"네? 그게 무슨 말씀이신지?"

진무혁은 도통 모르겠다는 얼굴로 물었다. 비영검은 재미있다는 듯 싱글싱글 웃으며 진무혁을 바라봤다.

"곧 알게 될 테니 너무 걱정 말게."

비영검은 인자한 얼굴로 진무혁의 어깨를 토닥였다.

"훌륭한 스승 밑에 훌륭한 제자가 있다고 하질 않던가? 그 말에 따라 훌륭한 스승이 설천이의 스승이 되게 만드는 걸세."

비영검은 별일 아니라는 듯 쉽게 말했다.

"하지만 마림원의 교칙엔 사승 관계에 대한 교칙이나 기준점이 따로 마련된 게 없습니다."

"교칙이나 기준점이라……. 교칙이나 기준점 또한 모두 마림원의 발전을 위해 마련된 것이 아닌가?"

"네. 그건 그렇습니다."

진무혁이 홀린 듯 대답했다.

"그럼 교칙을 찾았군."

비영검이 씩 웃으며 말했다.

"네? 그게 무슨……."

진무혁은 이해할 수 없다는 얼굴로 멍하니 물었다.

"나머지는 자네 재량껏 알아서 처리하게."

비영검은 멍하니 넋을 놓은 진무혁에게 제자 입적 서류를 넘겨주며 말했다. 진무혁은 모르겠다는 얼굴로 학장실을 나섰다.

"행정 총관이 일을 잘해야 할 텐데 걱정이군."

동평이 가져온 따끈한 차를 마시며 비영검이 말했다.

"좀 답답한 면이 있는 사람이긴 합니다. 아마 지금도 학장님이 하신 말이 무슨 뜻일지 밤새 뜬눈으로 고민 좀 할 겁니다."

"하하하, 내가 몹쓸 짓을 했군."

"다 필요한 일이 아니겠습니까?"

동평의 대답에 비영검이 얼굴의 웃음기를 지웠다.

"그렇지. 설천이 덕분에 일이 조금 더 빨라졌을 뿐이네."

"그나저나 사부들이 꽤나 고생하겠군요."

동평이 히죽 웃으며 말했다.

"그게 어찌 고생이겠나. 훌륭한 제자를 얻는 일인데 소홀

할 수 있겠나?"

"그럼 학장님도 제자 입적 서류에 마설천을 써 넣으시는 겁니까?"

"솔직히 말해 탐나는 건 사실이네. 그 정도의 무위에 다른 아이들까지 책임질 정도의 의젓함까지 갖추고 있으니 말일세."

"그럼 왜 제자로 받아들이시지 않는 겁니까? 학장님께서 제자로 받겠다고 한다면 다른 사부들도 순순히 물러설 텐데요."

"그러면 다른 사부들이 의욕을 잃을 게 아닌가?"

"네?"

"그동안의 마림원은 너무 안이했네. 파벌 다툼도 문제였지만, 가르치는 것이 일상화된 사부들에게도 자극이 필요할 것이네."

"그럼 설천이가 그 자극이라는 겁니까?"

비영검은 동평의 말에 대답없이 미소를 지으며 찻잔을 들어 올렸다.

*   *   *

중급 검법 수업이 진행되는 연무장엔 족히 오십 명은 되는 아이들로 북적였다. 대부분의 수업이 열 명 정도의 소수 정예로 이뤄지는 것에 비해 어마어마한 숫자였다.

"우와! 이 수업 인기가 대단한데."

나계환이 흥분된다는 얼굴로 말했다.

"환이랑 운이가 스승이 고수니까 꼭 들으라고 하더라구."

"고수에게 배울 수 있는 기회를 마다해서는 안 되겠지."

다른 아이들도, 유은수와 같은 생각인지 상기된 얼굴로 태상노군이 나타나길 기다렸다.

길게 늘어뜨린 하얀 수염과 옥골선풍의 풍채를 가진 태상노군이 연무장으로 들어섰다. 그러자 아이들은 모두 기대감이 어린 표정으로 태상노군을 바라봤다.

"우선 기본 검법을 살펴보기로 하자."

아이들은 태상노군에게 잘 보이기 위해서 최선을 다해 삼재검법을 선보였다.

검의 기본 중의 기본인 삼재검법은 단순한 초식과 보법으로 무공 성취에는 큰 도움이 되지 못한다. 하나 얼마나 열심히 검을 수련했느냐를 파악할 수 있는 검법이기도 했다. 어느 정도의 날카로운 검세를 보일 수 있느냐에 따라 검술 수련을 열심히 했는지를 파악할 수 있었기 때문이다.

'역시 마림원에 있는 아이들이라 기본기는 탄탄하군.'

태상노군은 아이들이 펼치는 삼재검법을 살펴며 고개를 끄덕였다. 아이들이라 기교나 완력은 크게 쓸 수 없었으나, 정확한 검식과 자신감있는 보법이 절도있었다.

'눈에 띄는 아이도 꽤 되는군.'

태상노군은 아이라 믿을 수 없는 체격의 백환이 폭발적인 기세로 펼쳐 보이는 삼재검법과 정확하면서 무시무시한 기세를 흘리는 천우룡, 그리고 군더더기없는 검식을 선보이는 유은수를 바라보며 뿌듯한 미소를 지었다.

'잘 가르치면 모두 상승고수가 될 자질을 가지고 있다.'

태상노군은 자신의 손으로 상승고수가 될 아이들을 가르치고 있다는 생각에 뿌듯해졌다.

'그동안 내가 너무 세상에 무심했구나.'

검마와의 비무 후 칩거하듯이 세상과 인연을 끊고 살았던 것이 후회되었다. 당시엔 패배감과 검을 빼앗겼다는 굴욕감에 삶의 의욕까지 잃었지만 무인은 승패를 통해 더욱 정진하는 것이 아니었던가.

'이 아이들이라면 분명 내 삶의 활력이 될 것이다.'

아직 제자를 키워본 적이 없는 태상노군이라 아이들 한 명한 명이 모두 욕심이 났다.

'마음에 드는 아이가 있으면 제자로 들이는 것도 좋겠지.'

태상노군은 빙그레 웃으며 아이들을 바라봤다. 자신들의 검법을 열심히 살펴주는 태상노군의 모습에 아이들은 더욱 열심히 검법을 펼쳐 보였다.

'응? 저 아이는?'

태상노군은 한 명의 아이에게서 풍기는 기세가 익숙한 것에 고개를 갸웃거렸다.

'기본 자세와 보법은 제대로 익혔군. 그런데 기세가 날카로운 것도 아니고 완력이 강한 것도 아닌데 눈을 뗄 수가 없군. 도대체 무슨 이유지?'

태상노군은 생각에 잠겨 삼재검법을 펼치는 설천을 바라봤다. 체구도 다른 아이들보다 약간 작은 편이고 통통한 볼이 귀여워 보이는 소년이었다.

'검에서 풍기는 기세가 눈에 익어. 분명 본 적이 있는데……'

태상노군은 기억을 더듬어봤다. 그러나 확실히 떠오르는 검법이 없었다. 자신의 독문검술에서부터 여러 가지 검법에 대한 기억을 더듬어봤으나 비슷한 기세의 검법은 없었다.

'분명 익숙한 기세인데 왜 떠오르지 않는 거지?'

태상노군은 의아한 생각이 들었다. 마치 몸은 알고 있는데 머리에서 떠올리기를 거부하는 것 같았다.

"검세가 특이하구나. 다른 검법도 한번 펼쳐 보겠느냐?"

태상노군은 다른 검법을 보면 설천의 사문을 미뤄 짐작할 수 있을 것이라 생각했다. 설천은 잠시 무슨 검법을 펼쳐 보일까 고민하다가 학관에서 배운 복마검법을 시전했다.

사악!

바람을 가르며 움직이는 검세가 날카롭고 다음 초식으로 이어지는 검법이 군더더기없이 깔끔했다. 그러나 그 검법을 지켜보는 태상노군은 점점 깊은 수렁으로 빠져드는 느낌이었다.

"다른 검법도 해볼까요?"

넋을 놓고 설천의 검법을 바라보던 태상노군이 설천의 목소리에 퍼뜩 정신을 차렸다.

"아니다. 수고했다."

태상노군은 다음 아이를 호명해 다시 검법과 검세를 살피며 부족한 부분을 바로잡아 줬다. 태상노군은 오십 명에 달하는 아이들이 펼치는 삼재검법을 모두 살펴봤다. 아이들의 숫자가 많다 보니 꽤 걸려 두 시진에 가까운 시간이 훌쩍 지났다.

"기본 검법도 중요하지만, 늘 자신의 검으로 수련하는 것을 잊지 말아야 한다. 끝마치기 전에 삼재검법을 자신의 진검으로 펼쳐 보도록 해라."

태상노군의 말에 아이들은 갈무리해 뒀던 자신의 검을 꺼내 들었다. 검의 종류도 아이들처럼 가지각색이었다. 검을 쓰는 아이도 있었지만, 도를 쓰는 아이들도 간간이 찾아볼 수 있었다.

사용하는 병기에 구애받지 않을 정도로 태상노군의 수업은 인기가 있었다. 게다가 수업 진행도 검을 위주로 하기보다는 학생들 각자가 수련하는 병기에 맞춰 이뤄져 아이들은 더더욱 반색했다.

'아직 어린 녀석들이 꽤나 좋은 무기들을 가졌구나.'

자신의 팔 길이보다 긴 검을 들고 낑낑거리는 아이들의 모습에 태상노군은 흐뭇한 미소를 지었다.

'나도 저만 했을 때부터 음양합검으로 수련을 했지. 내가 부족해서 분신과도 같은 검을 빼앗기고 다시 떠올리다니 무슨 추태란 말인가.'

검에 대한 미련을 버리기로 했건만 또 다시 찾아드는 심마에 태상노군은 쓰게 웃었다.

'지금은 아이들과 함께 정진할 때다.'

태상노군은 검을 휘두르는 아이들에게 시선을 고정했다. 진지한 얼굴로 검법을 수련하는 아이들의 모습에 입가에 희미한 미소가 감돌았다.

'다들 열심히 하는군. 비영검의 제안을 받아들이길 잘한 것 같군.'

태상노군은 아이들이 열심히 수련하는 모습을 대견한 눈으로 바라봤다.

덜그럭!

태상노군의 얼굴이 굳으며 지도용 목검을 떨어뜨린 것은 아이들 틈에서 발견한 낯익은 검신 때문이었다.

'이럴 수가!'

태상노군은 순간 자신의 눈을 의심했다.

'그럴 리가 없어.'

여러 종류의 검이 쾌적을 그리며 움직이고 있었지만 태상노군의 눈에는 한 자루의 검만이 보였다.

'태상음양합검!'

십 년 전 비무로 잃었던 그의 검이 태상노군 앞에 다시 나타난 것이다. 태상노군은 분노와 절망, 그리고 굴욕이 되살아났다.

'하지만 태상음양합검은 검마가 가져갔다. 그럼 도대체 내 눈앞에 있는 검은 무엇이란 말인가? 설마 가짜 검?'

태상노군은 머릿속이 뒤엉키며 눈앞에서 어른거리는 검에서 시선을 거둘 수가 없었다.

'아직도 미련을 버리지 못한 건가?'

태상노군은 자신이 심마에 빠졌다고 생각했다. 그러나 보면 볼수록 자신의 검과 너무도 똑같았다. 화기와 한기를 동시에 뿜어내는 유려한 검신과 풍취가 엿보이는 검병. 눈을 비비고 다시 살펴도 분명 자신의 검인 태상음양합검이었다.

자신의 검을 알아보자 설천이 펼치던 낯익은 검세가 떠올랐다. 자신을 굴복시키고 절망과 오욕의 나락으로 떨어뜨린 광뇌풍검법의 광폭한 기세였다. 자신의 검으로 검마의 무공을 펼쳐 보이는 아이. 태상노군의 얼굴은 치욕으로 벌겋게 물들었다.

'검마! 네가 끝까지 나를 모욕하는구나. 검마의 그림자가 엿보이는 이 녀석은 분명 검마의 전인이렷다?'

태상노군의 몸에서 살기가 폭사되었다. 아이들은 갑자기 얼굴색이 변하여 살기를 드러내는 태상노군 때문에 모두 겁에 질려 벌벌 떨었다. 그러나 설천은 검과 하나가 되어 무아지경 속에서 검을 움직이고 있었다.

태상노군은 분노와 절망으로 몸을 부르르 떨며 설천의 검법을 지켜봤다. 삼재검법이었지만 그 안에는 광폭한 바람을 가르는 검마의 광뇌풍검법의 오의와 음양합검의 기운이 고스란히 녹아 있었다.

'이 기운을 내가 한눈에 알아보지 못하다니.'

태상노군은 적이라 여긴 자의 검세와 자신의 검이 완벽하게 조화를 이루자 더욱 참을 수 없는 열기가 치솟았다. 태상노군의 눈에서 활활 타오르는 분노의 불꽃은 설천을 태워서 잿더미로 만들어 버릴 듯 살벌한 기세로 타올랐다.

"멈춰라!"

태상노군이 이글이글 타오르는 눈으로 설천을 노려보며 소리쳤다.

'응? 무슨 일이지?'

살기에 가까운 무서운 기세를 흘리며 자신을 노려보는 태상노군의 시선에 설천은 잠시 어리둥절했다.

"지금 그 검, 그 검이 어떤 검인지 알고 있느냐?"

태상노군은 분노와 절망으로 피를 토하듯 물었다.

"네? 이 검이요? 평범한 검인데요."

설천은 의부들과 관계된 일은 최대한 숨기는 것이 상책이라는 것을 알고 있었다. 게다가 세 의부 중 가장 말썽이 많은(?) 검마가 준 검이다. 검의 이름을 알려봤자 좋을 것이 없었다.

"평범한 검?"

태상노군의 눈은 이제 살기를 넘어 광기가 감돌았다. 그러나 너무도 태연한 설천의 대답에 태상노군은 다시 한 번 검을 살폈다. 낯익은 기세를 풍기며 요요하게 빛나는 검은 분명 자신의 검이었다.

'이 녀석, 분명 이 검이 어떤 검인지 알고 있다.'

태상노군의 눈이 가늘어졌다. 설천이 시치미를 떼고 있다는 것을 눈치챈 것이다.

"무슨 일이지?"

"저 녀석, 무슨 사고 친 거야?"

검이라도 휘두를 듯 흉흉한 기세의 태상노군의 모습에 아이들이 웅성거렸다.

'이런!'

태상노군은 그제야 정신을 차리고 동요한 아이들을 둘러봤다.

"수업은 끝이다. 모두 돌아가고 넌 남도록 해라."

검마에 대한 열등감, 그리고 빼앗긴 검에 대한 분노와 패배감이 얼마나 지독한지 태상노군은 다시금 깨달았다.

'아직 멀었군.'

태상노군은 쓰게 웃었다.

"저, 제가 무슨 잘못이라도 한 건가요?"

아이들이 모두 사라지자 설천이 조심스레 물었다. 나계환과 유은수는 심상치 않은 기세를 풍기는 태상노군 때문에 설천에게 다가오지 못하고, 재빨리 연무장을 벗어났다.

"자, 이제 거짓말할 필요는 없다. 너는 누구지? 그리고 그검은 어디서 난 거냐?"

태상노군이 노기를 갈무리하고 설천에게 물었다. 설천은 화를 억누르는 표정으로 자신을 바라보는 태상노군과 검을 번갈아 바라봤다.

'그러고 보니 이 검의 이름이 태상음양합검이었지. 응? 태상? 그럼?'

설천은 깜짝 놀란 얼굴로 태상노군을 바라봤다.

'이제 어쩌지?'

설천은 난감한 얼굴로 눈을 굴렸다. 태상음양합검의 원래 주인이 무서운 얼굴로 자신을 노려보고 있었기 때문이다.

『마도공자』 3권에 계속…

저작권 보호!!

장르문학의 성장에 힘이 되어주십시오.

저작물의 무단 전재와 복제, 불법 다운로드!
이것은 관심이 아니라 무관심입니다!

작가님들은 창의적 열정과 시간을 투자해 자신의 꿈과 생계를 유지합니다.
한 권의 책을 만들어 많은 사람들은 자신의 인생과 미래를 설계합니다.

저작물 속에는 여러 사람의 노력과 희망이
담겨 있습니다!

저작물의 무단 전재와 복제, 불법 다운로드는 여러 사람들의 꿈과 생계를
위협함으로써 장르문학을 심각한 상황에 빠뜨리고 있습니다.

이제는 무관심이 아니라 관심으로 장르문학의
성장에 힘이 되어주세요.

[도서출판 **청어람**은 항시적인 저작권 보호를 통해 장르문학과
여러분의 희망을 지키겠습니다.]

도서출판 **청어람**

Book Publishing CHUNGEORAM
송진용 新무협 판타지 소설

초랑이
이빨

黑風口

새로운 대륙, 새로운 강호에서
새로운 이야기가 시작된다.
검은 하늘에 빛나는 별처럼 찬란한 영웅들이 있고, 그들의 영혼을 탐내는 어둠이 있다.
그 혼돈의 시대에 태어나 불굴의 기백을 지니고 전장을 치달리던 장수 황보강.
그를 좇는 〈악몽〉들. 그리고 운명이라는 이름으로 결정지어진 고난.
그것들은 결코 떼어놓을 수 없는 그의 분신이기도 하다.
어느 날 황보강은 선택의 기로에 선다.
운명에 굴복하고 나 또한 〈악몽〉이 될 것이냐 아니면 내 손으로 내 운명을 만들어 나가는
자가 될 것이냐……
전자의 길은 편하고 달콤할 것이며, 후자의 길은 가시밭길이 될 것이다.

〈악몽〉은 언제나 우리 곁에 있는 어둠이다. 우리들의 또 다른 모습이기도 한 것이다.
그래서 우리는 매 순간 황보강과 같은 선택의 기로에 서지 않던가.
그리고 무엇을 택하든 모든 운명은 〈무정하(無情河)〉에서 비로소 끝나리라.

Book Publishing CHUNGEORAM

 유행이 아닌 자유추구 -
WWW. chungeoram.com

RELOAD

리로드

Book Publishing CHUNGEORAM
이수영 판타지 장편 소설

'Fly me to the moon' 의 작가 이수영!
'리로드Reload' 로 귀환하다!

그대야말 운명 하나를 쥐어 그 자리에 넣었구려. 허나 그대가 되돌린 인간은
인간이라기엔 너무도 강한 운명을 가진 자요. 그자로 인하여 뒤틀린 운명들은
어찌하겠소

운명의 여신이 준엄하게 물었다.

그대는 대가를 치르소. 운명의 여신 베기르 라라녀, 동의하시오?

전신(戰神) 카자르 엔더는 하나 남은 혈손을 위해 신력의 반을 희생했지만
그의 투기는 흔들리지 않았다. 그는 현존하는 전쟁의 신이고 대륙에서 가
장 크게 숭앙받는 신이었다. 하위 신들과 비슷할 정도로 신력이 감소했어
도 그의 영향력은 줄어들지 않았다.

오만하구려. 카자르 엔더여.

베기르 라라가 냉소했다. 운명의 여신은 평소에는 조용했지만 뒤틀린 시간
과 인과에 대해서는 엄격하였다. 그녀가 다스리는 운명의 굴레는 신들조차
벗어날 수 없는 것. 장대를 휘두르는 눈먼 여신을 신들도 두려워했다.
그러나 오만하고 교활한 전신(戰神)은 그녀를 외면하고 항의하는 다른 신
들을 향해 미소 지었다.

누누이 말하지만, 말로만 꾀돌지 말고 덤벼.

• '낙월소검(落月笑劍) - 달빛은 흐르고 검은 웃는다'
BOOKCUBE에서 절찬 연재 중.

Book Publishing CHUNGEORAM

유행이 아닌 자유추구 -
WWW.chungeoram.com